纸上相逢

每天变好一点点

林遥 著

中国文史出版社

　　林遥，作家，编剧，说书人，中国作家协会会员，鲁迅文学院第三十四期高研班学员，第八次全国青年作家创作会代表，第十一次全国文代会代表，非遗项目"评书（北京）"代表性传承人。已出版各类作品十七部。曾获《北京文学》双年度重点优秀作品奖、孙犁散文奖等。

目 录

1

纸上云烟

书香溢处自留痕（自序）

一

每年 4 月都有个重要的日子。这个月的 23 日原本叫作"世界图书与版权日"，一般称"世界图书日"，却被通俗地唤为"世界读书日"。论其起源，原是国际出版商协会在 1995 年倡议确定的一个纪念日。

我们现在特别热衷于参与"世界某某日"的活动，多是政府主办，或来自某个官方机构的倡导，"读书日"亦是这样。翻看新闻，发现"全民阅读"每次都被写进政府工作报告，为响应官方发出的号召，社会上举办了各种各样的读书推广活动。在这个月，公园有书市，学校有征文，网上书店还要折上打折，让人感叹读书真是"生逢其时"。

可辩证来看，一件事情若是极力倡导，恰恰说明这件事有问题。某个时期，按秩序排队的标语居然要写在墙上，真是让人慨叹。我们从小受的教育，不是说我们的民族是礼仪之邦吗？怎么排个队还要人提醒呢？

中国人有崇尚读书的传统，不过对于读书的"反制力量"有时也很强，比如我们至今仍然可以听到一些人在高

1

谈阔论"读书无用"，也被一些好名利者视读书为晋身之阶，偶尔还会遇到一些"读死书、死读书"的人，在面对现实人生时屡屡受挫，最后将失败归咎于读书。

"读书"其实不过是日常的一件寻常事，和我们需要喝水、吃饭、睡觉一样，唯其如此，则易被忽视。

我们为什么要读书？这个话题实在太大，因为每个人面对书籍的感情都不尽相同。

我喜欢读书的原因不外两个：一是在穿越无尽的时间逝水时，读书是我能选择的唯一惬意的行走方式；二是如卡夫卡所说，行走在生命的冰原上，书籍是砍开内心坚冰的利斧。

无论哪一种，我们能活着，并且可以自由地去阅读，都是件美妙的事。

二十多年前，大概是 1999 年前后，我最喜欢的一家书店，是位于北京海淀图书城昊海楼的地下一层，名唤"国林风"，这是家偏于学术的书店，最大的好处是在这儿不买书，却可以看书，店里还不赶人。为了表示我的愧疚，我曾花二十五元钱加入了它的读书俱乐部，以使自己平日去蹭书看时，更加理直气壮一些。我生平第一次接触奥威尔的《动物庄园》、梭罗的《瓦尔登湖》、陈寅恪的《柳如是别传》等等这些人文气息极浓的书籍，都是在"国林风"。

本世纪初，在很多人还没在意企业和文化相结合的时候，"国林风"已经很有文化了。"国林风"书店的图标是一副眼镜，眼镜下面是一行字"智慧在此隐藏"，着实让所有戴眼镜的人挺直了几分身躯。最让我记忆深刻的，是"国林风"的宣传册页上有一幅画。这幅画的背景下着雨，有一只鸭子身穿风衣，手里举着一柄雨伞避雨，而雨伞的造型则像是打开的书。画的左边竖写着一行字："很多时候，我们是靠书籍来抵御风雨的。"

这句话真有点儿痛彻心扉，更加让人心旌摇荡。

少年坎坷，我步入书店之前，因没钱吃饭，刚在上面的中国书店卖掉了一套《封神演义》的连环画，换了五十块钱，吃了碗五块钱的牛肉面。

我陡然想起，某天晚上，著名天文学家勒韦里耶正在填写一份极为恶劣的气象预测表，他一边写一边嘟囔："滂沱大雨、雷雨、大风……"这个时候，他的大女儿走过来，趴在他的肩上看着，伤心地说："真遗憾……我的生日，明天是我十八周岁……"勒韦里耶马上重新抓起笔，补写一句：间晴。

读书可以遮风挡雨，也可以转化心情，正如勒韦里耶听到女儿的生日时，立刻觉得阴天有了一片晴空。

二

所谓"读万卷书，行万里路"，曾经河南女教师的辞职信之所以会蹿红网络，就在于一句"世界那么大，我想去看看"道出了很多人的心声。世界那么大，出去走走确实是有必要的，可若是脑中空空荡荡，即使来至外面的世界，也未必能有所感悟。

走出去的目的，是为了洞察芸芸众生、大千世界，如果没有思考的基础，很难自内而外产生感知。

我曾经在一个时期，坚持历史文化散文的写作，在阐释自己的创作思路时，我说自己习惯"透过残存的土木砖石窥探历史"。

登临南京的栖霞山，我想到的是"南朝四百八十寺"浩渺烟云；漫步陕西五陵塬上，我会忍不住遐思，两千年前，某位名臣大将，曾站在我的同一位置，俯首帝王；泛舟秦淮河，我想到了朱自清和俞平伯的"桨声灯影"，想到了秦淮河环境的迁延流转；驱车坝上，我看到的是康熙和噶尔丹的大战遗迹，忆起的是传教士张诚写给法国报纸的一封法文通讯，眺望的是矗立在多伦的汇宗寺碑……

站在历史的遗存上，如果没有阅读的经历，目中所见，不过是砖石瓦砾，更缺乏一种穿越身处空间的力量。

中国古代著名的乐府诗集——《古诗十九首》，有一句诗表达出同样的愿望："昼短苦夜长，何不秉烛游？"在我们有限的生命中，即使穷极一生，感官所能体验到的生活经验，相对于浩瀚的历史长河亦是有限。读万卷书与行万里路是两个不同的概念，二者不具备可替代性，知与行的互补，才有利于人之学识与思想的积累。

读书是获取精神食粮的最佳方法，通过阅读你可以驰骋古今，身居陋室却能神游万里。书籍恰是最平等的，它并不介意其阅读者是高官显宦或布衣乞儿。阅读与地位无关，与贫富无关，所谓"腹有诗书气自华"，阅读可以使人摆脱庸俗，厚积质素。

我们一生能读的书，其实真的有限。然而，通过有限的阅读，却能帮助我们找到自我存在的意义，这才是阅读的魅力所在。持续的阅读，不仅能够增加学养，更能提升我们对生命的体悟。

在人的气质中，隐藏着心灵的成熟、思想的深度，以及品格和修养。这份气质，可能来自家庭的教养，亦可能来自生活的磨砺，但最佳的方法，莫过于读书。曾国藩在同治元年四月廿四日写给儿子纪泽、纪鸿的信中，就特别告诫孩子："人之气质由于天生，本难改变，惟读书则可变化气质。"流金岁月，我们于纸上相逢，每天改变一点儿，每天变好一点儿，那么最终将成就属于你的独特气质。

阅读需要的是时间的积累，在这个过程中，我们能感受"无穷的远方，无数的人们，都和我有关"，体悟"不迁怒，不贰过"静心修身的意义。在我们身处人生低谷，面对满布荆棘的沟壑时，仍然有仰头眺望星空的勇气，经历过"鲜花着锦，烈火烹油"的荣耀后，仍然可以平淡地去面对生活。

阅读促使我们自省，引导我们学会谦卑。阅读是一种力量，让我们更加从容地去平视世界，进而与纷乱世俗达成和解。

三

我们今日读书的心境，可能真的比不上古人。孔子热爱读书，其钟情的程度超乎人们的想象："其为人也，发愤忘食，乐以忘忧，不知老之将至云尔。"

略翻《论语》，随处可以看到孔子谆谆劝勉弟子读书的记录。宰予在读书方面颇为疏懒，他直接批评："朽木不可雕也，粪土之墙不可圬也！于予与何诛？"

孔夫子是贵族出身，读书的条件还是不错的。若是身处贫寒，想读书则并不容易，尤其是晚上，因此才有孙康映雪、匡衡偷光。古人又是浪漫的，或许觉得借着夜光读书意境更为清雅，就有了江泌、孟郊的逐月观书，即使像王维这样宦途通达的人，也曾"月下读数遍，风前吟一声"。

时下社会多浮躁，坚持独立自主地读完一本书，对很多人来说已非易事。平时工作繁重，偶然浏览过几本书，就自夸勤奋好学，其实与古人相较，算不了什么。

我也浮躁，整天处于焦虑中，但愈这样，愈是要坚持独立阅读，坚持独立思考。

阅读看似简单，如何寻找正确的阅读方向、选择正确的阅读方式，怎么读得有效、读得快、读得深入，或者又快又深入，是更为复杂的问题。

曾经有人用科学的方法来分析如何读书，说读书要分为四个层次。

一是我们所有人都很熟悉的基础阅读。认识字词、了解句读，懂得字面的意思，顺手翻来，书也就读过了。

二是检视性阅读，也就是走马观花般的阅读，即预读、略读。读书的时候，浏览一下前言后记，熟悉一下目录，筛选一下重点章节，有选择地阅读，诸葛亮"观其大略"、陶渊明"浅尝辄止"即是如此。

三是解剖式阅读或分析式阅读。用专业的视角对文本进行剖析、鉴赏、解读，比较系统、全面、深入地阅读。

四是主题性阅读或对照式阅读。自己提炼出来一个主题，选择有一定关系的书籍对照阅读，这是一种科学的方式，诸如在唐诗中寻找写月的诗句，在宋词中寻找写酒的句子等等。

我们在阅读中，常用前两种，少用后两种。前两种费时不大，费劲不多，收获也少；后两种费时、费劲，收获倒是颇丰。

还有一些感悟式的阅读方法很有价值，某些书往往初读时不全面，还需深入阅读后才能有所感悟。这些都需要有一定的学识后，才可感知其深刻内涵。

当心境和方式渐趋同步，我们浮躁的心境就会平伏，阅读的速度也会加快。通过阅读来进行自我修炼，就能更好地认识世界，从而遇见更好的自己。至此，纵然百炼钢亦会化成绕指柔。

四

都说书是精神食粮，但二者还是大有区别。吃什么饭都可饱肚，只在口味是否适应，读书却因目的有异，所选择的方向与方式，有着本质的不同。

书评家止庵曾说："我老觉得读书是一个特别实在的事情，是精神食粮，跟吃饭某些地方很相像。但是读书跟吃饭还是有区别，不管吃山珍海味还是窝头，都充饥；读书不一样，有的书能充饥，有的书不仅不能充饥，还耽误事。"

读书人自古都有宏大的志向。孟子说："达则兼济天下，穷则独善其身。"在此观念影响下，读书人大都心怀"治国平天下"的宏愿，范仲淹"居庙堂之高则忧其民，处江湖之远则忧其君"；北宋张载所提出的"为天地立心，为生民立命，为往圣继绝学，为万世开太平"至今仍是名言，被时下的"国学班"引为招生广告。

也有些人，读书的目的是"外求于物，内求于心"，为了能够补益言行，使自己更加明通事理。《颜氏家训》就说："夫所以读书学问，本欲开心明目，利于行耳。"

还有些人读书是为了修养身心。陶渊明言："好读书，不求甚解，每有会意，便欣然忘食。"明代陈继儒《小窗幽记》则说："闭门即是深山，读书随处净土。"

不过更多的是叶公好龙者，博览群书，心得全无。明代谢肇淛对此有一番精妙的评论："好书之人有三病：其一，浮慕时名，徒为架上观美，牙签锦轴，装潢衒曜，骊

7

牝之外，一切不知，谓之无书可也；其一，广收远括，毕尽心力，但图多蓄，不事讨论，徒涴灰尘，半束高阁，谓之书肆可也；其一，博学多识，矻矻穷年，而慧根短浅，难以自运，记诵如流，寸觚莫展，视之肉食面墙诚有间矣，其于没世无闻，均也。"

以此言论观之，我们今日依然有此"读书之病"。

扪心自问，我们是否因媒体的推荐，购买了大量装帧华美、富丽堂皇的畅销书，从此束之高阁？是否浏览购书网站时，为了包邮而凑单，买了一堆从来不看，或者认为自己可能会读，却再没翻过的书，又是否只知埋头读书，却缺乏独立思考的精神，纸上谈兵、眼高手低？

《宋史》中有句话颇为尖锐："士当以器识为先，一命为文人，无足观矣。"我们读书的目的是什么？就是为了养成"器识"，即丰富自己的见识，提升自己的格局。

以自己读书所得去思考，去辨析，去行动，才能如"身怀利器，游刃而有余"，若只成为一个咬文嚼字的"文人"，也就毫无可观了。

我们做不了炼石补天的前辈，也没有大学问家的天资，即使我们下不了先贤的苦功，却不妨碍我们静静地做一个读书人，真正地去享受读书，偶有所思，偶有所得，有益言行，有俾世事，何尝不美呢？

静静时光，案头结上几缕翰墨因缘，书香漫溢之处，辄然有痕。

林遥

遽议人物

杜甫的"匪友"

　　杜甫是唐代著名诗人，出身京兆杜氏分支之一钓襄阳杜氏，其祖父杜审言，更是"近体诗"的奠基人。杜甫的家庭可称得上是历代书香，他一生规行矩步，没干过什么出格的事情，可晚年在湖南，却结交"匪友"，认识了一个善用"白弩"，横行江湖，绰号"白跖"的游侠。

　　跖是盗跖，春秋时期的一位大盗。江湖上称呼这位为"白跖"，估计与他擅使"白弩"这种武器有关。

　　白跖姓苏名涣，唐大历四年（769），他听说杜甫泊舟湘江，遂盛情登门拜访。要说苏涣也算文武双全，少年时当游侠，后来读书中进士，官至侍御。他在与杜甫的言谈中，当场朗诵了自己写的几首诗，深得杜甫的赞赏，两人由此有了密切的来往。

　　苏涣家住潭州（今长沙）定王台附近，而杜甫家住市北。杜甫的《暮秋枉裴道州手札，率尔遣兴，寄递呈苏涣侍御》一诗中，有"茅斋定王城郭门，药物楚老渔商市。市北肩舆每联袂，郭南抱瓮亦隐几"的句子，可见杜甫也喜欢去找苏涣聊天，两人的友情还是较为深厚的。

　　杜甫在《苏大侍御访江浦，赋八韵记异》中说："苏大侍御涣，静者也，旅于江侧，凡是不交州府之客，人事

3

都绝久矣。"杜甫在诗中将苏涣与汉末隐士庞德公相比,可见其对苏涣的评价颇高。在杜甫离开潭州到衡州(今衡阳)之后,写有《入衡州》一诗,将苏涣推荐给衡州刺史阳济:"剧孟七国畏,马卿四赋良,门阑苏生在,勇锐白起强。"诗中不仅称赞苏涣文武双全,还认为他既有白起的勇锐,又有剧孟的义风,且具司马相如的文采,是个难得的人才。杜甫又写《呈苏涣》,表达对苏涣的希望:"致君尧舜付公等,早据要路思捐躯。"

苏涣这么受杜甫器重,可在两唐书中却无传,只在《新唐书·艺文志》《南部新书》以及《唐才子传》中有几句简单的生平概略。

苏涣少年为盗,喜欢剽劫,虽然读书、写诗、当官,但并不是杜甫所赞颂的如同庞德公式的隐士,其性格和行为颇具"造反精神"。大历四年(769),苏涣应湖南观察使崔瓘的邀请,成为幕僚,但不久后弃职闲居,只与杜甫来往密切。在崔瓘被害后,苏涣跑到岭南与哥舒晃一起发动叛乱,约在大历十年(775)时被杀害,最终没有成为杜甫所希望的"致君尧舜",而是走上叛逆之路。

后人对杜甫盛赞苏涣,常常感到奇怪。明人胡震亨在《唐音癸签》书中认为,这可能与杜甫在晚年时的寂寞有很大关系:"苏涣以盗始,以盗终,其人何如人哉!杜称为静者,寄诗望其致主尧舜,屡赞不已,殊可怪。湖南后交游益寥落,穷途倾盖,许与遂至过滥耳。'即今漂泊干戈际,屡貌寻常行路人',岂独为曹将军哉!"

杜甫的晚年可谓凄凉。《呈苏涣》一诗中说:"久客多枉友朋书,素书一月凡一束。虚名但蒙寒暄问,泛爱不救沟壑辱。"也就是说,写这些书信的人都碍于其声名而敷衍寒暄，并没有对杜甫提供实质性的帮助。"虚名"与"泛爱"两个词，道尽了世态炎凉。相比之下，苏涣处处表现出对杜甫的真诚的敬慕之情，遂成为温暖杜甫的一缕阳光。杜甫在《苏大侍御访江浦，赋八韵记异》诗中有"昨夜舟火灭，湘娥帘外悲，百灵未敢散，风破寒江迟"等句，并称赞苏涣的诗"殷殷留金石声"，又称其"才力素壮，辞句动人""突过黄初诗"。苏涣的气概颇具豪侠气，由此给杜甫带来"空谷足音"之喜。

苏涣存世的诗只有四首。他的变律十九首中，有一首描写的是"毒蜂成一窠，高挂恶木枝"，让很多过路人害怕，这时来了一个手拿弹弓的人，向着蜂巢打去，"一中纷下来，势若风雨随"，可是这位勇武可嘉的弓手，没有考虑后果："身如万箭攒，宛转迷所之。"被蜂群包围着猛蜇，蒙头转向，痛苦不堪。这种情况，北京人叫"捅马蜂窝"，自然十分狼狈。苏涣最后叹息：把毒蜂巢弹下来，疾恶如仇是好事，但没有考虑周全就下手，则近于鲁莽，"徒有疾恶心，奈何不知机"。

苏涣的诗，在艺术上并不高明，却充满批判精神，颇具现实内容。杜甫晚年非常看好的诗人还有元结，元结的诗也大都是采用这种比兴体，杜甫可能不免有惺惺相惜之情。

苏涣之为人，与西晋的周处，还有中唐的韦应物颇有相似之处，但却不如周处能够建功立业，也没有韦应物的良好修养，这种对现实非常强烈的反抗精神，促使他在怀才不遇的情况下，很容易就走上了叛逆之路。

5

三位奇葩皇帝

一

读《续资治通鉴》，翻到元代最后一位皇帝元顺帝妥懽帖睦尔的一些事儿，觉得颇有些意思。由此亦联想到中国历史上另两位亡国之君，发现这三位君王，虽然皇帝做得不称职，但他们都是聪明人，很有点儿本事。

南唐后主李煜以善填词而留名中国文学史。李煜做皇帝，像是命运对他开的玩笑。李煜上面有五个哥哥，本来轮不到他当皇帝，没想到造化弄人，李煜的几个哥哥先后早夭，唯独剩下大哥李弘冀和他两个人。

李弘冀继承了祖父李昪的野心和权谋，一心想着做皇帝，不惜毒杀有可能威胁到自己继承权的叔父李璟遂。这让李煜很早就对宫廷政治斗争充满恐惧，为免祸及自身，他自号"钟峰隐士"，潜心经史，表明自己不敢妄生二心。

可是人算不如天算，李弘冀没有等到登基大典就暴病而亡，在父亲李璟驾崩后，李煜就被推上了皇位。由于他从小就没有被当作皇储培养，整日沉浸于文学艺术之中，毫无政治能力，在动乱之际匆匆走上了风口浪尖，也注定

6

其命运最终将走向悲剧。

李煜面临北宋威胁，在位十余年，一直在速亡与缓亡之间徘徊，他甚至不敢称王称帝，只敢自称江南国主，偏安一隅，从未有发愤图强之举。宋太祖开宝八年（975）春天，赵匡胤以"违旨奉召"为由，起兵伐南唐。冬十一月，南唐都城建康陷落，李煜白衫纱帽，肉袒奉表出宫投降。开宝九年（976）的正月，宋大将曹彬将李煜等献俘给宋太祖，估计当时李煜心中默念着的是自己在途中所作的《破阵子》："四十年来家国，三千里地山河。凤阁龙楼连霄汉，玉树琼枝作烟萝。几曾识干戈。一旦归为臣虏，沉腰潘鬓消磨。最是仓皇辞庙日，教坊犹奏离别歌。垂泪对宫娥。"即使这样自嘲自怨，到最后还是因为写"问君能有几多愁，恰似一江春水向东流"，被宋太宗赐药毒死，了却了他的"愁"债。李煜不仅精于诗词，更擅书画，独创金错刀、聚针顶、撮襟书等体，尤善画飞鸟。

二

第二位就是宋徽宗赵佶，这位皇帝和南唐后主李煜的艺术天分颇有一拼。想来也是报应，北宋灭南唐，南唐后主就是艺术天才、政治白痴，到北宋末年，宋徽宗赵佶亦是如此。所以，前人曾传说，赵佶就是李煜转世。

明朝《艮斋杂说》说："李后主亡国最为可怜，宋徽宗其后身也。"还把南唐后主转世说得有根有据："末神宗一日幸秘书省，见江南国主像，人物俨雅，再三叹讶，适后宫有娠者，梦李后主来谒，而生端王。"端王就是后来的宋徽宗赵佶，这种托生的传说应是后世的编造，但在赵佶

7

身上，确与李煜有很多相似之处。赵佶同样自幼爱好丹青笔墨、射箭骑马，尤其擅长绘画，爱好奇花异石、飞禽走兽，艺术天赋甚佳。

宋徽宗的书与画均可留名艺术史，其所创的瘦金体书法，挺拔秀丽，飘逸中透着犀利，至今仍是书法界的天花板。他的花鸟画自成"院体"，不仅生机盎然，且充满富贵气象。

不过作为皇帝，赵佶实在不合格，他不重民生，信赖蔡京、童贯与杨戬等人，任由他们把持朝政，自己则忙于搜刮奇花异石（时称"花石纲"），用于营造延福宫，建筑他心目中的人间仙境。赵佶在位期间，将北宋约占当时世界上百分之七十的财产给花光了。汴梁城破之日，赵佶被金兵押到五国城，最后冻饿而死。

当初众议赵佶即位之时，宰相章惇非常不赞成，说："端王轻佻，不可君天下。"到后来元朝脱脱主持撰写《宋史》的《徽宗纪》时，还掷笔慨叹："事皆能，独不能为君耳！"

作为元朝最后一根"顶梁柱"的脱脱，纵然文武双全，也是"灯下黑"。他忠心侍奉的元顺帝也是一位不干正经事的皇帝，也是这篇文字要说的第三位。

元顺帝是明朝给他上的谥号，北元给他的谥号是元惠宗，本名妥懽帖睦尔。

三

妥懽帖睦尔的父亲是元明宗和世㻋，而和世㻋是元武宗海山之子。二十年间，元朝不仅皇位更迭频繁，而且内乱不断，先后经历了元仁宗、元英宗、泰定帝与天顺帝四位皇帝。后来和世㻋的弟弟图帖睦尔夺得皇位，是为元文宗。因和世㻋是哥哥，图帖睦尔便假意让位和世㻋，结果和世㻋在位四个月，就被图帖睦尔毒死，幼年的妥懽帖睦尔饱受监禁之苦。几年后，图帖睦尔病逝，驾崩前后悔毒杀兄长，要把皇位传给和世㻋的儿子。当时朝政被太平王燕帖木儿所把持，他立了和世㻋幼子懿璘质班为帝，即为元宁宗。不料几个月后，元宁宗驾崩，又赶上燕帖木儿纵欲而亡，最终轮到了和世㻋的长子妥懽帖睦尔即位。

妥懽帖睦尔登基时年仅十四岁，就是一个"深居宫中，每事无所专焉"的傀儡皇帝。彼时，朝政被右丞相伯颜把持，妥懽帖睦尔经过几年的谋划，在伯颜的侄子脱脱帮助下，图谋除掉伯颜。至元六年（1340）二月，妥懽帖睦尔与脱脱成功发动政变，将伯颜罢黜，改元"至正"，任命脱脱为右丞相，准备要中兴元朝。

脱脱够得上文武全才，他担任右丞相之后，进行大刀阔斧的改革，包括恢复科举，颁行《农桑辑要》，整饬吏治，蠲免赋税，开放马禁，削减盐额，编修辽、宋、金三史等，史称"脱脱更化"。可是元朝的腐败统治已经无药可医，它就像重症缠身的病人，任脱脱再有回春妙手，也是回天乏术。

至正十四年（1354），妥懽帖睦尔听信佞臣哈麻等人的话，削脱脱兵权，流放其全家。至正十五年（1355），哈麻矫旨，将流放途中的脱脱杀害。

脱脱死后，妥懽帖睦尔彻底堕落，他沉迷于声色犬马，公然在大殿上聚集男女，搞西域僧所教男女裸戏的"延撤尔"（一作"演牒儿"）法，又信西番僧之教，做"秘密喜乐禅定"，荒淫之至。

历史学家黄仁宇评价妥懂帖睦尔说："顺帝是有权能的政客，适于生存，富于弹性，愿意将就妥协，擅长利用一个人物或一种机构去平衡另一人物或因素……他固然没有领导能力，可是不是他的机警圆滑，也绝难在位如是之久。"

妥懂帖睦尔只是一位出色的政客，不是个称职的皇帝，但他绝对是一位聪明人。

《续资治通鉴》载，妥懂帖睦尔对建筑工程非常擅长。妥懂帖睦尔为他宠幸的大臣盖房子，"亲画屋样，又自削木构，宫高尺余，栋梁楹槛，宛转皆具，付匠者按此式为之"，结果，京师人戏称他为"鲁班天子"。这种按模型造屋的方法，不知是否创自妥懂帖睦尔，但明清以来造宫室园宅，大多是依此而为。北京三百年来为皇宫、宅邸制造模型的"样式雷"制作的许多"烫样"，现在还在故宫博物院珍藏。

妥懂帖睦尔不仅有双鲁班一样的巧手，在工程力学和设计构造学上也造诣独特，《元史》中列举他自造龙船和宫漏（报时装置）二事，从中可以窥见这位皇帝建造学方面的"天分"：

妥懂帖睦尔亲自设计建造龙船，命令工匠照图营造。该龙船"船首尾长一百二十尺，广二十尺，前瓦帘棚、穿廊、两暖阁，后吾殿楼子，龙身并殿宇用五彩金妆，前有两爪。上用水手二十四人，身衣紫衫，金荔枝带，四带头巾，于船两旁下各执篙一。自后宫至前宫山下海子内，往来游戏。行时，其龙首眼口爪尾皆动"。真是奇妙无比。

他制造的宫漏，壶藏柜中，通过水力运行，柜腰刻有玉女，捧着时刻筹，时间一到，则浮水而上，左右刻的金甲神按时敲钟、钲报时，狮凤在旁边一起翔舞。其中还有六个飞仙，在子、午时会自进退，可谓"精巧绝出"。

妥懽帖睦尔在朱元璋北伐时逃到内蒙古病死，年五十一岁。14世纪，中国就出了这样一位能工巧匠，比意大利的达·芬奇要早一百多年。可惜这位帝王以荒淫亡国著于史册，他在建筑和机械方面的成就，反而鲜为人知。

这三位当了皇帝，难为了自己，可惜了那份才能，更害苦了百姓。

坑爹的女婿

　　"坑爹"算是从网络上流行起来的语言，含义丰富，当然从字面理解，是把他爸爸给坑了。历史上，儿子坑老子的例子很多，不过除了儿子，女婿也会喊老丈人爸爸，所以女婿坑了老丈人，亦可以称为"坑爹"。

　　元朝末年，泰州有个盐贩子张九四，年轻时就在当地盐场做记账的杂差，借助漏洞损公肥私，获取私利，后来他把自己的三个弟弟也拉上，一起干起了运盐营生，顺便贩运私盐。这种行为算不上大恶，不过缺乏职业道德而已。在封建社会，盐铁属于国家专卖产品，由于垄断的关系，张九四获利颇丰。手中有钱，张九四"仗义疏财"，受到当地百姓的夸赞，好似《水浒传》中的宋江一样。元末大乱，张九四聚集盐贩子起兵，攻陷泰州、高邮，九四改名士诚，称诚王。不久占领苏州，自封"吴王"，有土二千余里，带甲数十万。

　　"盐枭"出身的张九四颇有谋略，知道打江山还需要靠笔杆子，又招揽了一大批文人学士来为其歌功颂德。泰州乡下人就惊讶地说："卖盐九四做天子。"不过，随着另一起义军领袖朱元璋势力的不断扩张，张九四转而投降元朝，并遥领宰相之职，可见其性格"投机"的一面。张士诚用人不当，宠任黄姓、蔡姓、叶姓三个奸佞庸人，最终亡于朱元璋。

张士诚有个女婿，名叫潘元绍，他和画家赵子昂一样，本是宋朝的宗室子孙，后来才改名换姓。潘元绍曾为商贩，书里说他"仪容俊美"，颜值颇高，深受张士诚器重。潘元绍小有才情，与当时的名士柯九思、张羽、宋克、卢熊等交往频繁。

张士诚"外迟重寡言，似有器量，而实无远图"，按现在的说法，有点儿"小富即安"，"既据有吴中，吴承平久，户口殷盛，渐骄纵，怠于政事"。乱世之中，这种割据的思想，也造成了张士诚和其弟弟张士信、女婿潘元绍喜欢聚敛财货的毛病。

潘元绍自己生活豪奢，广置园林珍玩，现在苏州的拙政园、潘巷一带，都是潘元绍的驸马府。雕梁画栋、奇石名花自不必说，唐宋以来的书法名画，也都被潘元绍搜刮入府，"金玉珍宝及古法书名画，无不充溢，日夜歌舞自娱"。

骄奢淫逸也就罢了，可这潘元绍还是个嗜杀变态的恶魔。

潘元绍有一姜苏氏，才色俱绝，潘元绍酒醉后把她杀了飨客。诗人杨维桢作了首《金盘美人歌》，即咏潘元绍此事，其序云："刺伪驸马潘某也。潘娶美娼凡数十，闪一为苏氏，才色兼美，醉后寻其罪，杀之，以金盘荐其首于客宴，绝类北齐主事。国亡伏诛台城，投其首于溷。"其歌云："昨夜金床喜，喜荐美人体。今日金盘愁，愁荐美人头。明朝使君在何处？溷中人溺血骷髅。君不见东上琵琶骨，夜夜鬼语啼筌篌。"

具体翻译，我就不作了，反正我读了心惊肉跳。南北朝时北齐诸帝个个荒淫残暴，精神变态，被后人称之为"禽兽王朝"。杨维桢将潘氏比拟为北齐王，有其历史语境因素。

至正二十七年（1367）七月间，朱元璋在消灭陈友谅后，遣徐达、常遇春率军攻打苏州城，潘元绍与其兄潘元明背叛张士诚，降明为官，导致张士诚兵败被擒。

潘元绍家姬，有七位美人，被潘元绍命令自决，以免城破后被俘遭受耻辱。七姬遂先后缢死于居室中。常和他来往的宋克是个大书法家，书写了《七姬权厝志》，拓本流传至今，成为书法珍品。

七姬明显是被潘元绍逼迫而死，《七姬权厝志》文中，却伤叹佳丽薄命，大难临头时不负主恩，有节有义，让人目为咄咄怪事。《明诗纪事》中感叹："潘暴戾如此，而七姬甘为之死，亦异矣哉！"

启功先生在《论书绝句百首》中说："《七姬志》里血模糊，片石应充抵雀珠。孤本流传余罪证，徒留遗恨仲温书。"诗跋中云："……此志原石传本极少，所见仅有二本，其一尚出翻摹。且拓墨模糊，展观令人想见七姬血肉，吾转恨世间有此二本之存也。"

张士诚拥兵据地十四年，被徐达、常遇春捆到南京，其后自杀，其间潘元绍还曾劝张士诚投降，被他拒绝。不过潘元绍也没有好结局，朱元璋怕降明的潘元绍造反，没过几个月，索性也把他杀了投入厕中。

张士诚手下有一位文人，名叫施耐庵，很受张士诚恩遇。施耐庵对潘元绍兄弟这种出卖故主、无耻叛变的行径

14

十分痛恨。施耐庵后来写了一本小说《水浒传》，书里塑造了两个背夫偷情的女人都姓潘，以潘金莲、潘巧云二潘的"失贞"，指代"潘元绍、潘元明"二潘的为臣不忠。

情僧苏曼殊

春雨楼头尺八箫，何时归看浙江潮？
芒鞋破钵无人识，踏过樱花第几桥！

这是我第一次读到苏曼殊的诗，当时颇为惊艳，以为是古代某位大诗人之作，没想到出自近代一位僧人之手。

这首诗即苏曼殊脍炙人口的《本事诗》之一。

清末民初的苏曼殊诗文俱佳，集作家、诗人、翻译家、革命家、僧人与艺术家等头衔于一身，他书画皆精，朋友也多，柳亚子的儿子柳无忌曾说："如果把苏曼殊的友人一个一个排列起来，差不多就成了一幅民国以来文人名士的缩影图。"孙中山、黄兴、陈独秀、廖仲恺、何香凝、章士钊、章太炎、柳亚子、陈果夫、宋教仁、蒋介石、胡汉民、沈尹默、鲁迅、蔡元培、周作人、马君武、汪精卫、刘半农、于右任……这些中国近代史上的风云人物都曾是苏曼殊的座上客。

苏曼殊原籍广东香山（今中山市），广东茶商苏杰生之子。苏曼殊是庶出，母亲河合仙是日本人。光绪十年（1884），苏曼殊出生于日本横滨，学识丰富，精通中、日、英、德、法文之外，兼通梵文，当过和尚，但不废酒肉，

16

深于男女之情，也参加推翻清朝的革命活动，平生行为怪诞。

鲁迅说他是个怪人，一有钱就花天酒地，钱花光了就回到寺里老老实实过日子。

世人都说，苏曼殊是情僧，也是诗僧。他自身的经历和故事远比他的诗歌丰富多彩。

他的好友柳亚子为他编的《苏曼殊全集》中，有不少苏曼殊在日本的言情之作。其中一页插图，有一弹着八云筝的日本少女，和服高髻，娇靥含羞，上有诗云："无量春愁无量病，一时都向指间鸣。我亦艰难多病日，哪堪重听八云筝。"

此诗亦属《本事诗》之一。

不过苏曼殊另有《静女调筝图》，上面的诗作为："无量春愁无量恨，一时都向指间鸣，我已袈裟全湿透，哪堪重听割鸡筝。"比起《本事诗》，可以看得出后一首是初稿，《本事诗》是改过的。后一首"袈裟湿透"是好句，但第二与第六字失黏，"割鸡筝"用字颇俗，亦有可能是戏言，与定稿的跌宕动人迥异。可能苏曼殊天分甚高，不太注意诗的格律，后经改过，也未可知。

"调筝女"背后，暗藏苏曼殊的一段情。据说当年苏曼殊在东京的一个小型音乐会上，钟情于调筝女百助枫子，可是当时苏曼殊已决定青灯相伴了却尘缘，每每只能依靠理性强调"余实三戒俱足之僧，永不容与女子共住者也"，最终挥毫写下"乌舍凌波肌似雪，亲持红叶索题诗。还卿一钵无情泪，恨不相逢未剃时"来表达自己内心的矛盾。

关于这首诗，苏曼殊自注："梵土相传，神女乌舍监守天阁，伺宴诸神。"在这里，乌舍自然是指百助。苏曼殊借用唐代"红叶题诗"的典故暗指百助向自己表达爱慕之情。

苏曼殊喜欢向朋友自夸艳遇，某年他同陈独秀归国，船上吹嘘与某女故事。陈独秀故意表示不信，苏曼殊窘急，捧出该女发饰种种给他看，然后一下抛向海中。陈独秀赠苏曼殊诗，有"收拾闲情沉逝水"句，或指此事。

苏曼殊身世不幸，谋生能力极弱，却跻身于时代群英之列。他跟那些修成正果的人物相比，没有更多的亮眼成就，反倒像是个长不大的孩子，对人对事不免任性。

苏曼殊有次断炊，卧床呻吟，亏有朋友来探望，赶紧请他吃饭，同时还感慨：我迟来一步，君为饿殍矣。最后还赠他百金。没过几天，朋友又去看望，发现他仍然卧床呻吟，非常吃惊地问：你要绝食吗？谁知道苏曼殊却言：你给了钱，我肚子也不饿了，到街上去瞎逛，却"见自动车构制绝精美"（汽车），一时心动不已，就把它买回来了，剩下的一点儿钱在回来的路上又给了没饭吃的乞丐。车虽精美却不能吃，他又过上了忍饥挨饿、卧床呻吟的日子。朋友奇怪：你又没学习过驾驶，买车回来干什么？谁知苏曼殊回答：无他，从心所欲而已。

推崇苏曼殊的人，如章太炎称之为"亘古未见的稀世之才！"陈独秀则较为知人论世："曼殊眼见自己向往的民国政局如此污浊，又未找到其他出路，厌世之念顿起，以求速死……在许多朋友中间，像曼殊这样清白的人，真是不可多得了。"郁达夫评价说："苏曼殊的名字，在中国的文学史上，早已是不朽的了……他的译诗，比他自作的诗好，他的诗比他的画好，他的画比他的小说好，而他的浪漫气质，由这一种浪漫气质而来的行动风度，比他的一切都要好。"

苏曼殊其实算不得和尚。尘世让他感觉不到温暖，他就逃禅；一旦进入佛门，又时常挂念悠悠尘世。无比苍凉的现实境遇和苏曼殊内心的脆弱，注定了他既无法成为一名革命者，也无法成为纯粹的文人，更无法成为一名真正的修行者。

1918年5月，苏曼殊去世，死前只留下"一切有情，都无挂碍"八个字。

从"盗贼"到将军

闲来在书架上乱翻书，有《清代名人轶事》一册，在"将略类"读到一则故事，名为《罗壮勇》，颇有意思。

罗壮勇，原名思举，是清代嘉庆、道光年间一位有名的将军，四川东乡人。这位"壮勇公"小时候是个小偷，犯案累累，县衙把他抓获，用杖打了个半死，丢弃到野外。罗思举命不该绝，半夜醒来，爬到一位孤老婆子家，婆子怜悯他，给了他吃的。伤愈后，罗思举投身军营，骁勇善战，不次升擢。

一次，湖南的赵金龙造反，罗思举奉命和总督卢坤去平乱。罗思举围困住起义军驻地羊泉镇，将要总攻，道光皇帝派的钦差禧恩督军，却迟迟未到。大家都要等钦差来了再开仗，可罗思举说："围久了军心松懈，白废公帑可惜。"便自行发动攻击。钦差来后，无功可捞。总督以下都埋怨罗思举。罗思举拿出当初混江湖的"光棍"姿态，说："诸公都是高官贵人，顾忌太多，我是个无赖，只报国恩，不计其他。"钦差禧恩虽不高兴，也拿他没办法。

罗思举当小兵时，刚娶妻就病重，无医能治，结果一位游方道人看了，说："我能治，但要三十贯钱配药。"罗思举没钱，就同老婆商量："我若病死，你也饿死，不如把你卖了，得钱买药，那大家都能活下来。"他老婆思量再三，最后泣而从之。这道人倒没骗他，果然药到病除。罗思举后来升了游击，访得前妻，赎回来仍为夫妻。罗思举因老婆卖身救己，一生敬重老婆。

罗思举的故事，按今日观点来看，恐怕褒贬不一，不过一些穷时共患难，但富贵之后换老婆的人，听听罗思举的事，不知有何想法。

罗思举这个人，一生传奇。他出身农家，家境贫寒，父亲叫罗文才，母亲符氏生了多个儿子，但夭折不少，只活下来四个，罗思举排行第二。罗思举六岁时，罗文才去世，家徒四壁，吃了上顿没下顿。俗话说："饥寒起盗心。"人在饥寒交迫的情况下，为了生存，难免会做出一些偷鸡摸狗的事。年幼的罗思举，因鸡鸣狗盗之事到处惹是生非。族人对他很是忌恨，据说曾多次想用族规把他给活埋掉，免得给罗氏一族惹上官司。

一年大旱，颗粒无收，罗思举带着幼小的弟弟逃荒到外地。十七岁时，他跑到陕西终南山去拜师学艺了两年，学得一身好功夫，身手矫捷，在屋顶能像在平地一般飞快跑动，所谓"飞檐走壁"，估计就是这个意思。

嘉庆元年（1796），四川白莲教起义，三十多岁的罗思举回到四川参加地方团练，围剿白莲教，屡立战功。四川制军英善听说后，赏他行营七品顶戴。罗思举一步从流浪汉跨进了"公务员"的行列，由此步入加官晋爵的仕途。后来，罗思举凭借着一次次战功，获得了"苏勒方阿巴图鲁"的称号，先后升任参将、总兵、提督等职，乃至被赐双眼花翎、一等轻车都尉世职。

轻车都尉不是官职，而是爵位称号，清代主要封给外戚或者是外姓功臣，居"公侯伯子男"爵位之下，与其他爵位一样都分三等。一等轻车都尉属正三品，清时汉人官员中获得这个爵位实属少见。

道光二十年（1840）的春天，罗思举去世。道光皇帝对他赏加"太子太保"衔，谥"壮勇公"，封"振威将军"，免去任内一切处分，颁发祭文，饬令四川藩库拨银安葬。

罗思举出身农家，家境贫寒，一介平民，戎马半生，靠战功起家，在贵族当权的清朝，凭借聪明勇敢和一次次战功，官至提督，上马管军，下马管民，受两朝皇帝重用，在当时足以令人刮目相看。

罗思举晚年写年谱，直言不讳地记述生平，比如，哪年参加过会党，哪年做过盗贼，都坦坦荡荡地告诉世人。《清史稿》记载，罗思举功成名就后，谈及年轻时的所作所为，一点儿也不忌讳，有什么说什么。他曾发公文檄告给川、陕、鄂等犯过案的地方说："你们以前要抓捕的盗贼罗思举，现在已效力国家，你们可以销案了。"颇为幽默。

罗思举出身贫苦，有着朴素的处世观念，非常聪明。嘉庆在召见他的时候，问他："哪个省的兵最精良？"罗思举觉得这个问题实在太不好回答，怎么答都要得罪人。他灵机一动，说："只要将帅好，手下的兵自然就精良。"后来，道光见罗思举，问："你是怎么让大家明白赏罚的？"罗思举答："进一步，赏；退一步，罚。"道光对他的回答大为满意。

民国初年，绍兴人葛虚存从大量清人笔记小说、方志、文集、书牍、奏折、诗话中采集编纂出《清代名人轶事》，其中逸事甚多，颇可一读。

一位唐人女子的自由人生

一

电影《刺客聂隐娘》上映时，胶片特有的色彩、符合历史细节的服饰、大量的长镜头，处处精到，可见侯孝贤导演打磨电影的用心，如同影片中磨镜少年所磨之铜镜，精心研磨，方才灿然若华。只不过电影叫好不叫座，节奏有些慢，其实略去影片中复杂的人物关系，讲的不过是一个孤独的少女因为杀不了心爱之人，最后只能选择离开的故事。

聂隐娘是唐人传奇小说中的著名人物，这个故事投射到电影里，已从小说变成了散文，距原作早已疏离，一如影片中武当山、神农架、桃花源，景色和造型吞没了侠客的动作。

中国小说至唐代初成，此后武侠题材就一直是创作中的重要类别。宋朝大型丛书《太平广记》收录了前代的野史以及宗教故事，其中的"豪侠类"共四卷，有许多堪称精品的名篇，如《虬髯客传》《聂隐娘》以及《红线》等，

23

可谓是中国武侠小说的早期代表作。1921 年，郭绍虞将盐谷温《支那文学概论讲话》中小说部分编译为《中国小说史略》出版，书中将唐代的传奇小说分为四类——剑侠、别传、艳情、神怪。1935 年，光明书局出版了《中国小说发达史》，作者谭正璧又将唐代传奇划分为三大类——恋爱、神怪、豪侠。此后研究者分类更多，但本质上大同小异。

《聂隐娘》的故事出自裴铏的《传奇》，描写的是中唐一位女侠神秘、精彩、自由的一生，她的报恩、行侠、刺人于闹市等元素，对后世的武侠小说发展启发极大。

故事发生在唐代贞元年间，一名神秘女尼要收大将聂锋的女儿聂隐娘为徒，聂锋不许，女尼遂夜盗隐娘遁去。此后五年，聂隐娘随女尼居住在深山石穴中学习武艺。开始时，隐娘服了女尼给的丹药，身轻如风，随后女尼又授予宝剑，锋利程度吹可断发。接着，女尼又授予隐娘道术。一年后，隐娘达到了击刺猿猱虎豹皆百无一失的地步。三年后，隐娘轻功大成，飞刺鹰隼也不会失手。随着剑术的提高，隐娘的剑也越来越短。四年后，女尼送给隐娘一把三寸羊角匕首，隐在白日杀人于都市，亦不被人所见。五年后，女尼派隐娘去刺杀一个罪大恶极的大官，隐娘很快就持其首而归。女尼至此认为隐娘已经学成，让其归家。隐娘离开前，女尼将其头脑打开，将匕首藏于脑后，并嘱咐她：二十年后才可再见。回家后，隐娘与父母团聚，因她遭遇奇异，父母对其不甚怜爱。隐娘后与上门的磨镜少年结合，僻户另居。父亲去世后，隐娘因剑术高超而被魏博节度收入麾下。元和年间，隐娘被派去刺杀陈许节度使刘昌裔。刘昌裔在知道隐娘是来刺杀他之后，不怪不怪，反而对隐娘夫妇以礼相待。隐娘为刘昌裔的气度所折服，转投刘的帐下。魏博先后派出精精儿与空空儿刺杀刘昌裔，均被隐娘所败。到了元和八年，隐娘夫妇辞别刘昌裔，从此浪迹江湖。刘去世时，隐娘闻信而至，在灵前痛哭。开成年间，刘昌裔子刘纵在蜀栈道偶遇隐娘，见其容颜如旧。临别，隐娘赠给他一枚丸药，嘱他辞官避祸，但刘纵不肯，果然一年后在陵州被害，此后再无人见过隐娘。

《聂隐娘》的故事以武为主，其中不乏昂扬的侠气，与今天所看到的武侠小说风格已经非常相近。后世有不少以《聂隐娘》改编的小说、戏剧出现。

洪迈的《夷坚续志》前集中，在卷二节就记载了隐娘学艺之事，题为《斩人魂魄》，载入《艳异编卷二四·义侠部》中；罗烨的《醉翁谈录·舌耕叙引》，收录宋人话本《西山聂隐娘》，载入《小说开辟》内，入"妖术"类，已佚；在《初刻拍案惊奇》的卷四，《程元玉店肆代偿钱，十一娘云岗纵谈侠》就略述隐娘的故事，甚至败于隐娘之手的空空儿，也因"妙手空空儿"成为中国武侠小说的习惯用语。

清人唐芸洲的《七剑十三侠》、惜花吟主的《仙侠五花剑》中，所描述的奇侠斗剑场面，可见《聂隐娘》的传承。

新派武侠小说作家梁羽生综合了前代各类"聂隐娘"故事精髓，汰除故事中的荒诞部分，在《大唐游侠传》《龙凤宝钗缘》等小说中，将聂隐娘塑造成敢爱敢恨的侠义之士，赋予了聂隐娘在新派武侠小说中的生命力。

二

聂隐娘在原著小说中以刺客形象出现，故事又发生在中唐时期，也是其来有自。

刺客在中国古代的故事特别多，春秋时"礼崩乐坏"，刺杀行为经常发生，《左传》中就记载了很多这样的事件。刺客的行为本不光明，但中国传统文化里却对此职业有特殊的观点。这一切来自司马迁，因其特意将曹沫、专诸、豫让、聂政、荆轲等五位刺客的故事，作为正面歌颂的行为收录于《史记》，写了《刺客列传》，行文中加入很多文学性的描述，赞扬他们"士为知己者死"的义勇行为。

中国在盛唐时期，朝廷政权稳定，对人身控制非常严格，刺客其实并不多见，但到了中唐时代，局势已大为不同，为聂隐娘的诞生提供了条件。

聂隐娘的故事虽是虚构的，但作品也一定程度反映了当时的社会现实。

按唐制，官府每年都需做人口登记，每三年的人口记录要制成册子，以便于核对。唐律对隐瞒、缓报人口，都会治以重罪，若掠夺人口，更要被判处绞刑。而在聂隐娘的故事中，女尼掠夺聂隐娘达五年之久，却无声无息，这也一定程度反映出当时政府对于人口的控制力已经很弱了。

刺客在中唐之后能够盛行，也与历史背景有关。安史之乱导致了各地节度使拥兵自重，河朔地区藩镇的主帅，原是安史叛军，虽迫于无奈归降朝廷，但与中央政权的关系最为疏离，一直蓄养流民，培育自己的刺客集团。

聂隐娘父亲所仕奉的"魏帅"，便是河北藩镇的代表，唐德宗、唐宪宗时期担任魏博节度使的田季安。田季安的祖父，魏博的第一代藩镇田承嗣，就曾经指派刺客，暗杀了不听自己号令的卫州刺史薛雄，吞并了薛雄控制的相州和卫州。由此可见，田季安蓄养精精儿、空空儿、聂隐娘这样的刺客，正是保持其祖父传下的习惯。

与田季安同时为河朔藩镇统帅的淄青节度使李师道，更喜欢使用刺客。为了阻止唐宪宗和藩镇作对，他先派刺客烧毁朝廷的粮仓，后又命刺客潜入长安城，刺杀当时的主战派宰相武元衡和裴度，造成前者死亡，后者重伤。更惊人的是，得手的刺客不但从容逃脱了追捕，还留下纸条，嚣张地威胁追捕自己的人"毋急捕我，我先杀汝"。

这次刺杀影响巨大，长安城内的官员人人自危，史书中以"奸人遍四海，刺客满京师"来形容当时风声鹤唳的紧张气氛。

刺客的行为，搞乱了政坛规则。这些藩镇蓄养刺客，却害怕自己也遭刺杀。晚唐的淮南节度使高骈与宰相郑畋关系不睦，担心郑畋会派人杀他。高骈的手下吕用之看准这一点，号称自己算出会有刺客来刺杀高骈，让其换上女装藏到别的房间，而自己则装成高骈睡在其卧室中。晚上，吕用之故意打翻卧室内的器皿，又用猪血假装人血洒在庭院中，伪装激烈打斗过的痕迹。翌日，高骈看到庭院中血流满地，就相信是吕用之打伤刺客并将其赶走，为此赏赐了他许多珠宝。

巧合的是，《聂隐娘》的作者裴铏就曾是高骈的手下。在《三十三剑客图》中，金庸对《聂隐娘》中刘昌裔采用玉石护颈，"果闻项上铿然声甚厉"，分析认为可能就是受吕用之骗高骈的故事所启发。

三

中国人对刺客和侠客的神秘生活一直充满了想象，但刺客与侠客区别甚大。司马迁在《史记》中为"游侠"和"刺客"分别作传，以示不同。

游侠在我国历史上最活跃的时期是先秦两汉，尤其是战国到西汉前期，不仅人数众多，而且影响巨大。这些游侠甚至能与政权共处，他们属于市井闾巷平民，因善行义举，广受普通百姓的称赞。明末大思想家王夫之《读通鉴论》卷三谈到秦汉历史时，曾言："上不能养民，而游侠养之也。民乍失侯王之主而无归，富而豪者起而邀之，而侠遂横于天下。"

刺客则更近似于韩非子所说的"私剑"，王公贵族和大臣们多"聚带剑之客，养必死之士，以彰其盛"。以武力、剑术为主人保镖的"私剑"，除了保护主人的人身安全外，同时也可以充当刺客、杀手，为消除政治异己势力提供服务。聂政、专诸、荆轲这些著名的刺客，皆属此一类型。

刺客虽然效命主人，但刺客本身的行为是"报恩以武"，具有独立意识，并非无原则的卖身投靠，是以历史上刺客违背指使的事情常有发生，其中甚至有放过刺杀目标的行为。这种行为的反转，往往是刺客在观察刺杀对象时，发现这个人并非如雇主所描述的十恶不赦，相反被其人无意间表露出的正义言行所感动，最终良心发现，停止了刺杀。

在电影《刺客聂隐娘》中，就将这种戏剧性反转很好地表现出来。

《左传》中，晋灵公荒淫无道，大臣赵盾多次劝谏未果，惹恼了晋灵公，遂派刺客鉏麑去刺杀赵盾。鉏麑在凌晨到了赵盾府中，看到赵盾提前穿戴整齐，坐在榻上闭目养神准备上朝，口中还念叨着劝君至善的话。鉏麑目睹赵盾的勤勉与正直，深受感动，直接退出。鉏麑叹曰："不忘恭敬，民之主也。贼民之主，不忠。弃君之命，不信。有一于此，不如死也。"最后撞死在槐树下。

类似鉏麑这样的刺客，在历史上还有很多，从东汉大儒杜林，到文学家崔琦，再到汉末三国的刘备，都有过通过自己的行为感动刺客，使其停止刺杀的经历。

类似故事流传到民间，就有了《秦香莲》故事里，杀手韩琪因不忍杀害秦香莲母子，又觉得背叛了陈世美的命令，只好自尽全义的情节。

刺客虽然接受金钱而杀人，但大多数刺客替人行刺并不仅仅是为了金钱，更多的是通过自己的行为来获得尊重。司马迁认为这是用"刺杀"来报答这种尊重，弥之为"志"，即为"立意较然，不欺其志"。刺杀换取金钱，必须遵从指使者的要求，而刺客以"志"为目的，遵从的是自己的内心判断。刺客将此视为至高无上的追求。

聂隐娘故事中，刘昌裔接纳聂隐娘，询问聂隐娘的需求，聂隐娘要求是"每日二百文"，后来面对其子刘纵的赠送，聂隐娘"一无所受"，可见相对于钱财，聂隐娘更看重的是自己选择人生的自由。

小说中的聂隐娘遵从自己的内心，"寻山水，访至人"，不为世俗权属所束缚，是其最佳的归宿。

四

聂隐娘的故事里，藩镇的势力俨若王国，很多人不明白唐代中央政府为什么坐视藩镇势力大增，而没有采取相应的措施，其实这和唐代的行政区划以及行政架构有着密不可分的联系。

唐代疆域辽阔，唐初将郡改称州，长官沿用了汉朝的称谓——刺史，成为一级行政区划，下面是县，等于州县两级制。但此时已不是秦朝时的三十六郡了，唐代州数激增到了三百以上，唐玄宗时又把一些重要的州改称为府，以示区别。同时唐代内外战乱多，除州、府、县的常规区划外，还有很多关、军、监等以军事为主的建制，在边境地区建立都护府加强管理。

唐代拥有了庞大的行政区划，但通信却跟不上，由于交通不便、水运落后等原因，导致朝廷对地方的管理几乎是鞭长莫及。明清时期，全国已经建立了十分完善的驿站系统以及传令制度，即使是最遥远的边疆地区，快马加急，通过官道，也可以在短短半月之内来回传令，可在唐朝却是个大问题。一个信使，如果从国都长安到剑南道，没有几个月的时间不可能往返，这导致中央政府根本无力去干涉地方上的行政。

唐朝和后来的宋朝之间存在着一条政治格局的分界线。这条分界线在于中央管理地方的模式和地方官府职权的行使方式。唐朝时的地方刺史、镇守、州牧等地方要员，几乎是把持地方上的一切，他们不可能在地方上收了钱粮，全数送去国都，因为这样的做法损耗实在太大。若是钱粮送去国都，再由中央统一调配拨付，基本上可以肯定，一半以上就要被消耗掉了。反之，中央政府想要对地方进行干涉并不现实。

宋朝之后的封疆大吏，则成为被拔了牙齿的老虎，几乎所有军事、政务的权力，都被收进了中央政府。地方上的官员，不过是负责收税，然后再将税赋送去国库，国库再下拨钱粮出来，地方官员本质上是中央政府的代理人。

除此之外，宋朝之后，为了约束地方官员，采取的是强干弱枝的国策，在兵制上，只重禁军，并把所有禁军调拨到京师，其他地方，只留一些老弱病残，根本无法动摇朝廷的统治。

唐代时期，府兵与禁军并存。所谓府兵，其实就是地方上自己养的兵马，朝廷对此难以管理，几乎放任给地方上的刺史，这些刺史则凭借着府兵，逐步成为了一方诸侯。

中晚唐的藩镇势力，在盛唐时期已经露出端倪。州府的刺史权力很大，偏偏地盘太小，很难有对抗朝廷的资本。而藩镇并不是朝廷给予的权力大了，而是他们往往与据数州，乃至于十几个州，地盘得到了扩大，拥有了天下百分之一，乃至于几十分之一的实力。

这也是为什么宋朝之后，地方官想要造反，几乎没有可能，因为他们没有任何造反的资本，即便真有人咬牙反了，只需几个差役，就可将其解拿京师治罪。

唐朝时，武则天登基，徐敬业举旗造反，各地刺史和司马纷纷响应，影响极大，立即拥兵十万。正因为刺史们手中的府兵，大多只知地方官员，不知有朝廷。若换作后世的巡抚造反，只怕半年也凑不出一百人的兵马。

《七杀碑》与杨展

一

　　2005 年以来，四川眉山市彭山区江口镇岷江河道，陆续发现了大量文物。在专家和社会各层面的呼吁下，这个被称为"江口沉银遗址"的地方开展水下考古发掘逐渐成为现实。2017 年 3 月 20 日，眉山市举行"江口沉银遗址水下考古"新闻通气会，四川省政府新闻办宣布"江口遗址"为张献忠沉银处。按照四川省文物考古研究院负责人的说明，在仅仅两个多月的水下考古过程中，出水文物一万多件，证明了"张献忠江口沉银"并非只是传说，而是真实存在，而这项巨大的考古工程时至今日仍在继续。在献忠沉银的传说中，有一位历史人物，他既是张献忠的对手，也是一本著名武侠小说的主人公。

　　这本小说名为《七杀碑》，是武侠小说中的名作，文笔情节俱是上佳之选，作者是民国旧派武侠小说"北派五大家"之一的朱贞木。古龙对这书极为推崇，曾经多次在不同文章中说过："我们这一代的武侠小说，如果真是由平江不肖生的《江湖奇侠传》开始，至还珠楼主的《蜀山剑侠传》达到巅峰，至王度庐的《铁骑银瓶》和朱贞木的《七杀碑》为一变，至金庸的《射雕英雄传》又一变，到现在又有十几年了，现在无疑又已到了应该变的时候！"以此作为他革新武侠小说的动力。

我第一次读到《七杀碑》，尚不知道作者朱贞木是何许人也。书是北方文艺出版社 1988 年出版的版本，封面标明"中国现代俗文学文库·武侠卷"，书前有"出版例言"和"总序"，想来是要做个大工程，然而这个文库究竟收录了多少书，这个武侠卷又收录了多少部武侠小说，一切概莫能知。

以我多年来读闲书的经历，再也没有从其他通俗小说和武侠小说的封面上发现"中国现代俗文学文库·武侠卷"的字样，想来这册《七杀碑》是其出版的第一部，也是唯一的一部了。

小说名字听起来很响亮。在历史上，"七杀碑"可是有着血淋淋的名头。

民间传说，明朝末年，张献忠挥师入川，杀人如麻，特别立碑以明志，上书"天以万物与人，人无一物与天，杀杀杀杀杀杀杀"，这就是著名的"七杀碑"的来历。七个斗大的"杀"字浸透川人的鲜血，思之让人不寒而栗。

明朝末年，四川总人口有三百余万，到了康熙二十四年（1685），只剩下一万多人幸免于难。明清改朝换代，川人被屠戮之惨可想而知。嗣后为充实四川的人口，才有了著名的"湖广填四川"。

若说这三百万人皆是张献忠所杀，则未免有些不实。清朝对文字的控制极强，曾大量毁禁篡改明朝的史料，相关资料匮乏或者可信度不足。张献忠占据四川不过三数年，旋即退向陕西，不久中箭而亡。此后，张献忠余部、南明军队、流贼、清军在四川地区进行了长达十余年的拉锯战。康熙十二年（1673），吴三桂又反，四川再起兵乱。五十余年间，整个四川不打仗的时间不过六七年的光景。这样的兵连祸结，最终的结果就是四川十室九空，成都化为一座空城。

顾祖禹《读史方舆纪要·云南方舆纪要序》中说："两川数千里间，荡为丘墟。得其地，谁为之耕？得其城，谁为之守？蜀所以不足问也……乱寇之剪屠，大抵成都最甚。"康熙平定三藩后，四川的一个县若有几百口人，即可以号称"人丁富裕"睥睨邻乡了。

按照当时留存的资料来看，张献忠任意屠戮人命的行为肯定洗不白，称其为杀人魔王并不为过，若说他杀了三百万人，应是有些夸大。不过张献忠的名头在四川可以止小儿夜啼，足以说明他在川人心中的印象。

鲁迅曾分析张献忠的人格发展，在《晨凉漫记》一文中说：

　　他开初并不很杀人，他何尝不想做皇帝，后来知道李自成进了北京，接着是清兵入关，自己只剩没落这一条路，于是就开手杀，杀……他分明感到天下已没有自己的东西，现在是在毁坏别人的东西了，这和有些末代的风雅皇帝，在死前烧掉了祖宗或自己所搜集的书籍古董宝贝之类的心情，完全一样。他还有兵，而没有古董之类，所以就杀，杀，杀人，杀……李自成已经入北京做皇帝了，做皇帝是要有百姓的，他要杀死他的百姓，使他无皇帝可做。

二

《七杀碑》有作者朱贞木的序跋，阐释了自己写作的缘由。

大致是 1936 年春，朱贞木逛琉璃厂时，看到一册残破的手写诗册，署名"花溪渔隐"，作者大概是清代乾嘉年间的四川人。朱贞木翻阅诗册，觉得字写得好，其中有一联"妻孥虽好非知己，得失原难论丈夫"，也颇堪玩味，就买下来细细翻阅，发现里面记载了四川在明朝时的十余则逸事，有数万字，其中就有《七杀碑》，说张献忠立国号"大顺"，在通衢要道上立圣谕碑，碑文就是传说中的几句话："天以万物与人，人无一物与天，杀杀杀杀杀杀杀。"朱贞木很奇怪，为什么一定要是七个"杀"字，而不是六个或八个呢？于是就请教熟悉四川风物的老朋友，对方告诉他，进入四川后，张献忠多次遭受川南七杰的追杀，气恨至极，遂立碑要杀七人，这七人分别是杨展、陈瑶霜、虞锦雯、晞容、陈登皞、余飞、刘道贞。

历史上，张献忠没有占据整个四川，实际控制的也就是成都平原一带，川南以下，他并没能攻打下来。若说其原因是受挫于七位英雄，竟至一筹莫展，以书"杀"字来泄愤，则张献忠也过于儿戏。仿佛小孩子打架打不过，回家后在纸上写上对手的名字，然后在上面打个叉，以此发泄恨意了。

1937 年，当时的华西大学博物馆工作人员林以均对"七杀碑"进行了相关考证，流传很久的"七杀碑"之说，却只在同治十二年（1873）《重修成都县志卷十二纪余》

中有记载，说县署东侧瓦砾堆中有一石碑，上面有注释，据传是张献忠的圣谕碑，连写七个"杀"字。民间传说，这碑看之则惹祸殃，触之更会引起火灾，因此砌墙封碑，称"七杀碑"。民国时期，有说成都少城公园中的藏碑就是七杀碑，然碑文漫漶，无法辨识。

《蜀碧》等史料记载，张献忠的圣谕碑，其碑文上书："天以万物与人，人无一物与天，鬼神明明，自思自量。"1934 年，英国牧师董笃宜在四川广汉发现一块上面写"圣谕"的古碑，下面有三行文字，与《蜀碧》中的记载相同，但碑上只刻有"天有万物与人"。所以，传说中的"七杀碑"该是一种误传。

朱贞木在他的序跋中也这样说："友人有于成都博物馆曾见七杀碑者，谓其文略异，无七杀字，有谓原碑已为清廷槌扑，未知孰是。"

七雄传说自然要比历史真实有趣，小说家喜欢传说多过喜欢历史。朱贞木以此敷衍开去，竟成就了中国武侠小说史上具有划时代意义的一部佳作。

三

《七杀碑》小说开篇即写杨展和陈瑶霜两人的亲事，然后追述二人来历，以及父母恩仇，再引出仇人擂台比武，路遇女飞卫虞锦雯。故事再返回迎亲，却又另开一笔，写贺礼白玉三星的来历，引出铁拐婆婆一家的恩怨，再以送礼引出川南三侠力拒仇敌，以免破坏杨展的良辰。杨展婚后赴京应武举，路遇三姑娘，入京设计报仇。逃出京城后，却又因官兵饷银遇上绿林女杰齐寡妇。此时天下方乱，杨展返川之际，得知仇敌欲引张献忠入川，遂欲举义旗，保卫家乡，力阻兵乱。

全书以明末乱世为背景，以杀人魔王张献忠为大反派，可惜张献忠缘悭一面，仅仅在别人的对话里出现了一次，故事至此并未终卷。

上海正气书局于1949年开始出版《七杀碑》，至1951年止，出版七集，共三十四章，原刊本第七集末页有如下启事："正气书局附启：本书至此，暂告结束。续集是否刊行，均待与著者详细商讨以后，再行决定。"《七杀碑》一书应该没有写完，朱贞木似乎有写续集的打算，但是联想到朱贞木所处时代，未能完成也就情有可原。

从作者最初的构想来推测，全书真正的高潮，该是张献忠与杨展的正邪对抗，这三十四章仅是开端而已。饶是如此，此书布局结构多变，笔力摇曳生姿，情节一波三折，写情细腻传神，已足以让人目眩神迷。

《七杀碑》小说中提到的七位英雄：华阳伯杨展、雪衣娘陈瑶霜、女飞卫虞锦雯、僧侠七宝和尚晞容、丐侠铁脚板陈登晔、贾侠余飞、赛伯温刘道贞，除陈瑶霜、虞锦雯这两位女侠外，杨展、晞容、陈登晔、余飞、刘道贞诸人，皆是历史上真实的人物。比如晞容，小说中有个绰号"僧侠七宝和尚"，史料所载，晞容是七宝寺的僧人，曾纠结乡勇五百余人，抵抗张献忠部队的围攻。

这些资料皆出自清代彭遵泗的《蜀碧》一书。《蜀碧》收入《四库全书》，其书详细记载张献忠入川之事，书中所引证的书目几乎收尽了当时记载张献忠据蜀的所有史料，包括《明史》《明史纲目》《明史纪事本末》等二十五种，虽然作者记事多据传闻，又身处清朝，所记不可尽言，但其书确为研究明末张献忠入川最为重要的史料之一。鲁迅曾在《且介亭杂文·病后杂谈》中评价此书："讲张献忠祸蜀的书，其实不但四川人，而是凡有中国人都该翻一下的著作……《蜀碧》，总可以说是够惨的了。"

《蜀碧》共四卷，末尾的附记就是杨展、刘道贞、陈登暤、余飞等人小传。其传中叙杨展：

> 前明总兵晋华阳伯杨展者，字玉梁，嘉定人也。长七尺有咫，性倜傥，负文武姿，尤工骑射。少应童子试，参政廖大亨一见，器之曰：此将材也。亟奖拔之。举崇祯己卯武科。北上挟强弓大矢，驱一卫独行，遇贼劫其橐，展笑曰：尔欲利吾有耶？吾与尔斗射，约退百步外，执号箭为的，吾射不中，听汝取之，贼如言，一发破其干，贼惊拜去。临试，阉贵人有马，凶悍难制，挽以铁缰，号于庭曰：能骑者，予第。众愕踖鲜应。展持弓矢，排众突前，夺马腾跃而上，纵送回旋，九发矢九中，走马扬声曰：四川杨展也。阉贵骇服。展名遂震京师。于是，成进士第三人，授游击将军。

关于杨展"与贼斗箭""降马炫技"等事在《七杀碑》小说中都有所体现，只不过朱贞木描写的更为细腻动人。"参政廖大亨器之"一事，在书中也约略提到。

当代学者汤哲声就认为："《七杀碑》的最大贡献就是将武侠与历史结合起来，使得武侠小说历史化。武侠小说在江湖世界里增强了小说的传奇色彩，但是故事有一种缥缈之感，而一旦以历史事件为背景，不管武侠故事如何传奇，它都有了'根'，给人以真实和厚重之感。"

寓历史真实于小说奇诡之中，朱贞木可以说开后来新派武侠小说之先河，也是他能被后人尊为新派武侠小说之祖的原因。

四

前文说过，张献忠占据成都平原一带，"川西平原至于百里无烟"，然而他并未能染指川南，小说欲让张献忠"屡挫于川南七豪杰"，不过小说家言。历史上张献忠上步川南，倒确因在彭山败于杨展之手。

1647 年 7 月，张献忠率部与杨展在彭山江口激战，杨展两翼分兵与其对阵，并派遣小船，上载火器，从王面进攻。孰料开战之际，狂风大作，火焰瞬间在敌船上蔓延。杨展率领兵士大肆砍杀，张献忠阵线大乱，只能掉头回撤。两岸陡峭，数千艘船舰在狭窄的水道上首尾相衔，寸步难进。此时，风烈火猛，船上火势一发不可收拾，杨展趁势登岸加紧进攻。在杨展的枪铳弩矢攻击下，张献忠的船只顷刻尽焚，所部死伤殆尽，船上装载的数千箱金银珠宝悉数沉入水底。这也是张献忠江口沉银的来历。张献忠逃往川北，杨展则在后面乘胜追击，一直杀到汉州（今广汉）。

当然，这里的杨展是历史上真实的杨展，而不是小说中的少侠杨展。

杨展这一仗所获无数。他的幕僚费密在康熙年间所写《荒书》记载，开始杨展并不知道张献忠失落了大量财宝，后来一个幸存的船夫告诉了他，他派人去江中打捞，果然获得了许多金银。

此事被当地百姓口口相传，留下了"石龙对石虎，金银万万五，谁人识得破，买到成都府"的童谣。后世有人时不时地在附近发现残破的兵器和少量的银锭、铜钱，不过所获无几，对这个传说渐渐不太相信了。不料到了2015年左右，因为破获了几桩文物盗卖大案，里面有许多正是在河中挖出的国家一级文物，"江口沉银"的传说再次跃到世人眼前。

彭山之战的三年前，张献忠攻陷成都，杨展当时是参将，兵败被擒。临斩之时，行刑的士卒看到杨展的甲胄漂亮，心生羡慕，就说："汉子，把这甲胄送我吧。"杨展暗喜，悄声说："黄泉路上，当为轻装。甲胄可以送你，只是可惜这甲胄将被血污喷溅。"士卒说："这个好办啊，我把甲胄卸下就好了。"士卒说着就动手解开捆绑杨展的绳索。杨展趁此机会夺刀杀人，随后跳入江中，泅水逃匿。这也是传说中杨展会"水遁"的来历。

杨展是四川嘉定人，他从成都逃回家乡，密招亲友，顺岷江而下，苦战数月，攻占宜宾，遗民溃卒多来归附，达到数万之众。杨展在嘉定站稳脚跟后，又相继收复仁寿、简阳、眉州、青神等地，川西及上川南州县尽为所属。击败张献忠后，他的地盘和势力达到了汉州（今广汉）和保宁（今阆中）。

嘉定州在杨展的苦心经营下，拥兵十余万，据有嘉定州、眉州、邛州、雅州等地，成为南明的重镇。当时由于多年战乱，四川大部地区荒无人烟，饿殍遍野，"唯嘉定之属，城有夜市，街见醉人，民以为乐土焉"。不仅当地人得到庇护，就是外地也有人络绎不绝地来此投靠。时人称赞

40

杨展时也说"蜀为赖之",以至"南以嘉定为大镇,而成都为边"。1648年正月,永历帝封杨展广元伯,提督秦蜀军务,加太子少傅。

可惜杨展在取得一系列胜利后,不免目空一切,刚愎自用,过于轻敌。他得罪了巡抚李乾德,结怨于投靠来的将领袁韬、武大定。1649年,杨展被三人设计谋害,时年不过四十五岁。

杨展一死,使得原本是"乱世绿洲"的川西南陷入战乱,张献忠残部孙可望从云南杀回,袁、武二人未战而降,李乾德投水自尽。自此清军、南明军在这里开始了拉锯战,川西南也再度沦为人间地狱。

五

《七杀碑》一书,在民国旧派武侠小说和港台新派武侠小说之间,具有承前启后的意义。武侠小说写历史,无须辨认它的真实性,历史只是武侠情节的一张外衣,只要合得上武侠情节的本身即可。《七杀碑》中的历史就是这样的"历史",它使得小说中的传奇性、趣味性和历史性杂糅在一起。

《七杀碑》的文字语言活泼,灵动,轻松,诙谐,如川南三侠的打趣嬉笑,以及他在与敌手相对时有韵有敬的笑骂讥刺,杨展、陈瑶霜、飞虹、紫电等人的调侃斗口,更使小说颇具情味,活跃气氛,强化了人物性格。铁脚板这一人物,独特的语言、举止更使他声口如闻,形象如睹,十分突出。

现代作家赵树理对《七杀碑》的文字也非常推崇。邓友梅曾在《忆树理老师》一文中写道:"他也不等我开口,就从沙发上拿起一叠书来说：'这些书你先拿去看看。思想观点是落后的，咱又不学他的观点，管那作甚！可写法上有本事，识字的老百姓爱读，不识字的爱听。学学他们笔下的功夫。'……那是一套武侠小说《七杀碑》！"

在武功方面，这部小说虚实结合，独创了很多影响后世的武功，如五毒手、琵琶手、五形掌等拳掌功夫，蝴蝶镖、七星黑蜂针等暗器以及"脱形换位"之类的轻功。非但如此，作者还明确指出，武功的目的是"纯化之境"和"心平气和，理智明澈"，练武是为了"防止争斗，熄灭争斗"，这些无疑提高了武侠小说的思想境界。

《金庸小说论稿》中，严家炎称赞金庸的小说中很好地吸取了新文学的长处，但同时又没有新文学的"恶性欧化"的弊病，继承了传统白话文以及浅近文言中的优点……这样的评价其实用在朱贞木身上同样贴切。

1949 年以后，朱贞木也曾创作话剧，尝试着用新文艺观念创作，其正在创作的武侠小说，由于政策原因，半途中辍，想来《七杀碑》之搁笔，其缘有自。

朱贞木在 1955 年冬去世，享年六十岁。

比较值得一提的是，朱贞木名下有一部历史小说《翼王传》，虽是以朱贞木之名出版，其实是上海著名编剧苏雪庵所作。朱贞木还专门为此写了序言，由此可见两人关系匪浅。苏先生夫妇在 20 世纪六七十年代过世，身后乏嗣，家里字纸亦自星散，只能从《翼王传》的序言中来了解二人之间的友情。

苏雪庵认为在小说一道上，朱贞木的造诣在他之上，可证朱贞木小说受欢迎的程度。能把故事讲得只要识字就能读，且"识字的老百姓爱读"，足见其语言功力的深厚。

消失在历史烟云中的慕容鲜卑

一

金庸小说《天龙八部》里，有个武林世家——"姑苏慕容"。一代家主慕容复擅长"以彼之道，还施彼身"，令武林中人多有忌惮。此人城府极深，终日沉溺于中兴复国的春秋大梦。在"少林寺大战"一段里，他与父亲慕容博一唱一和，自报家门，众人方知，原来"南慕容"的老家不在"南"，而在"北"。

慕容复言之凿凿，称慕容氏"乃鲜卑族人，昔年大燕国威震河朔，打下了锦绣江山，只可惜敌人凶险狠毒，颠覆我邦"。当电视剧里的慕容复，满脸虔诚地掏出"大燕皇帝世系谱表"时，别笑，他慕容氏祖上还真就是大燕国的皇族。他甚至还随身带着"大燕皇帝世系谱表"和传国玉玺。那谱表以朱笔书写两种文字，右首为鲜卑文，左首为汉字，从"太祖文明帝讳皝"记起，以下是"烈祖景昭帝讳儁""幽帝讳暐"……

慕容博和慕容复自然是金庸虚构，但鲜卑慕容氏建立大燕确是事实。

43

"鲜卑"一词,最早出现在春秋时期的国别体史书《国语》中。《晋语八》中记载,西周时,周成王约诸侯会盟于岐阳,鲜卑族人也来参加,因非诸侯之国,不能与之订立盟约,在楚人领导下,担负看守祭神用火堆的任务。

按《后汉书》的说法:"鲜卑者,亦东胡之支也,别依鲜卑山,故因号焉。""东胡"是一个部落联盟的总称。"胡"在现代蒙语和达斡尔语中,是"人"的意思,东胡即指分布匈奴以东的民族。《史记》称:"在匈奴东,故曰'东胡'。"

秦汉时,东胡受到匈奴冒顿单于的打击,退居鲜卑山(今内蒙古科尔沁右翼中旗西哈勒古河附近的大罕山)的一支,以山为名为鲜卑族,其中一支史称东部鲜卑。东汉桓帝初年,东部鲜卑英雄檀石槐被推举为"大人"(首领),东征西讨,建立了一个强大的鲜卑部落军事联盟,占据整个漠北。在那里,出现了鲜卑"慕容"的最早记录。

西晋陈寿的《三国志》中《魏书·乌丸鲜卑东夷传》,刘宋裴松之为此书作注时,引用王沈《魏书》的说法,称:"檀石槐拒不肯受,寇钞滋甚。乃分其地为中、东、西三部……从右北平以西至上谷为中部,十余邑,其大人曰柯最、阙居、慕容等,为大帅……"宋元之际的史学家胡三省,在注解《资治通鉴》时也说:"此中部大人'慕容'即慕容部之始也。"

坊间流行着一个与之完全不同的说法,称"慕容"系"步摇"的转音,依据是《晋书》的《慕容廆载记》:慕容廆的曾祖莫护跋,在公元238年,魏明帝曹叡派司马懿讨伐辽东孙渊时,率领鲜卑部,加入了攻打公孙渊的军队。魏军胜利班师,司马懿向曹叡推荐莫护跋。曹叡加封莫护跋为率义王。莫护跋为表谢意，视司马氏为宗主，接受汉化，见燕代之地的汉人戴"步摇冠"，于是改变族人的发式，戴上了这种帽子，所以被其他部族称为"步摇"，后来讹音为"慕容"。

同样是《慕容廆载记》，书中还另有一说："或云慕二仪之德，继三光之容，遂以慕容为氏。"天地即两仪，日月星为三光。莫护跋在进入辽西地区以后，虽逐渐接受汉文化，但汉文化与北方少数民族文化的差异很大，慕容鲜卑在短期内，不可能会对汉文化的理解如此深刻，更不可能为自己起如此有深意的名字。

胡三省不认同以上两种说法，认为皆是少数民族进入中原后，为依附中原王朝，或为证明其正统地位的托词。从语言学来看，他提出的"慕容大人"之说，可能最接近于本源。

根据汉语文献资料中记载的音译鲜卑语，可知其与女真语、蒙古语联系密切，同属于阿尔泰语系。游牧民族的军事联盟，最早都来自于部族的狩猎。中军的所居地，是围猎的指挥机构，也可以理解为是少数民族的汗或首领所居地，围猎开始以及结束的集中地称为"围底"，满文是"fere"，《新满汉大词典》解释为"围场中央，中纛（军队里的大旗）所在地"；围猎时靠近指挥机构"fere"的两边称之为"meiren"，意为"肩"，指的是中心大旗两旁所置的副旗，对应汉语，即"围肩"。同样，还有"gala"，胳膊肘，是围猎的主体部分，对照汉语"围翼"一词，即包围圈的左右两翼。

我就此咨询了内蒙古青年作家陈萨日娜，她是汉、蒙双语作家，她说，蒙古语中"肩"读音是"muru"，而

"meiren"在蒙语中音译为"梅林",是官名,清朝管制下的蒙古地区设扎萨克,其中"梅林章京"就是协助扎萨克管理旗事的官员之一,大众所熟知的嘎达梅林,即科尔沁左翼中旗达尔罕亲王那木济勒色楞的总兵。

按照裴松之注引王沈的《魏书》的记载,慕容作为鲜卑族重要的一部,无论"meiren"或"muru",都是作为指挥中心的重要辅助者,由此可以推论,"慕容"也许是这两词的汉语音译,先是"大人"的名号,因鲜卑"氏姓无常,以大人健者名字为姓",遂演变成一个部族的名号。

二

前面提到的慕容庞,其父叫慕容涉归,西晋时慕容氏族的首领。慕容庞占领燕北、辽东一带,自称鲜卑大单于。他死后,儿子慕容皝于公元337年十月即位,国号燕,定都棘城,史称前燕。

就像慕容复手中那卷"大燕皇帝世系谱表"一样,前燕经慕容皝、慕容儁、慕容暐,于公元370年,降了前秦,亡国。384年,慕容垂复国,建后燕,又经慕容垂、慕容宝、慕容盛、慕容熙,后燕亡。407年,慕容宝的养子、高句丽人慕容云登皇帝位,沿用国号燕,史称北燕。436年,在北魏大军的铁蹄下,北燕也亡了。

前燕、后燕、北燕时期,是慕容鲜卑的昌盛期,辉煌时,统辖十二个州,一百五十七个郡,一千五百七十九个县,人口近千万,大体包括今河北、河南、山东、山西等省和内蒙古东南部、东北地区大部。自拓跋鲜卑后人拓跋珪建立北魏,打败北燕,慕容鲜卑作为一个民族共同体的活动，在历史文献中再无回响。他们一部分融入了拓跋鲜卑中，一部分融入汉族，一部分逐步南迁至华南各省。

而作为一个家族，慕容氏在中国的历史长河里，仍留有印记。除了燕国的皇族，在史书上留下名字的慕容后人，还有隋朝大将军慕容三藏，后周将军、兖州节度使慕容彦超，五代、宋初名将殿前都点检慕容延钊等人。慕容延钊的弟弟延忠任磁州刺史，延卿任虎捷军都指挥使。延钊之子德业，任卫州刺史，德钧任尚食副使，侄子德琛任右监门卫大将军。慕容氏在宋代，可谓是一门武将。

北宋的杨家将也和慕容氏有关系。传统评书中，杨延昭、杨宗保、杨文广是祖孙三代，但事实上，杨文广是杨延昭之子，而文广之妻慕容氏，可能就是后来杨宗保妻子穆桂英的演义源头。

这当然是一种猜测。而真实的历史中，的确有看似与"慕容"毫不相关的姓氏，也根出同源。

其一是在史书上曾多次出现的吐谷浑。吐谷浑是国名，是族名，也是个人名。此人复姓慕容，是慕容廆的庶长兄。283 年，慕容涉归死后，慕容廆嗣位，吐谷浑与慕容廆不和，率部西迁到阴山（今内蒙古河套北）游牧。到 317 年，吐谷浑已控制了东起洮水，西至白兰（今青海省都兰县），南抵昂城（今四川省阿坝）、龙涸（今四川省松潘），北达青海湖的广大地区，遂自立门户建了国。

隋唐时，中央政权多次与吐谷浑发生战争，唐代诗人王昌龄在《随军行之五》中写道："大漠风尘日色昏，红旗半卷出辕门。前军夜战洮河西，已报生擒吐谷浑。"吐谷浑人降唐，被安置在甘、瓜、肃、凉等州。有学者认为，今青海省北部土族自治县的土族，很可能是慕容鲜卑的分支吐谷浑部的后裔。

其二是豆卢氏。唐人李延寿的《北史》有这样一段记载："豆卢宁，字永安，昌黎徒河人，其先祖本姓慕容，燕北地王精之后也。"其高祖慕容胜，在皇始初年归顺北魏，授任长乐郡守，被道武帝拓跋珪赐姓"豆卢"。李延寿同时还收录了另一种说法，即鲜卑人称"归义"为"豆卢"，故以此为姓。

豆卢宁年轻时身高八尺，容貌俊美，擅长骑马射箭，屡建战功，成为西魏名将，到北周武帝武成初年，为大司寇，晋封楚国公。其弟豆卢恩与豆卢宁一起同为西魏、北周重臣。其子豆卢勣成为北周、隋朝名将。唐代武则天时期的著名宰相豆卢钦望，就出自豆卢恩一支，做相两朝，前后十余年，死后陪葬乾陵。

豆卢氏一系，承慕容之根脉，历北魏、西魏、北周、隋、唐五个朝代，绵延三百余载，亦是官宦世家。

宋朝以后的元、明、清，慕容氏在史册中就难觅踪迹了。一方面是因为慕容氏融入汉族者越来越多，或改为姓"慕"，或改作他姓；另一方面可能是为官者越来越少，有影响、有地位的慕容后人不多。不过，在百家姓中，慕容氏始终传承延续，今日广东省肇庆市高要市白土镇幕村，还有三千多人姓慕容，是当地一个大家族。

家族的发展史在幕村村民中间口口相传：元末明初，为躲避战乱，慕容后人开始南迁，其中一支在慕容绍弈的带领下，来到广东省肇庆市高要县金鸡山。慕容绍弈死后葬于金鸡山，其子孙在一百多年后迁至幕村。开始只有几百人，现已传至二十四世。白土镇的大旗村和其他村还有慕容族人，全镇近万人。

除幕村外，慕容氏在甘肃省庆阳市、宁夏回族自治区固原市、陕西省榆林市、山东省烟台市等地，还有其他宗脉分布。"南慕容"早已不囿于中国的南方，再度北归。

一首关于母亲的歌

　　稿子写累的时候，我会在书桌上布置灯光，拍摄些静物。光线转换间，我把静物摄影当成了一种休息。这时我会习惯地打开网络电台，随机放一些歌曲，但压根没仔细听里面在唱什么。

　　拿起从儿子屋里偷偷拿出来的小玩具，我正琢磨着哪个拍摄角度会更好，耳畔传来一阵熟悉的旋律，紧跟着歌声响起，我的脑海立刻出现了一个小和尚的形象。

　　我的动作顿时凝滞，放下玩具，拉了把凳子坐下，认真听完，然后又点击重新播放了这首歌，是的，是一休！动画片《聪明的一休》的片尾曲。

　　歌名叫《母上样》，大意就是给母亲的信，歌手的名字叫藤田淑子，就是给片中一休配音的演员。

　　歌声穿行过岁月，让我回想起了幼年时追看一休的日子。小的时候并不知晓歌词的意思，长大之后，无意中看到了歌词的翻译，眼泪几乎要掉落下来。

　　这首歌的最后，是这样一句：hahauesama ikkyuu……

　　古代日本人叫母亲为"hahaue"，"sama"则是大人、主上的意思，"hahauesama ikkyuu"的意思就是"母亲大人，一休"。歌曲的开头也是同样的歌词：hahauesama。整

50

首歌其实是小和尚一休写给母亲的一封信:

　　母亲大人:您好吗? 昨晚,我在杉树的枝头,看到一颗明亮的星星。星星凝视着我,就像妈妈一样,非常温柔。星星对我说:不能沮丧哦,是男孩子嘛;如果寂寞的话,来找我说话。什么时候呢? 大概吧……就写到这里,期待您的回信,母亲大人。一休。

　　母亲大人:您好吗? 昨天,寺里的小猫被邻村的人带走了。小猫哭了,紧紧抱着猫妈妈不放。我对小猫说:乖,别哭了,你不会寂寞的。你是个男孩子,对吧? 会再见到妈妈的。什么时候呢? 一定会的吧……就写到这里,期待您的回信,母亲大人。一休。

　　从小离开妈妈的一休,独自生活在寺庙中,最思念的人就是母亲,所以他才会写这封信。尽管儿时的我听不懂歌词的意思,但能从旋律中感受到浓浓的母子情。通过搜索翻译后的歌词,也解答了我从小的疑问,为什么一休有妈妈,而他们竟然不能相守在一起。

　　一休和尚是日本著名禅师,法名为一休宗纯。一休出身高贵,乳名叫作千菊丸,他的父亲是后小松天皇,母亲是天皇的嫔妃,出身贵族。

　　一休出生前两年,幕府将军足利义满逼使南朝议和,结束了日本南北混战,但也开始了日本的"幕府统治",天皇失去权力。一休本是皇位的继承人,将军足利义满想把自己的幼子过继给无后的天皇,一休的存在成为障碍。一

51

休的母亲是南朝贵族，足利义满就以此为由，强迫后小松天皇将一休的母亲放逐出宫。母亲在宫外将一休生下，并在一休五岁的时候将其送到安国寺出家。因为一休的血统，将军不敢伤害，又不得不防范，遂派遣新佑卫门监视一休。新佑卫门也是日本历史上的名人，他在与一休结识之后，不仅跟一休学习诗词，还和他成为了好朋友。新佑卫门是日本"连歌七贤"之一，被誉为室町文化的第一人。

儿时的我对日本历史一无所知，不明白一休和将军的关系，也不明白为什么一休不能去见母亲，更不懂新佑卫门为什么总是跑到安国寺和一休在一起。

十三岁时，一休写下了名噪一时的《长门春草》："秋荒长信美人吟，径路无媒上苑阴。荣辱悲欢目前事，君恩浅处草方深。"在这首汉诗中，一休用"美人"来指自己的母亲，悲叹母亲的不幸，也伤怀自己与母亲咫尺天涯却不能相见。

动画片的最后一集，一休准备离开安国寺外出修行。长老预感到了一休的志向，让一休去他母亲那里告别。

一休在临行前终于见到了母亲，他把外出修行的想法告诉了母亲，母亲同意了他的决定。傍晚降临，母子俩告别前的最后一个晚上，一休为妈妈捶背，母亲流泪了……

母亲很早起床，默默为一休祈祷，而一休踏上远行的路，不再回头。

重看动画片的结尾，《母上样》的歌曲响起，我竟然忍不住泪流满脸。

动画片里，母亲没有给一休回过信，但在真实的历史上，母亲在去世前给一休留下了一封信，并被记录在日本的禅宗史上。

一休：

　　我即将度完此生，复归永恒。我希望你好好用功，明悟佛法。只有这样，你才会知道，我是进了地狱，还是一直和你在一起。如果你是个大丈夫，知道佛祖是你的仆人，你就应该放下经卷，去普度众生。世尊说法四十九年，却无一字可说，何以如此？你应知道。假如你不知道却想知道的话，那就避免去做无益的妄想。

母字不生不死身九月一日

　　又：佛法的目的，在于开悟众生。如果依赖任何方法，你就像一只无知的昆虫，虽然佛教法门有八万四千之多，如果你不能彻见自性的话，那你连这封信也不会看懂。

　　这是我的最后遗言。

　　对一休而言，母亲无疑是他生命中的"提灯人"。历史记载，一休廿一岁时，老师谦翁大师去世，本就在精神上遭受极大打击的一休，又面临"致祭无资，徒心丧耳"。一休没钱为老师举办祭奠仪式，除了心痛，别无他法。一休后来连续闭关七天，终究还是难解心结。他想到自己本是皇室后裔，却被迫与母亲生离而不得相见，如今死别老师，更无钱祭奠，悲痛愤懑之际，他准备沉琵琶湖自尽。

　　正所谓母子连心，就在一休计划投湖之际，母亲派来劝说一休的使者赶到，让一休放弃自杀，随使者进京觐见母亲。

母子相隔十六年再次见面。母亲虽然渴望一休能陪伴左右，但为了一休的前程，仍鼓励他要坚定自己纯洁的信仰，并勇敢去追求。至此，一休的心结终于打开，再无挂碍。

在母亲的最后一封信中，母亲没有诉说她对一休的思念，也没有说自己一生孤独的生活。她只是竭尽所能，用生命最后的光，照亮了一休的人生方向。

这位坚强而又胸怀宽广的母亲，用她最后的爱，点燃了一位高僧智慧的种子。

古龙爱吃蛋炒饭

一

古龙的小说中曾写过各种各样的美食，《陆小凤》里的牛肉汤，《楚留香》里的烤乳鸽、《欢乐英雄》里的糖醋鱼……很多年后，我仍然记得《多情剑客无情剑》里认真对待每一粒粮食、每一条肉丝的阿飞，《大沙漠》里在床下堆满饮食的姬冰雁，《风铃中的刀声》中带着一锅白菜肉丝面来和姜断弦决斗的丁宁。古龙对美食的描写，是一种市井风情，不在精致，而在生动。

正如《大人物》中，古龙写了一个令人印象深刻的牛肉面摊子"七个半"。古龙说，三更半夜里，仍有许多养得起漂亮车马、衣着光鲜的江湖成功人士来这里吃一碗牛肉面，因为他们寂寞。

这句话几乎就是古龙的夫子自道。

古龙小说写到的众多的美食中，我印象最深的却是蛋炒饭。这种深刻的印象，最初来自《白玉老虎》里的唐玉。

唐玉每逢杀人后必会亲自下厨给自己做蛋炒饭吃。他在杀光了大风堂乔稳分舵的四十四个人后，用半斤猪油、十个鸡蛋炒了一大锅蛋炒饭，并连吃了七碗，还不觉得腻，因为他杀完人后胃口奇好。

唐玉身上的邪气是迷人的。他是四川人，却不喝酒，不吃辣椒，出场时只吃一碗阳春面。他说话轻言细语，一口纯粹的京片子，不带丝毫川音。他的手修长柔软，动作温柔如处子，由于修炼阴劲指力，已经不男不女，加之长相清秀，就连男扮女装也是惟妙惟肖。杀人时他用手指将对方喉结点碎，即使用暗器也拒绝戴沉重难看的鹿皮手套。有人评价他"心狠手辣，翻脸无情，六亲不认"，他居然很开心，因为形容得真是很贴切。他就是这样的人。

油腻的蛋炒饭贴合了唐玉邪气的嗜好，当然，吃蛋炒饭，也成为他杀人模式的重要组成部分。

第二个喜欢吃蛋炒饭的人是《流星·蝴蝶·剑》中的律香川。

孟星魂和律香川刚认识不久，晚间，孟星魂说自己不爱吃甜的，律香川说："我也一样，我这里有香肠和风鸡，再做碗蛋炒饭好不好？"

律香川做的蛋炒饭味道非常不错。孟星魂很惊异，他实在想不到像律香川这么忙这么有地位的人，居然还会亲自下厨房，而且做的饭那么好吃。

律香川说，只有在厨房，他才能真正轻松。吃蛋炒饭的时候，律香川显得很开心，他对孟星魂说："我第一眼就看出你是一个值得交的朋友，只希望我们能像蛋炒饭一样，永远不要变成别的。"书里没有给出孟星魂的回答。故事到后来，人事大变，再见时，律香川依旧微笑："我们好像已有了一年多没见了，你还记不记得半夜厨房里的蛋炒饭？"

孟星魂说："我忘不了。"律香川说："那么我们还是朋友？"这次小孟的回答很干脆："不是。"

午夜厨房，一个男人肯为另一个男人炒上一碗饭，那么这碗蛋炒饭，恐怕只有朋友才能吃得到。

律香川深夜做蛋炒饭的一幕曾牢牢印在我的脑海中，这个细节估计也让很多人难以忘怀。

我读初中时，新加坡把《流星·蝴蝶·剑》和徐克电影《东方不败》的情节杂糅在一起，拍了部电视剧《莲花争霸》，里面的律香川改成了白玉川，但深夜做蛋炒饭的爱好始终留存着。

可见在文学创作中，细节的精心处理，往往能够产生巨大的魔力。

二

《七星龙王》里，元宝在汤大老板的香软闺房中享受精美的酒菜时，萧峻在路边小摊子上，吃一碗用葱花猪油和两个蛋炒成的饭；《孔雀翎》里，麻锋登门要杀高立，高立仍然冷静地让妻子双双炒两碗蛋炒饭；《萧十一郎》里，萧十一郎行走在皑皑白雪中，想到的却是一碗蛋炒饭；《多情剑客无情剑》里，李寻欢被押往少林寺的路上，碰到俩孩子哭喊："发了财我就不吃油煎饼了，我就要吃蛋炒饭！"

古龙之所以在笔下多次提及蛋炒饭，因为古龙平生最喜欢吃的就是蛋炒饭。

古龙的朋友薛兴国，写过一篇怀念古龙的文章，名为《蛋炒饭的记忆》，里面提到，古龙在吟松阁喝酒，适逢具有黑道背景的演员柯俊雄也在吟松阁，柯之手下叫他去敬酒，古龙拒绝不去，对方一言不合就砍了古龙一扁钻。古龙血涌如注，入院输血，自此感染上肝炎。这件事直接导致了古龙后来的健康每况愈下。古龙出院后，柯俊雄想摆平此事，就请古龙吃饭。当晚古龙在家写稿，叫薛兴国去他家，写好之后，让薛兴国先陪他去报馆交稿，之后才去酒馆喝"和头酒"。

两人到达酒馆时，各种山珍海味和名贵佳酿早已摆满一桌，谁知古龙一上楼就说："伙计，给我一份蛋炒饭。"众多黑道小弟一看，以为古龙不给面子，非常生气，纷纷摸家伙。薛兴国赶紧解释，说古龙生平最爱蛋炒饭，喝酒前都要先垫一碗蛋炒饭。

香港《武侠世界》的社长沈西城还曾经提过古龙的一件事，也和蛋炒饭有关。古龙是从香港去的台湾，功成名就之后，古龙却再没回过香港。有人问沈西城，古龙为何不定居香港。沈西城称，因为古龙喜欢台湾的蛋炒饭什么也不加，而香港的蛋炒饭要加葱。

古龙笔下的美食，远没有金庸小说里"二十四桥明月夜"和"玉笛谁家听落梅"的高贵和雅致。正如蛋炒饭，存于市井，简单而幸福。

每个人一生中吃过的山珍海味一定不会少，可是未必能留下多么深刻的印象，吃过了也就算了。有时候，最简单的吃法，才是最让人难以忘怀的美味。《挪威的森林》里绿子的父亲病入膏肓，什么也吃不下，却在渡边的服侍下吃下了整根黄瓜，用紫菜卷着黄瓜蘸着酱油吃，同样简单，却同样美味。

蛋炒饭做法简单，却不一定谁都能做得好。

很多年前，庾澄庆有首歌叫《蛋炒饭》，里面剧情化讲述了一位厨师出山前，师父让他炒一盘蛋炒饭："蛋炒饭，最简单也最困难，饭要粒粒分开，还要沾着蛋，铁锅翻不够快，保证砸了招牌，中国五千年火的艺术，就在这一盘。"这几句对炒饭的描述，精妙而传神。

蛋饭同炒，以蛋裹饭，手法要快，在蛋将要凝固之时下饭，加以猛火兜炒，使鸡蛋凝于饭粒之上，黄白相映，舀一勺子放入口中咀嚼，松软劲道，每一粒米饭都在口中翻滚，只觉一股香气冲天，不舍下咽。

学者逯耀东在《只剩下蛋炒饭》一文里，也提及蛋炒饭是检验厨师手艺的一道菜。

逯耀东有次在香港会友，座上有位青年刚从美国回来，经介绍后，彼此寒暄，逯耀东便问："府上还吃蛋炒饭吗？"青年大吃一惊："你怎么知道！"原来逯耀东通过介绍，知道青年的祖上是某位清朝官宦，当时家里聘请厨师，考核菜品手艺就是蛋炒饭和青椒炒牛肉丝。青年听后不禁大笑："我从小吃蛋炒饭，吃了那么多年，却不知道自己家里还有这样的典故！"

三

逯耀东考证说，蛋炒饭的发明者是隋朝的杨素，名字叫碎金饭。历史上的杨素，位高权重，文韬武略，诗风近似孟德，美食上也有发明。

有些地方将蛋炒饭称为木须饭，准确说应该叫作木樨饭。北京城旧时有太监，忌讳人说"蛋"字，馆子为了避讳，将鸡蛋称为桂花。木樨就是桂花。张恨水《啼笑因缘》里有一段关于木樨饭的记述，特意做了解释："这木樨饭就是蛋炒饭，因为鸡蛋在饭里就像小朵的桂花一样，所以叫作木樨。"

蛋炒饭在文学史上也有它无法撼动的地位。1943 年秋，女作家苏青创办月刊《天地》，到处找熟人写稿，胡兰成和张爱玲被一块儿拉来。《天地》第二期刊了张爱玲所写的《封锁》，胡兰成读后惊为天人。1944 年 2 月，胡兰成自南京到上海，忍不住找到苏青闲扯半天，又请苏青吃了份蛋炒饭，才说出此行目的：要见张爱玲，请苏青告知张爱玲的住址。苏青吃了胡兰成的一碗蛋炒饭，虽心中不愿，饯了他一句"张爱玲不见人的"，仍把地址写给了他，才有了后来胡、张二人纠缠的故事。

不只是张爱玲、古龙，还有很多作家都爱蛋炒饭。

1926 年 8 月，从北京赴厦门大学任教的鲁迅，在途经上海的时候与弟弟周建人小聚。兄弟俩因为不饿，只要了一瓶酒、一碗炒饭，也不点菜，就着炒饭，慢慢喝着。

"油炒饭加一点儿葱花，在农村算是美食。"嗜好美食的汪曾祺，若干年后，回忆起家乡高邮的食事也如是说。

汪曾祺所说的是葱油炒饭，在那个年代，蛋炒饭无疑更加奢侈一些。汪曾祺后来在《晚饭后的故事》中，写京剧导演郭庆春少年学戏，吃的是棒子面窝头与"三合油"。"三合油"就是将韭菜花、青椒糊、酱油一并倒在木桶里，再拿开水一沏，就算是菜。有的时候，师父忽然高兴，在他的生日，或是买了几件得意的古董玉器时，就吩咐厨子："给他们炒蛋炒饭！"蛋炒饭油汪汪的，装在一个大缸里，管饱，撑得这些孩子一个一个挺腰凸肚。

同样做蛋炒饭，胡适太太江冬秀的技艺就显得更高超。梁实秋曾在一篇文章中说得细致：胡适对他太太的烹调本领是赞不绝口的，举一例来说，"他认为另有一样食品也是非胡太太不办的，那就是蛋炒饭——饭里看不见蛋而蛋味十足。我虽没有品尝过，可是我早就知道其做法是把饭放在搅好的蛋里拌匀后再下锅炒"。

阎连科《最香的蛋炒饭》一文，讲述死了孩子的大伯，心中憋闷，来找侄儿说说话。侄儿料理家务是个生手，只会做蛋炒饭。蛋炒饭算不得精贵，大伯却吃得特别香。大伯一生清苦，命途多舛，老来丧女，生活贫困，一碗蛋炒饭让大伯回味惦记，侄儿和大伯之间的亲情格外温馨感人，生活中的磨难似乎也显得不那么难熬了。

四

白米饭本是寻常物，若有鸡蛋陪伴，档次也就提了上去。蛋炒饭普通且平民化，在中国人的日常饮食里随处可见，如果真要把蛋炒饭炒到乒乓作响，葱花爆焦，饭粒爽松不腻，鸡蛋润而不腻、老嫩适中什么的，恐怕也不易。

美食家蔡澜说过，蛋炒饭的最高境界就是炒的蛋包住米粒，色呈金黄，才能叫得上是炒饭。要达到这个效果，先把油弄热到冒烟，倒入隔夜饭，炒至米粒在锅中跳跃，再打整个蛋进去，给蛋白包住的呈银，蛋黄呈金，两者混杂，方是王道。至于蛋炒饭中的配料是螃蟹还是龙虾，是鱼子酱还是鹅肝酱，是黑松露还是意大利白菌，就看个人口味了。

这种蛋炒饭，我也只是在书里读读。我平生所吃的蛋炒饭，或嫩或焦，或咸或淡，乱七八糟的居多。打小就吃母亲做的蛋炒饭，哪里有书中所写的那些标准。母亲做起炒饭来，鸡蛋要大块，多半会焦，油放得多，要先爆葱花炝锅，满满的一大锅，配上一碗汤。我一吃就是三十年。

蛋炒饭其实就是这么回事儿，可以加入冬笋、冬菇、干贝、虾仁等山珍海味，做成富贵十足的"扬州炒饭"，摆到装饰精美的餐桌上，也可以像街头巷尾的地摊，开火、热油、打鸡蛋，将白米饭放入锅中，加调料葱花一起翻炒，热气腾腾的一盘，却可以慰藉夜归人的肚皮和灵魂。

对于吃饭人来说，蛋炒饭的油腻厚味并不重要，看重的是蛋炒饭背后的人情冷暖。若蛋少油稀，那么卖相再好，也让人食欲寡淡；反之，如果蛋多油重，虽着实吓人，却是炒饭人的真性情，或许，市井百姓的生活真味正在于此。

多年后，我常常记起《多情剑客无情剑》里两个孩子的哭喊："发了财我就不吃油煎饼了，我就要吃蛋炒饭！"

我想，孩子们心中所想的蛋炒饭，不会是加了虾仁、干贝这等高级配料，只在临出锅加点儿鸡蛋点缀的扬州炒饭，而是油多蛋重、葱花满满的一大盆的市井炒饭。这也许才是人们在饿足一天后，踏着夕阳，在街边小馆，大口吞咽的最真实的蛋炒饭。

古龙所钟情的蛋炒饭，想必亦是如此。

杂闻呓语

文人会武术

人的经历和性格会直接影响他的创作，我曾在一次诗词讲座中，提到了辛弃疾文武双全的特点，引起了在座众人的兴趣。

辛弃疾是真正属于"文能提笔，武能执戈"的人才。他在年轻时率领五十人就敢闯入五万人的敌营，将叛徒擒获带走，可见其武功绝对能称得上是"武林高手"。

由此想到了中国文人和武术的关系。

在大部分人的印象里，似乎中国的文人不缺柔韧的挣扎，却少刚性的决断。这个印象，来自明清以来的文人。古中国的文人不是，起码宋代以前的文人不是。

先秦时代，只有文武双全才能被称为"士"，士人大多都"允文允武"。随着时代发展，逐渐形成了"文士"与"武士"，但很多"文士"同时都兼任"武士"。汉晋隋唐等朝代，文人习武是常事，都是提剑能杀人、握笔能作诗的铮铮好男儿。武将为相，文臣带兵的人物比比皆是。

比如孔夫子。大多数人心目中的孔子，形象都是文质彬彬，不露张扬之态。但根据史料的记载，孔子的武功相当不错。《史记》上说，孔子在鲁国是有名的"长人"，身长九尺六寸，按照汉尺计算，身高要超过一点九米。要知道，孔子的父亲叔梁纥是鲁国非常有名的大力士，不仅能力托千斤闸，而且勇武过人，从遗传学的角度看，孔子的力气也不会太差。

孔子教学，也不仅教诗书礼乐，还教授射御。射御就是当时的武技。顾名思义，射就是射箭，御就是驾驭战车，放在今天的话，可以理解为射击技术以及装甲车驾驶技术，都是很高级的"战场技能"。孔子本人也对自己的射御技术有着很强的信心。他的学生子路，公认是勇武过人的搏击高手。试想，能教出子路这样的"武林高手"，孔子自身的搏击能力绝对不会低。

曹操是政治家、军事家、文学家，但他的拳脚功夫却很少有人提起。

中常侍张让是汉灵帝跟前的红人，宦官之首，权势极大，护卫众多。少年时的曹操胆大包天，闯进了张让的内宅，很不巧地被张让发现。张让见自己屋里突然出现一个陌生大汉，急忙叫家人来捉。曹操遮住脸，手执短戟与众人在院子里展开厮杀，在众目睽睽之下越墙而出，毫发无伤。后人记录时说"才武绝人，莫之能害"。

曹操弃官回家，起兵反对董卓，经历很多险境。其中一次，手下士卒叛乱。当时四千人中，没有参与反叛的只有五百人。叛军趁夜火烧曹操大帐。曹操挥剑连斩数十人，挡者无不披靡，硬生生杀出一条血路，冲出大营，与夏侯惇会合。

这样近身厮杀的战例在史书中也是很少见的。

曹操的儿子曹丕是诗人，谥号是"文帝"，却拜了很多老师学习武术，在他所著的《典论》中，记载了与武将切磋武艺的故事。

曹丕和刘勋、邓展等人一起喝酒，互相聊到武艺，曹丕与邓展各拿一根甘蔗，现场切磋。邓展以善于搏击闻名，没几个回合，却被曹丕连续三次击中手臂。邓展不服，要求再比，这一回合，邓展表现得很小心，曹丕看出他的心思，故意表现得冒进，引诱邓展进攻，邓展以为要赢，没想到曹丕的甘蔗已经戳到了他的脑门上。这个故事常被后世武术家引用，成为武术竞技思想的经典范例。

诗人李白也肯定会武术，并且专门拜师学过剑术。

《新唐书·文苑传》在介绍李白时说："喜纵横术，击剑，为任侠。"而李白也曾说过自己："十五好剑术……三十成文章。"明明白白地强调：自少年时，他就开始学剑。他生怕别人会因为他身量不高而瞧不起他的功夫，还进一步解释："虽长不满七尺，而心雄万夫，王公大人许与义气！"

从这几句话来看，李白身材不太高大，但胜在身轻体健，颇有勇力。唐代流行斗鸡活动，年轻时的李白脾气火暴，在一次斗鸡活动中，一连手刃了好几个游侠。

为了学剑术，提高武艺，李白又专门跑到山东请教剑术高手。他在《五月东鲁行答汶上翁》中自承："顾余不及仕，学剑来山东。"唐人裴敬的《翰林学士李公墓碑》中，讲李白"常心许剑舞。裴将军，予曾叔祖也。尝投书曰'如白愿出将军门下'"。裴将军就是裴旻，他的剑术是"大唐三绝"之一，另外二绝就是李白的诗歌与张旭的草书。这样看来，李白作为大唐第一剑客裴旻的徒弟，一个剑客的身份是逃不掉的。

李白有剑客师父，也有剑客徒弟。徒弟叫武谔，排行十七，李白有一首诗《赠武十七谔》，诗前有序："门人武谞，深于义者也。质本沉悍，慕要离之风，潜钓川海，不数数于世间事。闻中原作难，西来访余。余爱子伯禽在鲁，许将冒胡兵以致之。酒酣感激，援笔而赠。"

李白说：我徒弟武谞是个讲义气的人，性格沉稳、凶悍。在听说安史之乱后，就来找我，希望能够为国效力。我儿子伯禽当时在山东，我虽担心，但又没办法去看他。武谞却说，他能够把少主人救出来，我很感激，写下这首诗送给他。可见武谞拜师李白，是要学武艺，而不是学诗文。李白的武功，似可从中窥得一二。

宋代之后，中国文人的形象逐渐变得弱不禁风，留给世人一副手无缚鸡之力的模样。

宋太祖赵匡胤武将出身，当上皇帝之后，终结"五代十国"的乱世，他对此前武人乱政的顾忌非常深，极力限制武人的权力与地位。比如，文人中状元，会披红戴花，高声唱名，以示夸耀，而武将的地位被贬得很低。北宋的名将狄青，虽功勋卓著，依然受制于文官。

从宋代开始，整个社会环境重文轻武，造成了年轻人只崇尚读书，树立了只有在科考中获得好成绩，掌管权柄，才算光宗耀祖的观念。这种扭曲的观念也一直延续至今。

中国的民族性格，在世人"轻武"后，会产生怎样的变化呢？首先，虽然强壮的身体不一定代表拥有强大的心理，但羸弱的身体肯定会削弱个人的精神气魄。其次，强壮的身体是从事各种事业的基础，虽然读书不需要强壮的身体，但文弱的身体，在一定程度上会使性格趋于怯懦，从而弱化个人的决策力与行动力。

明代大学者王阳明提出要"知行合一"，在一定程度上修正了重文轻武的理念。王阳明自己身体力行，他不仅善于射箭，而且敢和职业军人较量，这也是读书人王阳明同时能够成为留名史册的军事家的原因。

我一直认为王阳明的武功很高明。王阳明曾因为向正德皇帝上《乞宥言官去权奸以章圣德疏》的奏疏，声援弹劾太监刘瑾的大臣，惹恼了与太监有深厚感情的皇帝，从而被廷杖四十，并贬为贵州龙场驿驿丞。

明朝的廷杖是皇帝手中的一把利刃，对敢于挑战皇帝尊严的大臣，直接当众扒了裤子用大棍子杖打，轻重全在太监的手上。这次是王阳明平生坎坷中最为凶险的一次。

王阳明得罪了太监头儿，又是太监行刑，居然不死，身体一定有过人之处。金庸的小说《神雕侠侣》曾写：

> 后来明朝之时，大儒王阳明夜半在兵营练气，突然纵声长啸，一军皆惊，这是史有明文之事。此时杨过中气充沛，难以抑制，长啸声闻数里。

金庸将王阳明拉入小说为杨过站台，虽是戏言，但王阳明对后世读书人的影响确实非常大，曾国藩等人就常以王阳明为榜样。

心灵强大与否，并不受限于身体，但强健的体魄，对强大精神成长必定有很好的辅助。

今日教育的普及，我们大部分都是读书人，作为男儿，更要崇尚武勇，扫除颓风，重振孔子、李白、辛弃疾、王阳明等古文人的武勇精神。从强健体魄入手，进而强壮精神。"文人尚武"，是中国人血液中最为珍贵的密码。

中国人的名字和号

记得 2015 年有一条消息在微信"朋友圈"流传，说 2014 年高居重名排行榜第一的叫张伟。全国共有约三十万个张伟，而冰岛整个国家人口也才三十二万余人。除了张伟，王伟、李娜、张敏、李静都不负众望地位居前列，扫一眼重名排行榜，满是熟人。

台湾把这些"一呼百应"的名字统称为"菜市场名"，意思是你到菜市场去叫这个名字，很多人都会回头。而据统计，2010 年以后出生的男孩十个最常见的名字为"子轩""浩宇""浩然""博文""宇轩""子涵""雨泽""皓轩""浩轩""梓轩"。给男孩起三字名时，第二个字放"子"成为近年非常流行的套路。2010 年以来出生的起三字名的男孩中，竟然有百分之五点九三第二个字是"子"，而第三字的选择也照样相当集中——"轩"字竟然占去了百分之六点零四。

您是不是很眼熟？反正我在儿子的幼儿园和小学的同学中，看到过这些字。

也不能怪这些年轻的父母，名字流行的风潮太快，与我同龄的这些父母们，大多是看着琼瑶、郭敬明，还有《仙剑奇侠传》长大的一代，类似这些偶像剧味十足的名字流行也不为怪。

在中国古代，要是重名怎么办？不怕！中国人名之外，还有字，名和字是分开的。

《礼记·檀弓上》："幼名，冠字。"孔颖达疏："始生三月而加名……年二十，有为人父之道，朋友等类不可复呼其名，故冠而加字。"

小时候称呼名，加冠礼后，就是成年人了，朋友之间称呼就要称字。如果成年人之间直呼其名，就和当面骂人没区别了。

字与名之间，具有特定的联系。有的字与名的意义相近或相同，比如诸葛亮的字为"孔明"，孔中透出光明，与亮意义相同；又如岳飞，取字鹏举，寓意大鹏展翅，当然是高飞。还有的人，则是名与字的意思相反。比如曾点，字皙。"点"，小黑，而"皙"，是形容人皮肤白。又如南宋词人刘过，取字改之，意思为有过能改。

以字称呼他人，既是表示尊重，也象征身份，因为一般只有读书人才会有字。字之外，还有号，表示读书人的志趣，比如苏轼，字子瞻，号东坡居士，"轼"是车上的横木扶手，乘车人扶着这个横木，自然向前眺望，遂为"瞻"，至于东坡居士，按洪迈《容斋三笔·东坡慕乐天》所云，是因致敬白居易："苏公谪居黄州，始自称东坡居士。详考其意，盖专慕白乐天而然。白公有《东坡种花》二诗云……苏公在黄，正与白公忠州相似……则公之所以景仰者，不止一再言之，非东坡之名偶尔暗合也。"

苏轼贬谪黄州后，将他的安居所在命名为"东坡"，其含义是追慕唐代白居易左迁忠州时的"东坡"。

这种字号的观念流传开来，到明清两代时，即使不识字的人，也千方百计找个秀才，给自己起别号，以适应潮流。明朝人有个散曲，写当时市井风气，记得其中有句："杀猪的叫鹤亭，卖菜的叫蓉夫，裁缝的叫雪斋，抬轿的叫冰庐……"可见草根社会对白领阶层的羡慕。

当然，随着历史的发展，到了现代，很多人虽然有字，但并不一定称呼了。比如，毛泽东字润之，朱德字玉轩，周恩来字翔宇，陈毅字仲豪……在昔日战争年代，毛润之、朱玉轩、周翔宇、陈仲豪是谁？一百个革命同志，怕有九十九个答不出来。

历代皇帝中，也都要给自己起个"高大上"的字，寄托自己的志向，比如明朝，嘉靖皇帝朱厚熜字尧轩，万历帝朱翊钧字舜轩，天启帝朱由校字禹轩。这三位对于皇帝这个本职工作，做得并不高明，但却以尧、舜、禹自称，不免让人啼笑皆非。

说 避 讳

中国历史上有个非常差劲的习惯，叫作避讳。避讳要求必须回避君主、尊长的"名讳"，好在只限于本名，字号还没有要求，否则人们使用文字会更加不便。

关于避讳的对象，有一句很有名的话："为尊者讳，为亲者讳，为贤者讳。"此语出自《春秋公羊传·闵公元年》，这是孔子编纂删定《春秋》时的原则和态度。

具体来说，就是人们在说话或者写文章的时候，遇到一些字不能乱用乱写，遇到应该忌讳的人物的名字时，必须设法避开，用音同或音近的字来代替，或用其他办法来改说改写。

姓名避讳的形式主要有三种：一是与皇帝的名字避讳，这种在全国范围都必须遵守，因此称为"国讳"或"公讳"；二是与祖父母、父母的名字避讳，也称为"家讳"或"私讳"；三是与圣人的名字避讳，这可以叫作"圣讳"。

在这三种人物姓名的避讳中，"国讳"最严重而且最严格。我所居住的北京市延庆区，在明代早期叫作"隆庆"，就因为后来和明穆宗朱载垕的年号重了，所以改成了"延庆"。

离我们最近的封建王朝是清朝，不过清朝皇帝名字的避讳，经历了一个过程。

满人刚建国时，还没染上这些坏毛病，天命、天聪、顺治，也就是太祖、太宗、世祖这三朝名字没有避讳。

到了康、雍、乾三朝，大量接触了汉族的文化，特别是儒家文化，开始重视对皇帝的名讳进行避讳，首先读音要避讳，其次写字方法是缺末笔不写。

到嘉庆、道光时期，规矩又改了。嘉庆的名字叫"永琰"，道光的名字叫"绵宁"。这两任皇帝的上一任是乾隆皇帝，他做了个规定，按汉族的排辈，给爱新觉罗的后代排了字，从乾隆以后，按"永、绵、奕、载、溥、毓、恒、启"排辈，凡是乾隆儿子辈都得带"永"字，孙子辈都得带"绵"字，一代一代往下推。这下问题来了，乾隆的儿子是"永"字辈，继位人是嘉庆，名字叫"永琰"，这个"永"字经常写、经常用，天下所有的"永"字避讳起来，事情就较为复杂。乾隆想了个办法，他把嘉庆的名字改了，改成"颙琰"，"颙"这个字不常用，避讳起来就简单一点儿，但在写的时候，还要避讳末一笔，"琰"字也要换一个写法。道光属于"绵"字辈，"绵"也是常用字，皇帝把这个字变通一下，变成不常用的字"旻宁"，读音相近。可"旻"字写的时候也不能这样写，碰到这个"旻"字的时候，这一点不写，要敬避，"宁"字呢，也要做一个变通，变成一横一竖，它原来是宝盖头下面一个"心"字，到这个时候，"心"字改成了一横一撇，这样避一下。

这些总归还是文字上想方法，还有一种避讳，实在有点儿匪夷所思。

宋徽宗赵佶爱好园林，马屁精朱缅历遍大江南北，专为赵佶搜集全国奇花异卉、灵峰怪石、珍禽异兽，借此盘剥百姓，肥了自己。另一个马屁精范致虚，没有捞到这样的机会，就给赵佶上书，说皇帝的生肖属狗，应当避讳，要下命令全国不许杀狗。于是屠狗、吃狗肉成了禁例，《水浒传》里鲁智深吃狗肉，正是对皇权的一种蔑视。

另一个荒唐的是明朝正德皇帝朱厚照，他巡行扬州，兵部右侍郎王宪禀奏："养豕宰猪，固寻常通事。"但正德是属猪的，猪是皇上的属相，"且姓字异音同"，朱猪同音，"况食之随生疮疾"。正德皇帝觉得有理，下令除牛羊等不禁外，"不许喂养、易卖、宰杀"猪，如敢故违，本犯及当房家小，发极边永远充军！

"皇帝属狗，不许吃狗肉"，从今日大家养宠物的角度考虑尚可，但皇帝属猪、姓朱就不许养猪、吃猪，真是咄咄怪事了。

还好这些皇帝，还没有姓米、姓麦的。

绰号：他人眼中的自己

古龙小说《楚留香》里，有一人无名无姓，自始至终只有一个绰号——"中原一点红"。

他是个杀手，名字对他来说是累赘。一个绰号足矣。

为什么会有"一点红"这样凄厉冷艳的绰号？因为他"杀人不见血，剑下一点红"，取人性命时从不会弄得对方鲜血淋漓，惨不忍睹，而只需一滴血，即可致人死命。他的剑锋，如同冰一般寒冷，剑下的一滴血，似残阳般艳红。

绰号"一点红"，果然一点红。这三个字集合了他禀赋举止的最大特征，比指名道姓更符合人设，当然，也更抓人眼球。

不过，这个绰号本身偏中性，看不出旁人对他种种作为究竟持何态度。然而我们都知道，许多绰号其实具有强烈的公众舆论的贬低意味。比如，唐代卢龙节度使张公素性情暴戾，酷爱翻白眼，人送外号"白眼相公"。明代刘吉、万安、刘翔三人内阁拜相，却对国家大事无所成就，时人噱称其为"纸糊三阁老"——除了拿来烧，也没什么用了。

这就是绰号与众不同之处。别号、堂号、斋号是自己取的，而绰号是他人擅自施加的，不一定要经过被命名者同意，被命名者也未必知道或者接受自己的绰号。从这个意义上来说，绰号往往自带情感评价色彩。既是评价，也自然褒贬皆有。

贬义的绰号不胜枚举，至于褒义的，有两个例子你一定听说过——战国名医扁鹊、三国神医华佗。没错，这些都不是人名，而是绰号。

扁鹊原本是上古黄帝时期的神医，关于他的传说早已经散佚，我们现在只能从史籍中看到一些零星的记载，比如《轩辕本纪》谓："帝乃著内外经……又有扁鹊、俞跗二臣定脉方。"

战国时的名医扁鹊，其实叫秦越人，渤海郡鄚人士（今河北任丘市郑州镇）。他最有名的故事就是出于《韩非子》的《扁鹊见蔡桓公》，留下了"病入膏肓"这个成语。故事大家都很熟悉，在此不做赘述。

秦越人医术高超，颇具传奇色彩，人们便将他与传说中的神医扁鹊相比，给他起了个绰号叫"扁鹊"。久而久之，"扁鹊"叫开了，秦越人的本名却鲜为人知。

至于华佗，本名华旉，字元化，与曹操是同时代人，也是同乡，老家在沛国谯县（今安徽亳州）。"旉"是"阳气盛长，普施万物"的意思，和他的表字"元化"互为表里。"华佗"一词，出自梵语"阿伽佗"译音，是药神之意。华旉医术高明，人们敬仰他，便把他与印度佛教神话中的药神相比，称其为"华佗"。这实际上也是一个表示崇敬的绰号。

就连"钱三强"——我国著名原子能专家，也是绰号。

钱三强原名钱秉穹。他上学时有两个最要好的朋友，一个叫李志中，另一个是作家周作人的儿子周丰一。三人之中，年龄最大的李志中个子最高，但身体瘦弱。钱秉穹年纪最小，个最矮，却身体结实，很是强壮。周丰一想到了两个绰号，叫李志中"大弱"，叫钱秉穹"三强"。两人没有责怪，反而接受了。后来他们之间就这样称呼，有时相互通信也这样署名。

钱三强的传记中写道，有段时间，他母亲生病，需请假在家照顾，李志中和周丰一怕他落下的课太多，便经常登门或书信通报学校授课情况。李志中给钱秉穹写信，抬头称呼就是"三强"，信末署名"大弱"。后来，这封信被秉穹的父亲钱玄同看到了。

钱玄同是著名的学者、语言文字学家，也是五四新文化运动的先驱。他看到儿子这封信，就好奇地问"三强"和"大弱"是什么意思。秉穹便将这两个绰号的来历讲给父亲听。

过了几日，钱玄同把秉穹叫进书房，认真地和他谈起"三强"这个名字。他问儿子："你觉得'三强'这个名字怎么样？"秉穹说："那是同学叫的外号。"钱玄同却说："依我看'三强'意思不错，可以解释为德、智、体都争取进步。你愿意不愿意把名字改为'三强'？"秉穹一直很敬佩父亲，既然父亲认为这名字好，自己也没有意见。于是，钱玄同便正式为儿子改名为"钱三强"。

褒义的绰号若是合乎本尊心意，有时甚至能"登堂入室"，将名字取而代之。

关于绰号，古龙在《多情剑客无情剑》里，还写过这样一段话："一个人的名字也许会起错，但外号却是绝不会起错的，有的人明明其笨如牛，也可以起个名字叫聪明，但一个人的外号若是疯子，他就一定是个疯子。"

说外号"绝不会起错",未免言过其实,毕竟古今皆有好事者以中伤、诋毁他人为乐,这才有所谓的"黑称"。然而,绰号既是由他人赋加,传达了命名者对被命名者的多种认知,这就与一个人的社会地位、社会关系密切相关。

这一特点,在文学作品中尤其显著。《水浒传》写到的梁山好汉一百零八人,以动物为绰号的有三十九位,超过三分之一。既有凶猛的,如虎、豹、狮、雕,豹子头林冲、扑天雕李应、青面兽杨志、插翅虎雷横、矮脚虎王英、火眼狻猊邓飞、锦毛虎燕顺、锦豹子杨林等,也有弱小的,如龟、鼠、蛇、蝎子,九尾龟陶宗旺、白日鼠白胜、两头蛇解珍、双尾蝎解宝、白花蛇杨春等;既有高贵的,如龙、鹏、麒麟,玉麒麟卢俊义、入云龙公孙胜、九纹龙史进、摩云金翅欧鹏等,也有卑微的,如犬、蚤,鼓上蚤时迁、金毛犬段景柱等。

梁山好汉的构成相当复杂,堪称三教九流,各色人等。水泊梁山实际上就是一个浓缩的小社会,动物绰号的多样性,正是这种情况的真实反映。

不过,梁山好汉里也有另一种情形:用名人、鬼神做绰号。比如:"小李广"花荣、"病关索(病,有"超过""赛过"之意。关索,传说为关羽之子)"杨雄、"小温侯(温侯,即吕布)"吕方、"赛仁贵(唐代名将薛仁贵)"郭盛;"丧门神"鲍旭、"混世魔王"樊瑞、"八臂哪吒"项充、"飞天大圣"李衮、"操刀鬼"曹正、"云里金刚"宋万、"鬼脸儿"杜兴、"母夜叉"孙二娘、"活闪婆"王定六、"催命判官"李立、"险道神"郁保四……

以上绰号的主人,基本上都是出身寒微的下层人物,他们彼此以这类绰号相称,言语间其实透露出一种攀龙附凤、依靠神灵的心理，暗含着下层人物希望改变身份地位、挤入上层社会的愿望。

在明末农民起义军的队伍里，也能找到类似的例子：张献忠，绰号"八大王"；罗汝才，绰号"曹操"。其他还有混世王、顺天王、太平王、紫微星、草上飞、双翼虎、镇山虎、钻天鹞、五条龙、乌风鬼，等等。

用小说家赵树理的话说，"农民差不多都有绰号"。只不过发展到现代，那些绰号比之"克天虎""混江龙"之流，要更加生活化，而反映被命名者的性格和社会关系的作用，却是不变的。

赵树理小说《三里湾》中的"使不得"，真名叫王申，这是一个"被土地牢牢束缚着"的庄稼人，他热爱土地，熟悉农耕，一个人干活干惯了，不愿意跟别人合伙。人家做过的活儿，他看不下去，总得再修理修理，一边修理，一边还不停地念叨："使不得，使不得（干得不咋地）。"借用别人的工具，也是一边用着一边唠叨："使不得，使不得（不好用，不好使）。"于是人们给他送了个绰号叫"使不得"。

透过这个绰号，能看到一个老农固执、挑剔的一面，也能隐隐觉察出他与周围人群的刻意隔阂与疏离，看到新时代中农民处在身份转变时的特殊心理。这恐怕是别的称呼都无法办到的。

书法家造假

钟繇是三国时魏国太傅，著名书法家，他和王羲之被后世并称钟、王。唐代张怀瓘在《书断》中称钟繇"隶、行入神，草，八分入妙"。孙过庭《书谱》，说他的书法"如云鹄游天，群鸿戏海"，写得自由无碍。

钟繇有两个儿子，钟毓和钟会，后来都为权臣司马昭所重用。兄弟二人幼年时，跑到父亲房内偷酒喝，钟繇在床上，假装睡着，看两人动作；钟毓饮前先拜一拜，然后举杯，钟会径自举杯，却没有拜。后来钟繇问他们，为何一人拜，一人不拜？钟毓说："虽然偷酒，也应守礼。"钟会却很机变："偷本非礼，所以不拜。"

兄弟俩的不同表现，预示着彼此不同的命运结局。钟毓性迂，为人中规中矩，一生只求自保。钟会巧言善变，机敏灵活，但他的聪明没有用在正道上，而是喜欢旁门左道。

钟会长大后相貌俊秀，深具才华，帅哥一枚，但恃才傲物，野心勃勃。

《世说新语》记载钟会因仰慕当时名士嵇康的声望，去拜访他，"会，名公子，以才能贵幸，乘肥衣轻，宾从如云"地去见嵇康。钟会怕嵇康不认识他，还约了"于时贤俊之士俱往"以壮声势，场面真正是威风八面、不可一世。可是，嵇康与向秀在那里叮叮当当地打铁，就当站在旁边的钟会是空气，不存在。

钟会最终坚持不下去，转身要走，这时嵇康开口："何所闻而来，何所见而去?"钟会本已很恼怒、很狼狈，但也不甘示弱地说："闻所闻而来，见所见而去。"二人的一问一答都简洁而巧妙，足可见钟会的聪颖。

嵇康心怀坦荡，没把这次不愉快放在心里，认为这只是一天之中一次意外的小插曲而已。钟会却心胸狭隘，恨上了嵇康，后来借故向武帝司马炎进谗，杀了嵇康。

钟会家学渊源，字也写得好，他的书法追求字形的结构，行书、草书都很漂亮，尤工隶书，真草效仿钟繇。他的书法风格，笔法飘逸，气势酣畅，被誉为正书（楷书）之祖。

钟会写字还有一个绝招，模仿别人的字能乱真。这本来只是书法家一个小爱好，可钟会的一生中，他屡屡使用这项"技能"来达到个人目的，最后把自己也给"玩"死了。

钟会在少年时曾有一段时间住在荀勖家里，与荀勖同窗学习，他与荀勖是姑表兄弟，荀勖的母亲钟夫人是钟会的姑母。

一次，钟夫人检查二人的作业，钟会把一篇笔法飘逸，兼有各种字体的花哨文章说成是荀勖所作。荀勖书法不如钟会，与口齿伶俐的钟会相比，更显得拙嘴笨腮，他本想解释那不是自己的作业，可是钟会不给荀勖插话的机会，把荀勖急得面红耳赤。钟夫人看看字，又看看荀勖，露出了怀疑的眼神，再看到荀勖满面通红，觉得这是荀勖作弊心虚的表现，对他一顿狠批。为此，二人发生争执，闹得不可开交。

幼时的行为尚可称为玩笑，长大后，钟会又玩了这么一次，明显是居心不良。荀勖有一把价值百万的宝剑，平时放在母亲那里。钟会模仿荀勖的笔迹写了一封信，从钟夫人那里骗来宝剑，到手之后不再归还，从此据为己有。

钟会入朝为官时，赶上司马昭掌权，篡位之心日显。当时的淮南征东大将军诸葛诞忠于曹魏皇室，在甘露二年（257）举兵反对司马昭。战争开始阶段，诸葛诞派人向东吴求援，东吴派出全怿、全端、唐咨等将领统兵三万进行支援。偏巧全怿的侄子全辉、全仪，因家族矛盾，带领数十人投降魏国。钟会暗自模仿全辉、全仪的笔迹，给全怿写了一封信，并让归降而来的全家家人将信件秘密送到了全怿的手中。钟会在信中谎称，东吴对于全怿等人没能帮诸葛诞解除寿春之围非常震怒，打算将前来解围的东吴将领的家眷全部杀死。全怿等人信以为真，心中恐惧，不久后便打开城门率部投降司马昭，为司马昭的胜利奠定了基础。

钟会模仿他人笔迹成了瘾。钟会后来伐蜀，在剑阁拦截大将邓艾写给司马昭的文札，又假冒邓艾笔迹，乱加窜易，"词旨倨傲，多自矜伐"，激起司马昭对邓艾的恼恨，父子遭斩。

不久钟会谋叛，又模仿太后的笔迹写了一封诏书，对部下说已经得到太后的诏书："佞臣司马昭南阙弑君，大逆无道，早晚将篡魏代之，命吾讨之。"这次钟会错估了形势，应和者甚寡，兼之犹豫不决，于乱军之中被杀。

擅长书法，本来是一件雅事，钟会却利用这点儿本事去满足私欲，有才无德，做人做事多了心胸狭隘，少了坦荡胸怀；多了嫉贤妒能，少了虚怀若谷；多了趋炎附势，少了淡泊明志，最终落此下场。

钟会的结局还是有人有先见之明的。"竹林七贤"之一的王戎，在钟会入蜀前，就对他说："将军此行，必能大捷，但是凡事须谨慎，要留有分寸余地。"王戎的劝诫之意非常清楚，可惜钟会却没有领会他的苦心。

陈寅恪一首诗和艳闻

　　1944年，正是抗日战争全面爆发的第七年，大学者陈寅恪先生滞留成都，任教燕京大学。前一年，陈寅恪接受燕京大学聘请，代校长梅贻宝在全校周会上兴奋宣布："我校迁徙西南，设备简陋，不意请得海内著名学者陈寅恪先生前来执教。陈先生业已到校，即可开课，这是学校之福。"

　　战时成都，钞票贬值，物价飞涨，教学生涯艰苦，陈寅恪和夫人身体都不好，再加上孩子又多，陈家生活一度非常困难，一月的薪水，往往几天就花完了。他自己曾有诗云："日食万钱难下箸，月支双俸尚忧贫。"可见当时的窘境。值钱的衣物，在来成都的路上已经差不多卖完了，陈家的人，甚至先后都因为缺少厚衣服穿而生病。

　　当时最严重的问题，还是陈寅恪的眼睛。成都电力不足，灯光昏暗，三日一停电，只能以火舌闪烁的油灯照明。陈寅恪的右眼早已失明，单靠左眼来阅读写作，更为吃力。不久，这位史学大儒因眼疾长期住院，从此双目模糊。

　　尽管面临双目彻底失明的风险，陈寅恪还是坚强面对现实，情绪逐渐稳定。共同执教于燕京大学的吴宓教授常去医院看他，陪他聊天。陈寅恪请四川省教育厅厅长郭有仁的夫人杨云慧（杨度之女）书写苏东坡句"闭目此生新活计，安心是药更无方"，并裱而悬之，聊以自慰。

知识分子由于古今中外耳闻目睹的事情多，有感于中，便不免抒发于言，这就是识字人的苦恼。

陈寅恪此时写有一首《闻道》诗："闻道飞车十万程，蓬莱恩怨未分明。玉颜自古关兴废，金钿何曾足重轻。白日黄鸡迟暮感，青天碧海别离情。长安不见佳期远，惆怅陈鸿说华清。"

陈氏乃大学者，此诗句句用典。"蓬莱恩怨"，见《长恨歌传》中："东极天海，跨蓬壶，见最高仙山，上多楼阙。""金钿"，亦出《长恨歌传》："指碧衣女取金钗钿合，各折其半，授使者曰：'为我谢太上皇，谨献是物，寻旧好也。'"

"白日黄鸡"典故，屡见于古人诗文中，"黄鸡催晓"，"白日催年"，指人在黄鸡的叫声、白日的流动中一天天变老。

"长安不见佳期远"，联系白居易《长恨歌》可解。"回头下望人寰处，不见长安见尘雾……七月七日长生殿，夜半无人私语时。在天愿作比翼鸟，在地愿为连理枝。天长地久有时尽，此恨绵绵无绝期。"

"惆怅陈鸿说华清"，陈鸿是《长恨歌传》的作者，联系白居易《长恨歌》"春寒赐浴华清池，温泉水滑洗凝脂"一句，可知通篇似乎都在讲唐玄宗和杨贵妃，但读起来又不尽然，不知其所云。吴宓教授在诗后写上小注："时蒋公别有所爱，于是宋美龄夫人二度飞往美国，此咏其事。"

原来，陈氏这首诗记下了蒋介石的一段艳闻。蒋介石借宋美龄夫人赴美国争取美国援助之机，在陪都爱上了一位护士林小姐，恩爱甚笃。宋美龄回来后勃然大怒，大闹一场，誓与蒋介石决裂，当即二次飞美国。

这件事在当时闹得沸沸扬扬，街头巷尾都知道了，甚至惊动了美国使馆，政治参赞谢伟思还给华盛顿国务院打了报告，说重庆到处流传蒋氏家务纠纷，虽然不能全信，但至少可以肯定蒋、宋婚姻的确出了麻烦。谢伟思说，有关政府领导人的绯闻，本来与政治无关，但中国现状，蒋宋两大家族如果闹翻，将导致整个朝代的分裂。所以，此事关系蒋的政治生命，"玉颜自古关兴废""金钿何曾足重轻"，非比等闲。而关键在于，宋美龄夫人有了"白日黄鸡"的迟暮之感。

这首《闻道》最后以唐人陈鸿把明皇贵妃的事写成《长恨歌传》这一故事作结。现实故事的结局是宋美龄夫人二度返回成都后，林女士以惨剧告终，那么马嵬之变，那个贵妃是姓林了。

在旧体诗中，这是在用过去的典故，喻指当时的时事。抗战期间的"宫廷"绯闻，只留下陈寅恪的这首《闻道》诗了。

狸猫换太子

　　小儿听评书《三侠五义》，喜欢上了《包青天》，缠着我给他放电视剧，对"狸猫换太子"一事，表现出极端愤慨。面对儿子正义的情绪，我只能告诉他，这件事纯属臆造。

　　"狸猫换太子"的故事，环环相扣，害人手段异常毒辣，不只在古代，在现代听来也是骇人听闻，至今仍有吸引力，所以各类戏剧都广泛采用这个题材，加以演绎，并不奇怪。

　　"狸猫换太子"的故事，一般都认为是源自元杂剧《金水桥陈琳抱妆盒》，在清代的小说《三侠五义》中被作为开篇。故事讲述宋真宗赵恒的妃子刘妃，勾结内监郭槐，以剥皮狸猫将李宸妃生下的太子换掉，陷害李宸妃被贬冷宫。仁宗赵祯即位后，包拯奉旨勘察安乐侯庞昱放赈舞弊一案，回京途中偶遇李妃，最终为其平冤，李妃也被迎接还朝。

　　按宋史确有李妃事，不过历史真相和民间传说有非常大的出入。

　　历史上，宋真宗赵恒特别宠幸一个叫刘娥的妃子，就是戏曲里刘妃的原型。刘娥出身贫寒，还是二婚，身世曲折，极富传奇性。

史书中记载，刘娥是蜀人，嫁给一个叫龚美的人，以锻银为业，为生活所迫来到京城。刘娥善于播鼗，这个"鼗"就是拨浪鼓，从这个行业来看，刘娥肯定是长得很漂亮，龚美做银匠，她则摇拨浪鼓为龚美招徕生意。当时宋真宗赵恒还是韩王，因为打造银器遇见了龚美，对他说："听说川妹子漂亮又聪明，你给我找一个。"龚美以表哥的身份，将刘娥献给他。少年韩王一见大喜，非常宠爱刘娥。

以刘娥这种出身，自然不受府中其他人待见，韩王乳母秦国夫人就非常不喜欢刘娥。一次，韩王的父亲宋太宗问秦国夫人："韩王最近面色憔悴，身边都有什么人？"乳母趁机把这件事归到韩王贪恋女色上面，狠狠告了刘娥一状。

宋太宗下令将刘娥赶出府去。韩王不得已，把她安排在随从张旻家，私下去幽会。张旻为了避嫌，长期不敢回家。宋太宗死后，韩王即位，成了宋真宗，这次把刘娥堂而皇之召入宫中，有点儿真爱无敌的意思。

按龚美死于大中祥符五年（1012），年六十岁，其生年应该是后周广顺二年（952），比刘娥足足大了十六岁。据此推理，刘娥更像是被拐带的小姑娘，龚美将其带至京师，恐怕本就有"奇货可居"之心。

宋真宗对刘娥宠幸有加，无奈刘娥一直未能生育。刘娥有侍女李氏，刘娥和真宗商量，打起了"借腹生子"的主意，让李氏怀孕，但生下孩子要过继给刘娥为子。宋仁宗赵祯就是李氏所生过继给刘娥的，狸猫换太子中的李宸妃，原型就是李氏。

李氏早亡，一生未与儿子相认，但刘娥为了补偿她，在李氏死前，晋封她为宸妃。安葬时，刘娥接受了宰相吕夷简的建议，给她穿上皇后服，以一品夫人礼安葬。

宋真宗临终前传位给宋仁宗，因为皇帝只有十三岁，故遗诏将刘娥册封为皇太后，"军国重事，权取处分"。刘娥垂帘听政十一年，直至临终才还政宋仁宗。刘娥秉政期间，政治手段和才能都很高明，堪与吕后、武则天相比，不过古人称她"有吕武之才，无吕武之恶"，对她评价甚高。

刘娥去世，宋仁宗亲政，就有人告诉他"陛下乃李宸妃所生，宸妃死于非命"。宋仁宗大惊，干了件后来让他后悔的事。他派人包围了刘氏一族的府邸，然后打开李宸妃的墓葬检验，却发现李宸妃身着皇后服，极尽哀荣。宋仁宗叹道："人言岂可尽信。"宋仁宗因此非常后悔，觉得愧对刘娥的抚育之恩，于是更加亲厚刘氏一族。

另外，整件事和包拯毫无关系，将史料中这几件事发生的时间一对比，即可发现，宋仁宗查验生母墓葬之时，是其亲政之后的明道二年（1033），这个时间，包拯刚中进士，被任命为大理评事、建昌知县，但他以父母年事已高为由，辞官不就，回家侍奉双亲。等包拯出来做官，已经是景祐三年（1036）了，担任的是天长知县，没有机会也没有能力参与这件大案的审理。

《龙图公案》是明朝人写的小说，到清朝时，经过了说书艺人的演绎，增加了各种传说。"狸猫换太子"将包公牵扯其中，不过是为了加强故事的戏剧性而已。

"延庆"一词简考

一

2019 年世园会和 2022 年冬奥会举办地落户延庆，使得北京市的延庆区为世界所知，吸引了外界目光。

延庆是北京市较偏远的一个区，曾有朋友想从北京的通州区到延庆找我谈事，结果用手机看了一下地图，发现八十多公里，连连慨叹："我这算是出差。"

"延庆"一词在中国古汉语的语境中为"延续福祚"之意，寓意吉祥。最早见于《后汉书·朱景王杜等传论》："若夫数公者，则与参国议，分均休咎，其余并优以宽科，完其封禄，莫不终以功名，延庆于后。"

南北朝时，南梁简文帝《唱导文》有"冯法致安，积善延庆"之语，隋代王度的《古镜记》中亦有："昔杨氏纳环，累代延庆；张公丧剑，其身亦终。"

因为这个词具有如此美好的寓意，所以在古代使用的地方甚多，有很多人都取名为"延庆"。《汉魏南北朝墓志汇编》北魏"魏故使持节镇西将军雍州刺史华阴庄伯墓志铭"："君姓杨，讳播，字延庆，司州恒农郡华阴县潼乡习仙里人也。"历史上叱列延庆、蔡延庆、刘延庆等，亦算历史名人。

作为封号，也有不少，比如《旧唐书·卷十八上》，唐武宗五年："夏四月，皇第四女封延庆公主，第五女封靖乐公主。"《续资治通鉴长编·卷十三》记载，宋太祖开宝五年"闰二月辛卯朔，皇第二女封延庆公主"。

"延庆"这个词语真是招人喜欢，政府机构也用它来命名。

比如，元代有"延庆司"。《元史·卷八十九》："延庆司，秩正三品，掌修建佛事，使二员，同知一员。"看来是一个管理宗教事务的部门。

二

除此之外，"延庆"一词，常见有以下几个方面：

其一是节令。

唐代以唐懿宗李漼的诞辰为延庆节。《唐会要·卷二》载："懿宗睿文昭圣恭惠孝皇帝讳漼。宣宗长子。母曰元昭皇后晁氏。太和七年癸丑十一月十四日。生于藩邸。以其日为延庆节。"唐高彦休《唐阙史·李可及戏三教》："（咸通中）尝因延庆节，缁黄讲论毕，次及倡优为戏，可及乃儒服险巾，褒衣博带，摄齐以升崇座。"

宋代庄季裕《鸡肋编》卷下则记载为："武宗（唐武宗）开成五年，以二月十五日玄元皇帝降生日为降圣节，六月十二日皇帝载诞之辰为庆阳节，懿宗七月四日为延庆节。"

其二是年号。

金灭辽，统帅耶律大石率一众属官徙至中亚，建立西辽，耶律大石为西辽德宗，其所用的第一个年号便是"延庆"（1132—1134），意为"延续天庆圣祚"。

《辽海丛书·辽文萃卷一》："改元与百官诏'延庆元年'。"

《辽史·卷三十·本纪第三十·天祚皇帝四》："复上汉尊号曰天佑皇帝，改元延庆。"

日本也使用过"延庆"这个年号，约为1308年至1311年，这一时期的天皇是花园天皇，镰仓幕府征夷大将军为久明亲王与守邦亲王，执权为北条师时。

其三是寺庙。

北京，香港，山东肥城，浙江宁波、临海，山西五台山都有"延庆寺"。

《释氏稽古略·卷四》记载，宋真宗时："庚戌，大中祥符三年，辽统和二十八年冬十月。有旨改明州保恩院为延庆院。"

明代，张东海有诗写延庆寺，存于《张东海诗集卷之三》，题目为《送璞讲主住持延庆寺》："鹤城兰若名延庆，忆我少年频往来。夜月竹窗晴翠舞。春风花槛牡丹开。肩舆重访三生石，手笔空余半壁苔。今日璞公能起废。老松新长出尘埃。"

张东海就是明代成化年间的书法家张弼，他字汝弼，松江府华亭县（今上海奉贤）人，家近东海，故号东海。张弼留有诗稿《鹤城》，这个鹤城就是今天的上海松江，松江古称华亭，西晋陆机留有"华亭鹤唳"句。松江延庆寺，名列教宗五山十刹之内，今已废。

其四是用作殿宇楼阁名。

《续资治通鉴长编·卷七十五》宋真宗大中祥符四年（1011）："戊午，致斋。召近臣登延庆亭，南望偃掌，北瞰龙门，自宫至雕上，列植嘉树，六师环宿，行阙旌旗帝幕照耀郊次，眺览久之。"

除了延庆亭，宋代皇宫有延庆殿，辽国亦有延庆宫。

近代，中南海有"延庆楼"，为袁世凯在民国时所建，位于"居仁堂"后侧，是一幢西洋风格建筑。1924年，直奉战争，冯玉祥在北京发动军事政变，将贿选总统曹锟及其四弟曹锐囚禁于此。

三

延庆地区在辽金时为缙山县，元代时因元仁宗爱育黎拔力八达出生于缙山县香水园，仁宗即位后升县为州，改为龙庆州。《元史》记载："怀来、缙山二县隶大都路，改缙山县为龙庆州。帝生是县，特命改焉。"明嘉靖《隆庆志》记载更为详细："香水园俗名东花园，在州城东北十二里，元仁宗诞处，其址尚存。"进入明代，改龙庆州为隆庆州，明穆宗朱载垕于1566年即位后，年号隆庆，为避皇帝讳，遂改用"延庆州"。

"延庆"的名字喊起来，要比"隆庆"更为吉祥和响亮。

《大明会典卷之九》记载"行移勘合"条："洪武初，凡除授官员，皆给勘合到任。十九年，革勘合，而行取官员及查理事务，仍用之。各布政司及南北直隶府州，各编一字为号。惟顺天不用勘合，故字号缺。"

下面就是天下各布政司及州府的编号，使用的是"十二地支"和"二十八宿"的名字。

《大明会典》是记载明代典章制度以行政法规的官修书，始纂于弘治十年（1497）三月，一百八十卷，经正德年间参校后刊行。嘉靖时经两次增补，万历时又加修订，重修本二百二十八卷。

嘉靖、万历之间是隆庆，时间不过六年。明朝初年，"延庆"这个名字还没有使用，但记录到延庆的编号时，因《大明会典》修订时间已经在万历年间，为避穆宗年号讳，文中改掉"隆庆"，直接写为"延庆州翼字"。

《大明会典卷之十九》载："延庆州（旧为隆庆），人户，一千七百八十七户。人口，二千五百四十四口。'但在这里特别标注了"旧为隆庆"的字样。

《大明会典卷之二十五》载："延庆州，夏税：小麦，一千七百一十三石七斗五升三合四勺；秋粮：米，三千九百三十七石四升四合一勺。"这段记载，亦是直接写作延庆州了。

从《大明会典》来看，万历时期修订时，因为对"隆庆"年号的避讳，称呼"延庆"已经成为惯例。

延庆州延续至清代，到民国二年（1913）全国废州改县，始称延庆县。2015 年 11 月，撤销延庆县，设立延庆区。

四

纵观中国的历史，难道就没有出现过"延庆县"的地名吗？

当然不是。不仅有，而且不止一处。

《唐会要·卷七十》："庆州。怀安县。开元十年十月八日置。方渠县。神龙三年三月二十五日。分马岭县置。蟠交县。天宝元年八月二十四日。改合水县。白马县。同上。敕改为延庆县。"

这里的庆州，是现在的甘肃庆阳庆城县，合水，就是甘肃庆阳县，唐武德元年（618）置合水，武德六年（623）又分置蟠交县，同置白马县，天宝元年（742），白马县改为延庆县。

在《金史·卷二十六·志第七·地理下》中也记载："庆阳府，中。宋安化郡庆阳军节度。本庆州军事，国初改安国军，后置定安军节度使兼总管，皇统二年置总管府。户四万六千一百七十一。县三、城二、堡一、寨三、镇七：安化倚。有马岭山、延庆水。"

到金代时，庆阳的延庆县没有了，但延庆水的名字依然存在。

辽金时亦有延庆县。

《辽史·卷三十八·志第八·地理志二》："郢州，彰圣军，刺史。渤海置。兵事隶北女直兵马司。统县一：延庆县。"

但是辽代的郢州，具体所在不详，应在今日辽宁省境内。古郢州是湖北钟祥，显然不是辽的郢州。

《大明会典》里说延庆州的编号是"翼"字。"翼"指的是"翼火蛇"。"翼火蛇"是二十八宿中南方七宿的第六宿。居朱雀的翅膀之位，故而得名"翼"，鸟有了翅膀才能腾飞，翼宿多吉，延庆分到这个字，确是不错。

"好风凭借力，送我上青云。"今日延庆，因"世园""冬奥"为世人关注，如同插上翅膀，借势腾飞，可与六百余年前的这个"翼"字前后辉映。

节令年俗

九九消寒图

每年冬天寒潮到来的日子，都把北方的朋友们冻得不轻，按老话来说，就是"数九寒天"了。

古人用"九九"来计算由寒至暖的日子，是传统天文历法的智慧。用九九来数，数到第九个九，就是冬尽头的意思。我写下这篇文字时，已经"四九"，确实是最冷的时候，不过不用担心，再熬几天，天气就要回暖。北京的小孩都会背《九九歌》："一九二九不出手；三九四九冰上走；五九六九沿河看柳；七九河开八九雁来；九九加一九，耕牛遍地走。"这个不用翻书，爷爷奶奶在家里就给普及了。

明代有本记载北京地区风物的《帝京景物略》，戋在其中看到的《九九歌》和民间所传不同："一九二九，相唤不出手；三九二十七，篱头吹觱篥；四九三十六，夜眠如露宿；五九四十五，家家堆盐虎；六九五十四，口中出暖气；七九六十三，行人把衣单；八九七十二，猫狗寻阴地；九九八十一，穷汉受罪毕，才要伸脚睡，蚊虫虼蚤出。"

文字算是浅白，里面较难理解的是觱篥和盐虎。觱篥是古代一种像喇叭的乐器，以芦苇作嘴，以竹作管，吹出的声音悲凄，篱头吹觱篥，形容北风呼啸，声音凄厉。盐虎指古代一种供祭祀用的虎形盐，在这儿比喻人们所堆的雪人。

关于"数九"的习俗的文字记载，早在南北朝时的《荆楚岁时记》里就有，距离现今也有近一千五百年的历史。

到了明代，又兴起了"画九""写九"的习俗，一直延续到近代。清末，每到冬至这天，北京紫禁城会在懋勤殿挂起条幅，上面是带着双钩的字，被称为"御制词"："亭前垂柳，珍重待春风"字样。

别小看这几个字，两句九字，每个字都是九笔写成，九九归一，冬至那天，南书房的翰林会从条幅上的"亭"字首笔开始，逐日画上一笔，直至最后"风"字最末一笔。字写完了，天气也就变暖了，这即为"九九消寒图"。

不仅皇宫挂"九九消寒图"，民间也会挂。旅美作家张北海写了本长篇小说《侠隐》，以1936年到1937年的北平为背景，写老北京的风貌，故事恰逢冬日，主人公特地买了一幅"九九消寒图"挂在墙上，每日一笔，暖长寒消。

"消寒图"不仅有写的，更有画的。

北京琉璃厂的清秘阁售卖有木刻的梅花图，这幅梅花，称为"素梅图"，颇为雅致，全开半开，一共八十一瓣，买来后，可放置于案上，按照每天一瓣的速度，将九九八十一瓣白梅用朱红色填完，等到整幅木刻素梅全部变成红梅绽放时，春天也就来了。

这种雅趣，在《帝京景物略》中也有记载："冬至之日，画素梅一枝，为瓣八十有一，日染一瓣，瓣尽而九九出，则春深矣，曰'九九消寒图'。"点染梅花瓣，也有一定讲究，要按每日天气点染。"上阴，下晴，左雨，右风，若是逢雪天气笔触为正中。"另外，会有对联与之相配："图中梅点点，窗外草葱葱"或"淡墨空钩写一枝，消寒日日染胭脂"等。

"九九消寒图"的形式多种多样，九格、鱼形、泉纹、葫芦形等多种，具体使用哪种消寒图，往往根据主人的喜好而定。

从冬至开始，过了八十一天，天气就一定暖和吗？当然不会那么绝对，只是时令大致不差，暖与不暖亦是人之感受使然，人们在冷暖交替中，体味四季的更迭。

北京近些年来，颇多文化机构开始对北京民俗进行挖掘，加大传统民俗文化的保护传承力度，《九九消寒图》也重现人们的视野中。旧事新装，引起了年轻人关注，也纷纷购买，置于屋中，等候春之消息。

清末李岳瑞有《春冰室野乘》一书，颇记清代野闻，其中有清末民初词人朱孝臧咏《九九图》的一首《齐天乐》，其中有"三起三眠，一波一磔，妆点销寒时候"的句子，颇有情味，恰释"九九消寒图"文字之注。

从我书房北眺，远处海陀山雪色正烈，回忆岁旰故事和这几句词，人间烟火，顿时萦绕心头。

腊 八 粥

这个冬天很冷，新闻说这是北京最近十几年最冷的一个冬月，伴着漫天的雾霾，从南到北，同此凉热，如同一个人，冷气从头至脚，顿觉日子难熬，此时此刻，不免想要寻觅一点儿慰藉。这份温暖来自哪里？在我而言，莫过于一碗热粥。

北方的粥素而简，比不上南方粥食的花样多端，但将要喝到的腊八粥是个例外。腊八粥仅在原料的丰富性上，就能让人产生一种幸福感。作家阿城曾言："北方进入了冬季后，各种果蔬都非常稀缺，身体所需的维生素的摄入非常少，没办法，就多取些食材来，比如各种豆类等与米一起煮，营养上更为丰富。"

腊八粥其实表现的是北方人的一种生活态度。北方人严格按照节气生活，节气对农业至关重要，什么节气播种，什么节气收割，不早不迟，这就为自己的生活模式定下了一个准确的日程表。在这个日程表里，春节是个重要的日子，它既是一年的结束，更是来年的开端。而春节的序幕，却由腊月初八掀起，在这一天，却又是从一碗粥开始的。

一年到头，地里的庄稼都收获了，在这个时刻，好像要刻意展览一下全年收成的丰富多彩，于是就端上了腊八粥。粥里放上大米、小米、糯米、玉米、高粱米、薏米；各种豆，包括红豆、绿豆、芸豆、黄豆、花豆；各种果仁，瓜子、花生、核桃、榛子、栗子、松子，还有红枣、葡萄干等各种果脯。这么一锅粥，怎么得了哦！多彩的色泽，复合的香气，嗅着、看着就让人垂涎。

腊八粥的出现绝不是中国人单纯对土地作物的纪念。抛开琐碎的民间传说，其起源始于僧人在腊月初八佛陀成道日这天，把斋粮煮成粥来供佛。流传到民间，被百姓仿效成这个样子。为何这种粥能流行于民间？一言以蔽之，清寒而已。在中国，凡贫困家庭，大都离不开粥。

"一粥一饭当思来之不易，半丝半缕恒念物力维艰。"《朱子家训》里简单两句话概括了吃和穿。在吃当中，粥和饭相邻相靠、不离不弃，其实二者并无差异，关键在水量的不同。为什么粥要多加水？对饱尝饥馁之苦的人来讲，不是考虑到易于消化，而是因为嘴多米少，要让碗里不空，只有多加水。

关于食粥的记忆，常记于昔日文人的笔端，《颜氏家训》里说有个叫裴子野的人，"有疏亲故属"，凡"饥寒不能自济者，皆收养之。素清贫，时逢水旱，二石米为薄粥，仅得遍焉，躬自同之，常无厌色"。裴子野能够和众亲友一起体验疾苦，恐怕也是他自己有过类似的经历。他与众亲友捧碗啜粥的场面，是中国人最富人情味的体现。郑板桥在《家书》里也说："十冬腊月，凡乞讨者登门，务饷以热粥，并佐以腌姜。"自己挨饿受贫，更知他人的窘境。中国文人对粥的情感，就如其爱这个土地及这片土地上生活着的人一样，呈现着同甘共苦的善意。

腊八粥是年下必备之物，体现文化的传承，俗语云：

"看见烟囱冒烟，家里粮食成山。"每逢到了腊月初八，家家五更起便开始熬粥，成为一年中最为重要的仪式之一。

一碗粥，貌似简单，其实却可上天可入地。

对粥的定义，清代袁枚在其所著《随园食单》中有个颇为恰当的论断："见水不见米，非粥也；见米不见水，非粥也。必使水米融洽，柔腻如一，而后谓之粥。"

旧时宫廷很重视腊八熬粥这一风俗。晚清时宫里熬腊八粥，用料考究。煮粥的地点设在雍和宫，粥料提前三天运到，腊月初七的深夜由内务府的官员指挥熬煮，朝廷还要派去一、二品重臣现场监督，雍和宫的喇嘛在旁边诵经祈祷。每煮好一锅，立即盛到桶里，锅里重新添水加料，继续熬煮。天未明，粥已煮好，先由太监把粥送到太庙，供奉清室列祖列宗，然后送进宫去，由皇帝下旨，将粥赏赐王公大臣。

冰心老人和沈从文先生都曾写过《腊八粥》，那是民间对腊八粥的感情。在其笔下，腊八粥除了被寄予无限深情，还"因为借此机会，清理橱柜，把这些剩余杂果，煮给孩子吃，也是节约的好办法"。新凤霞在《节日的吃》一文中记述了她幼年时，为了全家在腊八节有碗腊八粥吃而拼命到粥厂抢粥的故事，读之令人心酸。

腊八粥承载着普通人家对生活的渴望。小时候，尽管家里并不富裕，母亲总是在前一天忙碌地准备煮粥的食材。腊八这天天不亮母亲就起床，趁着昏暗的灯光挑拣昨晚泡好的黄豆、豇豆、红小豆、花生，然后往锅里放上大米、小米一起煮。冬日的寒夜，精心挑选的食材，被小火细细地熬煮着，逐渐翻滚，香气弥漫在小屋的每个角落里，常常会把熟睡的我熏醒。我睁眼就看到袅袅的热气在空中悠然飘散，一种温馨的甜在心中悸动。腊八粥煮好以后，母亲会把我叫起来。母亲说，腊八粥必须天亮以前喝，那样才能抵抗严寒。因为延庆地区的俗语说"腊七腊八，冻死俩仨"。腊八节的到来往往预示着真正的严寒来了。

全家围坐一起喝粥，每到此时，我心中最大的渴望是能多盛些花生。花生浸透了米的甜味，再加上自身的芳香，嚼一嚼，香味充满唇齿间。喝完腊八粥，立即就有了温暖的感觉。

印象里，每年腊八的早晨，邻居总要端着一小盆刚刚出锅的腊八粥来我家。其时，母亲也早已准备好自家的腊八粥，给邻居们送过去。那个年代，人们的生活大都清贫，邻里之间却保持着逢年过节互赠礼物的传统，尽管都是些黏馍馍、腊八粥乃至白薯、白菜之类的食物，留下的却是一份体贴与关心、令人感动的融融情谊。

不过是一碗粥，却也绝不是简单的一碗粥，因为它讲述着人间的温暖。古代一直保留有腊八节当天舍粥的传统，一碗热滚滚的腊八粥，刚端上桌子时还在翻腾、滚烫，无论贫贱富贵，这碗热气腾腾的粥，在张嘴都是白气的寒冷冬夜，可能是唯一的温暖。

一碗粥，可以给予我们安慰和爱的力量。

大寒梅花开

公历 1 月 20 日左右，地球的北半球开始进入大寒节气，此时太阳位于黄经三百度，这也是一年二十四节气中最末的一个，是以古有"寒气之逆极，故谓大寒"之说。

大寒来了，降温也来了。这两天从电脑到手机，几乎被降温的天气预报刷屏了。这不奇怪，大寒已至，中国大部分地区，来到一年中最冷的季节，阴寒密布地面，悲风鸣树，满目苍凉，一片白雪皑皑、地冻天寒的景象。

"大寒须守火，无事不出门。"这一时节，每每稍一回暖，便是大冷的前兆。"一日赤膊，三日头缩。"

大寒到，腊月到，希望也到。大寒三候，坚冰深处春水生。

大寒之日又称"鸡乳"，母鸡提前感知到春气，开始孵小鸡了。大寒后五日"征鸟厉疾"，鹰隼之鸟远飞，厉猛，捷速。再五日"水泽腹坚"，上下都冻透了，寒至极处，物极必反，冻到极点，就要开始走向消融。

我们拥着寒冷，脚下正踩着一年"运""气"循环往复之原点。大寒后十五日，壮阳出地，阴寒退却的日子里，孕育着新生和春风。

大自然的疗愈无可匹敌，无论是外在刀口还是内里创

108

伤，皆能在岁月中复原，从而给了我们面对恶劣境况的信心。就"大寒"这一节气本身而言，更是新的生机突破黑暗的最后一刻，只有走过了黑暗，才能看到将要绽放的光明。

这时候说春天的脚步近了，已不再是矫情，一缕暖意开始在心中盘旋。再往后呢，就是云破山呈色，冰融水放光，春天就该染着梅香，穿过柳丝，含着羞，踮着脚尖来了。

大寒时节，群梅绽放。

在湖北黄梅县存有"晋梅"，其址位于"江心古寺"，树干已经灰黑，每年只在大寒日开花。万物凋零，唯有梅枝笑傲寒雪，花期能从冬至春。浙江则有一株"隋梅"，位于天台山的"国清古寺"，估计已经一千三百多岁，传说为智凯大师所植。智凯乃佛教天台宗创始人，昔人已没，这株古树也曾几度枯萎，但在人们的养护下，竟然返老还童，枯木逢春，其主干苍挺，嫩枝摇曳，寒冷之日焕发生机，数年前，还曾经结下了很多梅子。

清人梁绍壬的《两般秋雨庵随笔》亦有相关记载："真州城东十余里准提庵，有古梅一株，大可蔽牛，五干并出，相传为宋时物。康熙中，树忽死，垂四十年复活，枝干益繁，花时光照一院。"清代嘉道年间的名士阮元曾将其称之为"返魂梅"。

梅树的寿命很长，千年仍可开花，时间愈久，愈显出挺拔苍浑之势，因而有"老梅花、少牡丹"之语。枯木逢春，非这大寒之日，方始繁盛生命的梅树不可。

大寒到了，冷也到了顶点，高也高到极限。寒风中，日光下，默林凌寒绽放，没有一丝杂质。空气里的冰冷，仿佛来自遥远的故乡，带着一些相思，还有细微得难以辨别的驼铃声。

寒风中，朵朵梅花绽放，互相依偎取暖，毕竟，冷也冷到顶点，高也高到极限了。

大寒过了就是新年。在旧时，每逢这个节气，人们便会买来芝麻秸，留到除夕之夜，悉数撒在路旁，给孩子们踩着玩，取"踩岁"之意，借"碎""岁"谐音寓意"岁岁平安"，更取"芝麻开花节节高"之意，祈求未来一年的祥和。

节气轮转，我们在大寒梅开之日，等待春天的故事。

扫 房 子

"腊月二十三"是小年，也是"祭灶"的日子，过了这天，北方的"过年"正式开始。"祭灶"后首要之事，就是开始打扫屋子里的卫生，老话说，"二十四，扫房子"。

"腊月二十四"遂为百姓户户每年的"扫尘日"，北方与南方在称呼上稍有差别，前者为"扫房"，后者为"掸尘"，这也是各地习惯使然。新年前夕，进行洗涮、拆洗、扫尘乃是传统，全国上下在"卫生大扫除"中迎接着新春的喜悦。

记得小的时候，这一天如果父亲休息，天气又允许，定是要扫房的。一般扫房的计划不用刻意安排，孰先孰后已是轻车熟路，只要依次把屋里的东西拿出来，分别放在院子里，曝露于光天化日之下，让冬日暖暖的阳光晒一晒即可。

屋里的东西搬出来以后，开始清扫。屋里的破纸"仰尘"要撕掉，用一把大鸡毛掸子把墙上的尘土掸下来，最后才是扫地。等一切都收拾完，开始用大白粉合成的白浆刷墙。这个活儿需要技术，手里的刷子是用一根根毛笔捆绑而成的，老北京人管它叫"排笔"。用它刷墙就如同写毛笔字一样，一笔一笔地要挨紧，这样才显得匀称，刷完的

111

墙才不至于跟花脸猫似的。

墙刷完了，要等上一个多小时，用手试探地摸摸新刷的墙，觉得不粘手，说明风干得差不多了，下一步要糊"仰尘"。

"仰尘"其实就是顶棚，我们这里的俗语。在古建筑的术语中，被称作"承尘"。糊"仰尘"的纸用的是大白纸，上有暗花，糊窗户的则是高粱纸。那时母亲在乡里的供销社上班，纸已经提前备好。

糊纸看似简单，但真是个技术活，一般都要请村里有这个手艺的人来帮忙，我们家也要找左近的亲戚朋友前来，一起完成这件大事。

母亲提前用白面把糨子打好。只见她把大白纸平铺在饭桌上，用一把新排笔蘸上糨子用力且又快捷平稳地在纸上刷糨子。我负责传递，父亲和亲戚站在高凳上负责糊。这时，只见他们右手拿着扫炕笤帚，左手托住蘸满糨糊的大白纸，灵巧地往架子上一举一按，就势用炕笤帚"唰啦"一扫，一张大白纸不偏不倚地粘在架子上，麻利劲儿就别提了。糊"仰尘"讲究整齐、不鼓肚儿、不起包、不脱落，纸干了以后，要绷得紧而且平整，这才叫手艺。

糊完"仰尘"，要糊窗户。

撕窗户纸是我的事，平时捅破了窗户纸，要挨半天骂，现在好了，随便撕，极为解压。纸撕掉后，还要用锅铲把陈旧的糨子刮去，方便纸糊上去。

整个扫房大概要用多半天的时间，到了下午，我们的屋子已经里里外外焕然一新。

"扫尘"这一习俗自古有之。《吕氏春秋》中就说，尧舜时在新年前夕有扫尘的做法，意为"除陈布新"，因

"尘"与"陈"同音。这也是民间对新年寄予的美好愿望，希望借此将"穷运""霉气"等不好的东西，统统扫出门去。

房子打扫完毕，还要贴年画。年底到供销社买画的人特多，年画挂在架子上，上面有编号，买的时候要说编号，然后从拦柜里面拿出来。由于母亲在供销社上班，我可以跑到柜台后面去看那些五颜六色的年画。

我记得那时有一种类似连环画的年画，都是由一些经典戏曲的剧照组成，比如《杨八姐游春》《法门寺》《梁祝》《朝阳沟》等，一般都是四张一套，每张大概有八幅照片，照片下面有简单的文字，三十多张照片加起来，就把这段戏给概括了。

我挑了半天，眼睛都挑花了才选中了《岳震招亲》的一套年画，喜欢里面的武打动作，买回家贴墙上，然后躺在睡觉的位置，仔细端详，越看心里越美。

屋子打扫完毕，父母开始张罗着炸年货。排叉和饹馇夹儿必不可少，没有开心果、大榛子、碧根果的日子，这些是小孩子们过年的零食。不单是我们一家，家家如此，油香味儿飘散在夜空中。

走在乡村的小路上，揣着新买的鞭炮，嗅着油烟的香气，我知道年离我很近很近。

年之琐忆

　　小时候生活在农村，最盼着过年。具体从哪一年开始盼过年也不大记得了，总是觉得一踏进腊月的门槛，过年的气息就越发浓重起来。

　　过年的记忆太多，尽管有些细碎，却依然清晰，让我回味。

　　鞭炮永远是男孩子过年时最值得炫耀的财富，同时也是最珍贵的礼物。那个时候的鞭炮比较简单，种类也少。还记得花几角钱买一挂小鞭炮，成串的一百响，为了多享受点儿乐趣，就把鞭炮拆了，拆的时候得很仔细，生怕不小心把"捻子"拉出来。这样的操作，可以让一挂鞭炮玩好长时间。

　　男孩子吓唬女孩子，手中拿着点燃的香，把拆了的小鞭炮放在口袋里，摸一个点一个扔一个，就扔女孩子面前，胆小的女孩子就有被吓哭的，男孩子就一边笑一边跑，因为女孩一告状，就有大人要来追吓男孩。这一道风景是每年必然出现的壮观景象，村里的街巷门口，到处都是这样的场景。

　　鞭炮如果点燃后没有炸响，还是舍不得扔掉，往往还会将外面的纸剥开，如果看到有没烧完的"捻子"，就会再点燃一次。如果还不响，就会继续剥，把火药剥出，用一根火柴把火药点着。这样做无疑很危险，前者因为"捻子"太短，爆炸时来不及躲；后者则会因为火苗燃烧迅速，闪避不开，往往烧着头脸。不幸的是，这两样事情我全部都遇上过，一次炸伤了手，手指黑黄，火辣辣地痛；另一次则烧掉了眼睫毛和额前的头发，过年的新衣服也烧出了洞，结果挨了一顿好揍。

记忆里，小时候的年总是红彤彤的，直觉那是被满街大红的春联映红的。大年三十的清晨要贴春联，那时候的春联都不是买的，买也买不到，都是请村子里面写毛笔字最好的人来写。贴春联往往是全家人齐上阵，有站在凳子上贴的，有帮着拿春联的，还有站在一边指点上下左右，提醒不要贴歪了的。大门要贴，影壁要贴，屋门口两侧要贴，家里的鸡窝、猪圈也要贴。大红的春联一旦贴上了大门，春节的气氛才算完全呈现出来。

贴春联前要打糨子，用一把做饭的勺子抓些面粉放进去，倒点儿水，用筷子搅开，然后放到炉子上加热，等到面糊熟了有了黏性，就可以拿来贴春联了。

打糨子的面粉都是好的富强粉，不好的面粉，不够黏。姥姥说贴完春联剩下的糨子不能浪费，可以吃的，还说我母亲刚断奶时，就吃过糨子。有几年，我真的每次都在剩下的糨子里放上两勺白糖，然后吃掉。长大后，我文科好，理科奇差，一接触到数字就糊里糊涂，我一直很坚定地认为，这是因为小时候糨子吃多了，所以现在自己才一脑袋糨糊。

印象深刻的还有过年时抢购点心的情景。母亲说，那时在家乡延庆占主导地位的糕点不过是圆蛋糕、桃酥、江米条、白糖枣、飞皮等一些大路货，六两粮票，买一斤点心。这些点心以今天的目光来看，委实谈不上精致，但足以让人们闻风而动。母亲那时在靳家堡乡的供销社工作，我常常在过年时看到为买点心而排长队的情景，西至张山营，东到黄柏寺，十里八村的人们赶着的驴车、骡子车停在门外，屋里的木制柜台不时地被挤压发出"咯吱""咯吱"的响声，看着就是一种热火朝天的景象。

1983年以后，糕点开始有用盒装的了，这就是1986年以后曾风靡一时的"枕头匣子"。进入20世纪90年代后，糕点由传统的老三样"飞皮、桃酥、圆蛋糕"变化为"牛奶卷、萨其玛、芙蓉糕"以及一些巧克力卷。包装精致了，做工讲究了，种类也变得繁多，由低档向高档逐步发展，但那种为买点心而导致万人空巷的现象却再也看不到了。但即使是这样，延庆供销社在过年前后的糕点营业额还是比平时多百分之三十左右，小一些的分销点一个月的销售额也有十几万元。

在副食品紧缺的时代，人们之所以那么过分地关注于一块点心，是因为一块点心使乏味的生活有了一点儿新鲜的滋味，为苦涩的心灵增加了一些淡淡的香甜。当然，点心吃过了，还得再去过那些平常的日子，但是因为有了刚刚品尝的生活的甜味，对平常日子的平淡和苦涩就不那么觉得难以忍受了。而当生活逐渐变得甜蜜时，这种对甜味的关注已不再是针对特定的日子，它融入了人们的整个身心。

除夕夜，最温暖的记忆就在午夜十二点以后放完鞭炮，提着一盏小灯笼跟在父亲身后去亲戚家拜年的路上，伴着天地间响彻的鞭炮声，灯笼中的烛光一闪一闪，映照得雪白的灯笼纸上的一个个人物更加鲜活且灵动。

　　如今，很多记忆里的风俗都没有了，有的那些也完全改变了模样，现在的年过得平淡，感觉失去了儿时的那种热情，也少了那种热闹的氛围。这不仅仅是因为我年龄增长的缘故。回想起来，儿时的年过得开心，因为过年是喜庆祥和的象征，过年是五谷丰登的庆贺，过年是万家团聚的欢乐，过年其实过的是期盼。我想，等到我的孩子长大的时候，他记忆中的春节一定是完全不同的样子。

　　儿时年的记忆，伴随着冬天的寒冷深深地印在我的脑海中，陪伴我以后的岁月。

守望幸福

进入腊月，长城外的妫水人家，掸下了一年的灰尘，投入到隆重的过年仪式里。忙忙碌碌，每家每户灶膛里的火是那样的欢乐，"哔哔剥剥"地响个不停。肉割好了，菜也买足了，一切办妥。下一步呢？该去请门神了！

贴门神其实就是在门上贴年画。不说买，而说请，这足见对门神的敬重。老辈儿人注重礼仪，虽然是一张纸，但又不是普通的纸。这张色彩浓艳鲜丽、神人雄姿英发的纸，守望着一家人的幸福。

街道一角，一溜儿全是卖门神年画的。孩子流连于花花绿绿的鞭炮，大人的目标明确，直奔门神！

笑逐颜开间，请上两尊生气盎然的门神。年，仿佛过得有了保障，生活的意义被渲染到了极点。

很早以前，中国人没有供奉门神的习惯。彼时，门上悬挂桃符，因古人认为桃木乃五木之精，有制服百鬼的功效。

门神源自神荼、郁垒捉鬼的传说。据传二人住在度朔山的一棵桃树上，其树荫达三千里之广。神荼、郁垒若发现有恶鬼危害人间，就会将其捉拿捆绑喂虎。后人便将神荼、郁垒画在桃木板上，用来驱鬼避邪。

到了唐代，秦叔宝与尉迟敬德替代了神荼、郁垒的门神位置。《三教源流搜神大全》记：唐太宗李世民因大唐立国杀人无数，登基后，夜间梦寐不宁，常见妖魔鬼怪，睡难安枕。李世民受不住折磨，召群臣商议。众议秦琼与尉迟恭二人披甲持械，在李世民的宫门口值夜，李世民果然一夜安睡。后李世民为免秦琼、尉迟恭过于辛苦，命画匠将二将的戎装像悬在宫门两旁。画像和真人功效相同，邪祟自此全消，悬画的习惯传到民间，自然也沿袭了秦琼、尉迟恭为门神的做法。

秦琼、尉迟恭是前门的门神，后门因一般为单扇，所以只有一位门神。民间一般是贴上钟馗或大唐丞相魏征。传说钟馗专捉恶鬼，而文臣魏征成为门神，却另有故事。《西游记》里说，泾河龙王因与袁守诚打赌，私自克扣降雨数量，触犯天条，被判问斩。玉帝命魏征监斩，泾河龙王闻信后，向李世民求情，李世民于是在斩龙时辰到来前，召魏征入宫对弈，以求绊住魏征。孰料魏征对弈之时，打了个盹儿，在梦中斩龙。泾河龙王心生抱怨，想要报复李世民，无奈秦琼、尉迟恭把守宫门，龙王只能转至后门，半夜砸砖碎瓦，大闹皇宫。为此，魏征持剑到后门守夜，龙王亡魂再也不敢来闹。

除神荼、郁垒、秦琼、尉迟恭、钟馗、魏征外，民间供奉的门神燃灯道人、赵公明，也是《封神演义》小说中的著名人物，还有东汉的姚期、马武，隋唐英雄谢映登与王伯当，宋代的岳飞与韩世忠，甚至《水浒传》中的解珍、解宝，还有吕方、郭盛、武松、林冲等。

在河南，供奉赵云、马超的较多，河北则喜欢供奉马超、马岱，在冀西北，门神却是死对头薛仁贵与盖苏文。

119

陕西人更喜欢供奉孙膑、庞涓，或者是黄三太、杨香武。汉中一带的门神是孟良、焦赞两位莽汉。京北密云供奉的门神多是夫妻——杨宗保与穆桂英，还有薛丁山和樊梨花。

民间的门神大都是古典小说和评书评话中的英雄，他们不仅武艺出众，且仗义疏财，重要的是他们都是精忠报国的豪杰之士，事迹更是妇孺皆知，受到普罗大众的喜爱。

今日妫川，最古老的两位门神神荼、郁垒已然退休，通常也是秦琼、敬德。不过从乙未羊年开始，这里的门神的"正规军"，被谭纶、赵羾所取代。

这两位皆为明代官员，为延庆做过重大贡献。

赵羾是延庆城的建设者。明永乐十二年（1414），皇帝朱棣北征草原，驻跸延庆团山，因延庆地腴要险，遂下诏委任礼部尚书赵羾，率领迁移来的山西百姓及犯罪官吏，置隆庆州并分置永宁县。赵羾与隆庆州首任知州陆震来到废弃四十余年的州城，搭草棚建起隆庆州。尽数年之力，将隆庆州建成"人烟繁伙，百货骈集，野有余粮，民无菜色"的富庶之地。赵羾后来任兵部尚书，专门管理长城和塞北兵事，更是长城护边的首要开拓者。

谭纶擅长制造火器与战车，明朝隆庆元年（1567），任兵部左侍郎兼右佥都御史，总督蓟、辽、保定军务。隆庆三年（1569），谭纶在戚继光《请建空心台疏》的基础上，完善了《请建空心台疏略》，于蓟、昌二镇开始建设长城敌台。延庆段长城归属昌镇，八达岭长城地区出土的碑多刻有谭纶的名字。长城敌台的建成，与墙台、烽火台等建筑密切配合，组成了牢固的防御工事，成为京师北边的一道军事屏障。

遵从中国门神传统年画的技法，他们的画像也表现为两种截然相反、妙趣横生的风格。赵玭慈眉善目，丰神俊朗，谭纶须眉皆张，威猛慑人。对亲人，笑脸相迎，执长戟护卫；对恶魔，横眉冷目，横火铳怒扫。两位延庆门神化影千家万户，护卫门口，如同古老的延庆人一样，爱憎分明。

请来了门神，就该上门供奉了。门神必须面对面，否则会家不和睦，事不谐顺。你想，门神都闹别扭了，还能忠于职守吗？妖魔鬼怪都从两人身后的缝隙里钻进去，家怎能平安？

门神供奉，秽气驱散，家的门面变得威猛庄严，不可侵犯。睡在屋里边的一家人，在梦乡里也安逸祥和，没了担心和牵挂。一切，就倚仗着大门上的这两尊神人。从古书里走出的神将，比娃娃的笑脸还要色彩丰富。

上完了门神，贴好了火红的春联和五彩的窗花，再把噼里啪啦的爆竹放响，喊一声："过年喽，过年喽——"

这一刻，新年降临，幸福降临，如三昧真火，在我们的灵魂深处，烘焙一个民族千年的精髓。

飞帖拜年

　　春节期间，亲友往来拜年是种约定俗成的习惯。在中国古代，给朋友、同僚送"拜年帖"拜年，是盛行于士大夫群体的时尚，有点儿类似现在的贺年卡。不过，相互赠予"拜年帖"不能随意，无论其形式及内容都颇为郑重。

　　南宋人张世南说，每逢过年，"凡在外官，皆以状至其长吏"，那些在外地为官的士大夫，春节前都会派遣仆人，带上贺年卡给京城的领导拜年。过年只送贺卡，不送银行卡，官场风气表面上还算清廉。

　　根据考证，"拜年帖"在唐代时期就出现了，每到春节这一重要节日，从官府至民间都会参与，也逐渐"程序化""仪式化"。

　　"拜年帖"能够流行，与纸张的普及分不开。"文房四宝"逐步成为文人雅士必备，"拜年帖"脱离了从前的竹片或木片，甚至出现了专用纸张，方便性大大增加。唐代科举制度发展，构成"门生"制度。各地举子纷至沓来，想要获得被"青睐"的资格，需要投身于名门之下，得到相关老师的推荐，才方便进入考场。此时，举子要向老师递"门状"，其实就是"门帖"。录取发榜之后，也须上门拜谢，此时被称之为"拜帖"。若赶上春节，"门状"无疑就近似"拜年帖"了。

"拜年帖"盛行是在宋朝的东京汴梁。这种拜年方式既是身份的象征，也是感情维系的纽带。汴梁是北宋都城，文人云集，官员众多，每逢年节走动量极大，逐个登门不现实，又不能对那些平日联系较少的同僚及伙伴视而不见，所以写张"拜年帖"差人送到府上，算是对平时疏于联络的朋友的尊重。

"拜年帖"也称"名刺"，其规格二寸宽、三寸长，上面画有梅花，还有新年贺词，并附带受贺之人的相关信息，比如住址、名字等，以示拜年之意。

关于"名刺"，南宋的周密留下了相关记载，在其《癸辛杂识》书中说："节序交贺之礼，不能亲至者，每以束刺签名于上，使一仆遍投之，欲以为常。"

由于当时流行"拜年帖"拜年，也发生了一些趣事。周密有个表舅吴四丈，生性滑稽，不拘小节。这年春节，家中抽不出人手去送"拜年帖"，吴四丈再不拘小节这送"拜年帖"的礼数也不能省了。正着急的时候，恰好友人沈子公派仆人来拜年。吴四丈一面接待沈家仆人，一面漫不经心取出沈家的"拜年帖"来看，发现沈家要拜年的人家，都是自己的亲友。吴四丈心里一动，想出了一个主意。他一面请沈家仆人喝酒，然后偷偷把沈家的"拜年帖"都换成了自己的。沈家仆人不知情，酒足饭饱后，匆匆告辞，继续投帖拜年，其实送的都是吴家的"拜年帖"。后来吴四丈将此事告诉了沈子公，把上回换下来的一大束沈家帖子还给他。沈子公也不是常人，不仅不恼，反而哈哈大笑。

明代时期，这种形式更为普及。此时"拜年帖"的礼仪也愈显重要，当时有个文人写有《贺年》诗，其中说道：

"不求见面惟通谒，名纸朝来满蔽庐。我亦随人投数纸，世憎嫌简不嫌虚。"可见互赠"拜年帖"的形式已经远大于内容。

通过明清两代互赠"拜年帖"的习俗来看，其发展特点为：其一，愈发"随意加随便"；其二，越来越哗众取宠加"隆重"。"随便"与"隆重"看似意思相反，却流播于明清官场。

先说"随便"。明朝陆容记载，京城人的拜年时间通常从大年初一开始。拜年，在百姓中是件大事，但官员不可能亲自登门，都安排仆人投递，仆人则只要看到权贵的府宅，不管相识与否，都会送上一份。

官方的"拜年帖"犹如天女散花，无非是借"拜年帖"攀扯关系。到了清代，这种风气愈演愈烈，清代褚人获曾言："元旦拜年，明末清初用古简，有称呼。康熙中则易红单，书某人拜贺。素无往还，道路不揖者，而单亦及之，大是可憎。"完全沦为形式表演。

虽然是形式表演，对关键人物又不能不"隆重"。陆容言，每逢春节，京城的大小官员，早朝之后，都亲自去给上级官员送贺礼及年贴，往往至夜深方返，直到初四五后，才会去父母家走上一遭，可见是"爹亲娘亲不如领导亲"啊！

"拜年帖"的风行，使得其无论制作还是投递，愈发趋于复杂化。红绫子配金字成为标配，更有甚者用整幅织锦来做，就连上面的吉祥话皆为丝线织就，并且要给帖子加上底壳。为了便于区分，在外包装颜色的选择上有所差别，通常青色底壳的是送给领导的，红绫底壳的是赠予老师的。

清人有《燕台月令》形容："是月也，片子飞，空车走。"一个"飞"字，可见"拜年帖"投递的繁忙景象。

最初单纯象征礼仪的"拜年帖"，发展至清末早已经失去"原味"，成为官场规矩，后来更上升至"规定礼数"，不仅要签名用印，还要放入拜匣。拜匣用料更加考究名贵，镌刻配以金银，雕琢花纹极精。拜匣里除帖子，还会配以珠宝玉器、古玩及银票等礼物。从保存至今的拜匣来看，单就其用料而言就价值不菲。

无论登门还是递贴，本是情感的传递，最后弄成了拉关系托人情的工具，使得原本对新年的美好祝愿，彻底变了味道。

上元杂忆

　　春节一过，作为春节之后最隆重的节日，元宵节赶趟儿似的，追着年的脚步飘然而至。元宵节后，年味逐渐寡淡，元宵节遂成为过年的高潮。按照中国的习惯，不过完十五，就不算过完年，吃完初一的饺子，拜完年，人们就张罗着过元宵了。

　　元宵节始于西汉，《帝京景物略》记载：张灯习俗始于汉代"祀太一"。据说汉武帝久病不愈，求助太乙神后奇迹治愈，在元鼎五年建太乙祠坛祭祀，是以每年的正月十五，都会整夜灯火通明进行祭祀。流传到民间，形成了元宵节的习俗。

　　汉朝时多以月望或月半为称，直至隋朝后，才有了元夕及元夜的称谓。发展到唐代，融合了道教的仪轨，称之为上元，至唐末才有元宵之说。迨至宋代，还出现了灯夕的叫法，至清便呼之以灯节了。

　　"正月里来正月正，正月十五闹花灯。"这是我儿时一首民歌中的头两句，后面的词已经记不起来了。每逢元宵节，按民间风俗，这天夜晚，男女老幼要上街去看花灯，是这个节日的重要内容。

　　正月十五夜，天穹悬挂本年第一轮圆月，人间花灯与

126

皓月争辉。明朝唐寅的《元宵》诗中写道："有灯无月不娱人，有月无灯不算春。春到人间人似玉，灯烧月下月如银。满街珠翠游村女，沸地笙歌赛社神。不展芳尊开口笑，如何消得此良辰?"吴中第一才子用珠玑般的诗句，使元宵灯节的盛况和游人赏灯的兴致跃然纸上。

我老家在京北延庆，此地秦汉时属上谷郡，明代称隆庆，古风犹存，上元节有着丰富的民间花会活动。

清代《延庆县志》一段文字，记载了延庆地区元宵节花会的大量细节：

> 上元节张灯三夜，或作黄河九曲灯，共灯三百六十盏，或作混元一气灯，共灯五百盏。又有灯山以席为高楼，约三四丈，中以木作架安小灯数千盏，排列佛神等像，或作"天下太平""民安物阜"等字。更设放烟火，扮演戏文，陈设供佛神寺庙。例有灯宫从元旦后，即经地方官委署本城及永宁各一员，置役隶以供设施，上任出示冠带与马，出入列杖鸣锣与职官相似……群往就之，优人衣冠器具，扮演各色故事，名为社火。先谒官长呈伎领赏，后遍游街巷，且歌且舞男女聚观，至十六夜灯火歇后乃罢。

这些记载，描述了当时节日期间的盛况。入夜后，异常热闹，百姓会搭起灯棚，布满五彩缤纷的灯盏，各商户人家也都争相悬起红灯挂起彩绸。城内外居民，张灯结彩，共庆上元。

延庆花会的种类很多，比较知名的有"旱船""高跷"

"龙灯""狮子""秧歌""竹马"等，有的在闹市即兴欢舞，有的遍游街巷走会，还有应买卖铺户的请赏，为节日的延庆增添普天同庆的氛围。

"花会"这个叫法，其实是20世纪50年代开始的，从明清到民国，都叫走会或过会。新中国成立后，有人提出"走会"不够准确，而高跷、狮子、旱船等属于民间艺术，于是就把从事这些活动的民间文艺组织统称为"花会"。

按地方志记载，以前延庆民间花会往往有督官一职，是各会档的最高裁决者，走会时如果出现问题无法解决，就得找督官。督官不参加会档，但要懂会规。督官见督官，往往要相互盘问，知道多的为上。俗话说："有督有尺叫会，没督没尺叫玩意儿。"后来，延庆的花会一般无会规无督尺，有的有会头但无督尺，只称玩意儿，走会表演叫"玩玩意儿"。

在我幼时的记忆里，延庆的各档花会在春节走会期间，都有在本村挨门串户表演的习俗，表示拜年送福。各家各户乐于接待，会在街头或院内摆好桌子，摆上茶点香烟这些物品，期盼花会的到来。

各村之间也会有相互的花会表演，被延庆人称为"团拜"。在别村表演的花会，要拿出最好的绝活儿，表示对村与村之间同乡之谊的重视。被拜访的村子要准备充足的茶点礼物，免得被人挑理。

新中国成立初期，这些习俗和旧时相同，每年元宵节会在县城会演，直到1967年停办。

1979年，民间艺术在禁锢十年之后如久旱逢雨，异常繁荣。当年5月，《人民画报》在画刊上刊出了延庆的小车、跑驴、高跷和竹马四幅画面。延庆也揭开了大规模正月十五走会的盛况，从此连续三十多年没有间断，只是时间由夜晚改为白天，活动场地由正街闹市，挪于城外稍偏远地界。

我曾连续五年拍摄"元宵节花会"的主题照片，其观者如山的场面，比之当年的记载并不逊色。

元宵节除了灯会，最重要的就是要吃元宵，取的是团圆之意，吃过了元宵才能团团圆圆。

以前我家的元宵是祖母亲自张罗做的，用各种糖馅当馅芯，然后蘸水，在糯米干粉中一层一层摇晃出来。元宵入锅，看它慢慢变熟，漂在锅里，轻轻一拨，雪白的元宵打着旋儿，像孩童激动的心跳。

我最喜欢的是白糖黑芝麻馅，咬上一口，清香扑面而来，皮糯却不粘牙，馅香却不腻人，香甜可口，祖母总是笑眯眯地看着我说："慢点儿，小心烫到嘴！"现在从超市买回来的虽也可口，但吃不出当时那种心情来，更吃不出那种温馨了。

随着元宵节的临近，心里越来越回味儿时的欢乐，记忆中的那活灵活现的狮子、欢快的秧歌、摇摆的旱船、轻盈的高跷，还有人们舞动着手中的彩绸，随着上元节的烟花在空中绽放。

我曾写《上元节》一诗：

满城花鼓元宵节，南北枝头下寂寥。
人有新妆江燕在，树无残怨粉痕消。
檐前铁笛惊三弄，月底银筝拨六幺。
却忆旧时风景好，琉璃光里听笙箫。

在平仄声里，我用这种古老的文学形式，寄托自己的怀念。

岁月如风，旧时的欢乐和梦想，虽经岁月磨砺，仍存清晰的记忆。锣鼓喧闹声中，甜美的元宵，为我们带来新一年的甜美希望。

点点灯光蕴深情

1935 年，作家吴伯箫在济南北郊的一所乡村师范学校教书，那时他很喜欢写散文，写了篇《灯笼》，记他小时候在家乡与灯笼有关的往事。譬如，他和长工李五打着灯笼，到村外迎接晚归的祖父。又譬如，他小时候在村里上灯学，要挑了灯笼走去，挑了灯笼走回，"'路上黑，打了灯笼去吧。'自从远离乡井，为了生活在外面孤单地挣扎之后，像这样慈母口中吩咐的话也很久听不到了"。

吴伯箫笔下的灯笼，寄托着祖父、母亲对他的慈爱和牵挂，也寄托着他对亲人的思念。无独有偶，作家冰心被选入初中课本的一篇名作——《小橘灯》，写的也是手提灯笼。

在冰心的笔下，小姑娘沉静有礼地接待，乐观地"笑谈"寒酸的年夜饭，认真解释爸爸的下落，然后熟练、敏捷地制作小橘灯……置身阴沉、迷茫、黑暗的环境，却因简单制作的小橘灯，用微弱的红光，给人们带来活力和生机。

在不通电的时代，手上的灯笼照亮了脚下的路，也温暖了夜行人的心。正如吴伯箫所说："虽不像扑灯蛾，爱光明而至焚身，小孩子喜欢火，喜欢亮光，却仿佛是天性。"

人是有趋光性的。喜欢亮光，其实不只是小孩子的天性，更是人类的天性。古时人们发明灯笼，就是为了驱逐黑暗和恐惧感，将灯笼看作驱魔降福、祈许光明的物品。

暗夜中，手提一盏灯笼，前路似乎也不再暗淡，手中的灯笼是一种信念，更是一种希冀。它照亮了眼前，更照亮了长远。

2021年，希腊当地时间10月18日，北京冬奥会火种在希腊古奥林匹亚小镇的赫拉神庙前采集，被保存在火种灯中，于北京时间10月20日，顺利抵达北京。

这个火种灯其实就是一个手提灯笼，它的创意源于西汉长信宫灯。"长信"，即为永恒的信念，代表人们对光明和希望的追求和向往。飞舞的红色丝带环绕在火种灯顶部，象征着拼搏的奥运激情，代表着中国古典浪漫与现代科技的完美结合。

传统实际上是现代性的造物者，总是被用来表达"现在"与"过去"的割裂与接续关系。从电灯逐渐普及后，作为行路照明的手提灯笼逐渐成为过去，但是，从崇仰光明，到追求光明，再到与光明欢乐起舞，中国人对于灯笼寄予的浓浓民俗情味，却并未因科技的进步而消退。

这种"玩灯"的欢乐，在一年一度的元宵节，得以彻底释放。

正月十五这一天，天刚擦黑，孩子们吃过元宵，就会打着灯笼跑到外面玩耍。比如天津卫就有个老例儿，当舅舅的一定要送一盏花灯给小外甥，最好是鸭子灯。"鸭子"谐音是"押子"，祝福孩子健康平安，也应了民间一句俗语"外甥打灯——照舅"，寓意吉祥的好日子一切照旧。

旧时卖灯笼有档次之分，像华锦城灯扇店这样的天津老字号，出售的是木头雕刻的宫灯和大红纱灯。年货市场的摊位，卖的都是手拉小车灯、走马灯、铁丝灯、吉利灯、鲤鱼灯。走街串巷的小贩子挑着担子，担子前后悬挂的，则是小玻璃灯、小红油纸灯、手推小车灯（天津人叫"捻捻转儿"）。

玻璃灯是用马口铁焊的四框，镶装着画有油漆画的玻璃。红油纸灯，纸上有黄色棉线编成的网，灯下有托，灯上有铁丝提环，还可以用小木棍挑着。这两种灯都可以插入小蜡烛，手推小车灯是用卡纸涂颜色糊成的玩具，安装在一根二尺多长带车轮麻秆儿的一头。抓住麻秆儿挂着前进，随着车轮转动，纸灯也可以转动。

还有一种卖纸灯笼的。清末大户人家的门口流行挂灯笼照明，晚间出入，要靠手提灯笼照亮，于是卖简易小纸灯笼的小贩应运而生。这种手提灯笼是用纸先叠出格子，再糊成一个圆柱形，下面用圆圈包住，上面用竹子做一个挑杆，灯里装着蜡烛。

与悬挂的灯笼可重复使用、装饰性更强不同，手提的灯笼偏向于实用，消费性更强，也更趋于民间性。

元宵节灯会上，很多商铺的富商都会投入资金，购置打造造型各异的灯笼，以供人们赏玩，但普通百姓手提的灯笼，多半是简单的四方形，用粗圈或者棉纸粘糊四个面，每面都有画，画的是人们喜闻乐见的戏曲人物，也有的会写上吉祥词语。因为手提灯笼用旧了就会扔掉，今日能够保留下来的老灯笼极少。

普通人家孩子玩的灯笼，多半是自制的。天津民俗学者由国庆回忆，他在正月里的"鸭子灯"，就是舅舅做好后送给他的。每到年前，总是早早地给他送一盏灯笼来，舅舅手巧，自己扎糊灯笼，有纸灯笼、纱灯笼、玻璃灯笼……年年换花样。

扎灯笼是地道的手艺活儿，那年，由国庆拿到了舅舅做的纱灯，从做灯罩骨子、灯芯架子，到提梁、糊纱，相当费功夫，仅仅是给灯罩骨子的木圈上开槽嵌槽、鳔粘、上钉等等，就叫人看花了眼。有的时候，也会做铁丝网眼灯罩，舅舅都是自己编，窝状的格子特别细，特别匀称，最后糊上新买来的红纱巾。

中国的灯笼往往是综合性的艺术展示，包含绘画、剪纸、纸扎、缝制等工艺，利用各地区出产的竹、木、藤、麦秆、兽角、金属、绫绢等材料制作而成。悬挂的灯笼和手提的灯笼并没有明显的不同，原则上，只要不是个头特别大的灯笼，能挂就能手提。

手提灯笼最常见的是伞灯，也叫字姓灯。台湾地区的字姓灯和吉祥灯很有特色：字姓灯一面是姓氏，另一面是祖先曾经担任过的官名，如，姓"谢"是太子少保，姓"郑"是延平邵王等，以此来纪念祖先，激励后代向其学习。吉祥灯的一面是姓氏或神的名字，另一面是八仙或是福禄寿三星等吉祥图案，表达期盼神灵佑护、平安吉祥的心愿。

祈福，是元宵点灯的一项要义。安徽省合肥市有一座千年古镇柘皋，镇上西街有座桥，名叫"玉栏桥"，横跨柘皋河，将河东街、桥西街连为一体。每年正月十六，当地都会举行一项名叫"过太平桥"的民俗活动。夜幕降临，华灯初上，男女老少成群结队，擎着香火，提着灯笼，从玉栏桥上走过，寄愿新年风调雨顺、平平安安。过桥的人像流水一样，一直要"流"到深夜，各类五花八门的手提彩灯，将桥面映照得色彩缤纷。

这些漂亮的造型灯笼，比如金鱼灯、鸭子灯、吉利灯、转灯、风琴灯等等，早年间虽然可以提拎出去，但手头拮据的家长是不会轻易让孩子带出门的，往往要留着挂在家里。唯有一种灯笼，一定要提出门。每年正月私塾开学，家长会为子女准备一盏手提灯笼，由老师亲自点亮，象征学生前途一片光明，称为"开灯"。人们在灯笼上绘制民间故事，教导子孙认识自己国家的历史文化，所以又具有薪火相传的意义。

在物资匮乏的时代，如果实在没有合适的手提灯笼怎么办？孩子们甚至会想法子自己"做"。比如，在破旧的搪瓷缸子里面点上蜡烛，制作"探照灯"。这种玩法，是在茶缸子把的对应内壁靠近杯口处滴上几滴蜡，小蜡烛立稳了，就可以提着玩。一些孩子把蜡烛化在一个泛着白色的煤球上，再用火点燃，这样别出心裁的发明，看起来更有个性。最简单的玩法，是用一滴蜡汁把蜡烛粘在拇指的指甲上，翘着手指头玩。一进正月，天津的街头，可以看到一帮一伙的孩子玩"灯"，大家互相照，来回晃，追逐嬉戏，常常是左手提着"探照灯"，右手拇指上沾着小蜡烛，花样百出。红火的灯笼映照着孩子的脸，烛光与烟火闪亮晃动，在欢声笑语间划出一道道美妙的线条。

"玩火溺炕？"不打紧。元宵节，打灯笼才是正事。

上巳节：巫术与狂欢

一

浙江绍兴西南的兰渚山，风景宜人，据说当年越王勾践曾在山上种过兰花。兰渚山上有一亭，名曰兰亭。

晋穆帝永和九年（353）阴历三月初三，被称为上巳日。会稽内史王羲之，与名士谢安、孙统、孙绰，以及本家子侄王凝之、王献之等四十一人宴集于兰亭，饮酒赋诗，曲水流觞，被誉为千古佳话。史载，有十一人各成诗两篇；十五人各成诗一篇；时年九岁的王献之等十六人拾句不成，各罚酒三杯。王羲之将大家的诗集起来，用蚕茧纸、鼠须笔挥毫作序，写下了举世闻名的《兰亭集序》。这幅作品被后人誉为"天下第一行书"，王羲之也因之被尊为"书圣"。

风雅如此，令后世文人赞叹艳羡，其实，上巳节最初远没有这样的风流蕴藉。

上巳，指的是干支纪日历法中三月的第一个巳日，所以又称三巳、元巳、初巳。"巳"是何意？东汉应劭在《风俗通义》中解释："巳者，祉也。邪疾已去，祈介祉也。"清初顾炎武在《日知录》中又说:"季春之月,辰为建,巳为除……古人谓病愈为巳,亦此意也。"

看来,"巳"有"福祉""去除"两层含义。考虑到甲骨文的"巳"写作"子",《说文》在解释"包"字时,称"包,妊也。象人裹妊,巳在中,象子未成形也",因此"巳"又可解释为"胎儿",或被引申为"一种求子之祭"。

以"巳"为名的上巳节,最初巫术气氛极其浓厚,主要活动是在水边祭祀,祓除不祥,周代称之为"水滨祓禊"。祓,即"拔";禊,即"除";祓禊,就是通过洗濯身体,达到除去凶疾的一种祭祀仪式,原本是岁末岁首在宗庙社坛中进行的,后来才改至水滨。《周礼·春官》记载,掌管水滨祓禊仪式的,是周王朝指定的女巫。

遥想暮春时节,万物复苏,若天朗气清,惠风和畅,正是走出户外,活动筋骨,涵养精神的好日子。《诗经·溱洧》描写了春秋时郑国的青年人,在阳春三月,于溱水和洧水边相会的情景。

> 溱与洧,方涣涣兮。士与女,方秉蕑兮。
> 女曰:"观乎?"士曰:"既且。"
> "且往观乎?洧之外,洵訏且乐!"
> 维士与女,伊其相谑,赠之以勺药。
> ……

画面中的男女,在一汪春水旁隐晦地吐露着爱慕的心思。姑娘说:"去看看吧。"小伙子显然很没经验,竟愣愣地回答:"已经看过了。"姑娘又说:"不妨再去瞧瞧,那洧水河边人多地广,乐子也多。"的确,那里到处欢声一片，男男女女临别前还会互赠芍药。

是什么样的机缘，能让这些妙龄中人聚于溱洧河畔？东汉以来的不少学者，都将其归结为郑国在上巳日的水滨祓禊之俗。比如唐人徐坚就在《初学记》中引用了东汉薛汉、杜抚师徒在《韩诗章句》中的说法："'溱与洧，方涣涣兮。'谓三月桃花水下时。郑国之俗，三月上巳，此水招魂续魄，祓除不祥之故也。"

古人认为，上巳日阳气布畅，万物讫出，正适合清洗宿垢，除病消灾。在这个时候，姑娘小伙手执兰草，借着祓禊的机会，表露情愫，似又暗合了"巳"为"求子之祭"的本意。上巳节在日后演化成女儿节、情人节，或在此时已埋下伏笔。

至于这一日为何要"招魂续魄"，又如何"招魂续魄"，汉晋文人或语焉不详，或众说不一，可知当时对水滨祓禊之俗的由来，已经模糊不清。值得注意的是，有一种说法被儒家批驳为荒诞不经，却在坊间流传颇广：汉末人郭虞的三胞胎女儿在上巳日并亡，周遭之人视为大忌，于是相携至水边盥洗，以求避祸。

"死亡是不洁的"，抱持这种想法的古人，希望用清洁自身的方法，来隔离危险，这也许反映了早期人们参与祓禊活动时的隐秘心态。

无论如何，汉代朝野上下都对上巳日颇为重视。每到这一天，不管是达官贵人，还是普通百姓，都会去东流水上，"洗濯祓除去宿垢疢"。这个"洗濯"，南宋大儒朱熹认为只是盥濯手足，非解衣之浴。至于祓禊的具体细节，东汉人杜笃在《祓禊赋》中透露过一点儿——"巫咸之伦，秉火祈福。"

"巫咸"属于"巫"之一种，驱邪、除病与禳灾是其主要职能。汉代巫的社会地位与影响力虽远不如前，但在各种祈福消灾活动中，依然能见到他们的身影。张衡在《东京赋》中说："尔乃卒岁大傩，殴除群厉。方相秉钺，巫觋操菊。"可见，在汉代宫廷年末驱逐疫鬼的"大傩"仪式上，拿扫帚的巫觋与执钺的方相氏一样，是非常重要的参与者。而作为一种通过水上"衅浴"除病消灾的信仰风俗，祓禊仪式由手举火把的"巫咸"来主持，当属其分内之事。

除了洗濯，东汉人在上巳这天还要招待宾客，排场挺大，《祓禊赋》道——"旨酒嘉肴，方丈盈前"，岸边摆放的美酒佳肴，足有一丈见方。这大概不只是为祓禊仪式准备祭品，极有可能会邀请亲朋好友一起在河边相会，共同享用。在流水之滨宴飨宾客，反映出到东汉时，上巳节逐渐娱乐化的趋势。而水边沙渚上的这些人，既有不愿做官的隐士，也有知识渊博的学者，还有举止俊雅的儒生，大家聚于一处，自得其乐，在饮酒尝鲜的同时，谈诗论书，又初具文人雅集的性质。

说到这儿，有一事不可不提。汉代的祓禊活动，虽规定在农历三月的第一个巳日，这个巳日所对应的日期却每年不同，到了魏晋时，人们对上巳节的具体时间做出了调整。记述南朝刘宋一代历史的《宋书》，在"礼志"一节记载："自魏以后，但用三日，不以巳也。"换句话说，上巳节从此固定在了农历的三月三日。

二

变化的不仅仅是时间。

魏晋是中国历史上大动荡、大混乱时期。立于危世，命如朝露，士大夫为明哲保身，逃避现实，或"悟言一室之内"，或"放浪形骸之外"。他们坐而论道，谈玄说理，寄情山林，纵酒享乐。就连过上巳节，心态也与普通人有所不同：既以当局者的身份介入其中，也借助文字，以旁观者的姿态，对风俗民情加以记述。上巳节为他们提供了鲜活生动的创作素材，反过来，魏晋名士又自然而然地影响了上巳节的面貌，促进了节日风俗的流传。

最经典的例子，便是王羲之们的曲水流觞。魏晋名流的聚会，少不了酒和诗。酒是感情的催化剂，诗是情感的衍生物。饮酒作诗要有规矩，"曲水流觞"是文人的规矩。

先需择一处便利之地，将水从高处引来，环曲成渠，是为"曲水"。再将盛酒的酒杯"觞"浮于水面，使之从上游顺流而下，借助水流之力传杯送盏，即是"流觞"。

"觞"这种盛酒器，通常选取材质较轻的木头制作，椭圆、浅腹、平底。小而体轻，底部配托，可浮于水面。另外也有陶制的，两边有耳，称"羽觞"，亦称"耳杯"，因比木杯重，玩时要放在荷叶上，使其沿流而行。

与会者列坐于河渠两旁，待觞漂至身边。觞在谁的面前打转或是停下，谁就要取过一饮而尽，然后按照事先讲好的规矩，或吟诗，或咏唱，以为娱乐。当然，如果饮酒之人无力应对，就得接受罚酒。

据王羲之的《兰亭集序》，他们曲水流觞的兰亭，周遭

140

是"崇山峻岭，茂林修竹，又有清流激湍，映带左石"，对平素便啸歌行吟于山际水畔的名士们来说，可谓最佳的聚会地点。然而，能在饮酒行乐的同时，与鱼鸟同幽游，与自然同一体，此等畅快之境毕竟难寻，如何能常驻其中？

这个问题，魏明帝曹睿可能在兰亭集会前一百年就想到了。《宋书》提到，"魏明帝天渊池南，设流杯石沟，燕群臣"，《南齐书》又转引西晋陆机之言，称"天渊池南石沟，引御沟水，池西积石为禊堂，跨水，流杯饮酒"。天渊池位于曹魏洛阳宫城御苑芳林园内，换句话说，至迟在三国曹魏时期，曲水流杯作为一种人造的景观，就已经出现了。另据《三国志·魏书三》记载，青龙三年（235），芳林园中"起"陂池，游船宴乐，"棹棹越歌"。有学者据此推测，当时池边很可能营造有相关的配套建筑，以便提供休憩饮宴的场地，满足曹魏帝王将原本在郊外河边举行的被禊活动搬到身边的愿望。

芳林园后又改名为华林园。研究显示，西晋洛阳的华林园、南朝建康的华林园，都有类似的流杯沟、流杯池和禊堂、禊坛。及至明清时期，譬如故宫乾隆花园、圆明园坐石临流亭、恭王府花园沁秋亭等皇家园林景观，也至少在形式上，依然保留着曲水流觞的雅意。"亭"外引水，"亭"内凿渠，纵使兰亭不在，也不妨碍帝王贵胄们附庸风雅，至于是否一定要在三月三上巳节这天，反倒无关紧要了。

三

南朝陈后主陈叔宝，有六首关于上巳节的诗作，收录于《先秦汉魏南北朝诗·陈诗》卷四，可知当日宴会之多、诗歌创作之盛。这种风气一直延续到唐代，朝廷还特准文武百官在三月三上巳节时放假游玩，甚至出钱在曲江一带公款赐宴。晚唐小说集《剧谈录》就提到了上巳节京兆府大陈宴席的情景："长安、万年两县以雄胜相较，锦绣珍玩，无所不施，百辟会于山亭，恩赐太常及教坊声乐，池中各彩舟数只，唯宰相、三使、北省官与翰林学士登焉，每岁倾动皇州，以为盛观。"

或许是同在春日之故，唐代的上巳节，具有与寒食清明相似的活动内容——踏青，并与后者呈初步融合之势。到了宋代，上巳节就与寒食清明一块儿过了，踏青游玩、修禊流杯、宴饮娱乐……全在一日。韩琦的《清明同上巳》就有这样的描绘："清明池馆足游人，祓禊风光共此辰。"杨万里也有《上巳寒食同日后圃行散》一诗："百五重三并一朝，风光不怕不娇饶。"都直接表明，上巳已与寒食清明合而为一。

每年这一天，大宋的皇帝也会赐宴群臣，只不过比诸唐代"倾动皇州"的大手笔，已然逊色许多。宋人诗词中针对上巳节风俗的描写也相对较少，内容转为描摹春色或抒发内心。比如，李清照的《蝶恋花·上巳召亲族》，叹春光将逝、人岁渐老；贺铸《梦江南·太平时》抒发春日思归之情；陆游《上巳临川道中》则写的是羁旅之中的所观所感……上巳祓禊的意义，已消弭在韶光春色之中。

值得一提的是，一些雅俗不知何时东传到了日本。958年，福冈县太宰府天满宫曾仿效兰亭，玩起了曲水流觞。与会者穿上仿古服装，行洗尘仪式，跳巫女神乐舞，随后享用"曲水宴"。到了江户时期，幕府对三月三节俗颇为重视，刻意提高了它在民间的地位，使其成为祝福女孩子健康成长的"女儿节"，并一直延续至今。只不过，原本农历的三月三日，在日本明治维新脱亚入欧之后，改为西历的3月3日。

而今日的中国，只有少数地区还依稀遗留着上巳节的古老风习。壮族在三月三举行"歌圩节"，男女对歌，传情表意；侗族在三月三有"花炮节"，抢花炮、对歌、斗牛、斗马，以求吉兆。瑶族有"干巴节"，集体渔猎，唱歌跳舞，共庆丰收；布依族的三月三看起来最具古意，人们"扫寨赶鬼""祭祀山神"，带有浓烈的被禊性质。

春天是四季之首，大地涌动，万物复苏，可以说是感受生命意识最强烈的季节。古代中国人在春天里生发出的奇思妙想，传袭的古老仪式，虽然也曾雅俗共赏，但当文化内涵和精神核心都已不在时，也不免沉寂于历史的册页中。你很难说得清，这是好还是坏，毕竟生生灭灭，才是四季亘古不易的法则。

淡荡春寒是清明

　　清明被定为国家的法定假日已有数年。清明放假，既顺应民心，亦是对传统民俗的肯定。

　　在中国传统节日中，除春节、元宵、端午、中秋之外，清明与重阳亦颇为重要。俗话说，有节必有俗。千百年来，这些节日已被赋予特定的文化意义。春节，要除旧迎新，要合家团聚；元宵，除了吃元宵，重要的是看花灯；端午，吃粽子划龙船；中秋，吃月饼赏月；重阳，要登高，要敬老，等等。

　　这些都是与身边的亲人度过的节日，唯有清明，在中国人的心中，是一个祭奠逝去的先人、踏青扫墓的日子。

　　《史记·历书》中记载："春分后十五日，斗指丁，为清明，时万物皆洁齐而清明，盖时当气清景明，万物皆显，因此得名。"清明是二十四节气中的第五个，此时正值北方地区万物复苏，江南草木欣荣，凛冽的北风转换为温暖的东南风，湿润的地气融化了萧瑟。单从气候上看，清明的确是个生机勃发的好日子。

　　清明节在中国民俗中的第一要义是扫墓，而非踏青。1935 年，当时的民国政府将 4 月 5 日定为清明节，全称为民族扫墓节。如今的清明节已成为国务院批准的国家级非物质文化遗产。

清明节其实发端于前一日的寒食节。

寒食节亦称"禁烟节"或"冷节"，也叫"百五节"，即在冬至后的第一百零五个日子，亦即清明节前一两天，这一天人们一般禁烟火，只吃冷食。

民间传说，寒食节源于春秋晋国，是为纪念介子推而设立的。晋文公重耳十九年流亡生涯中，介子推始终跟随护驾。重耳返国成为国君后，介子推没有接受官职赏赐，而是背着老母躲入绵山。晋文公遍寻不到，决定放火烧山，原意是想将介子推逼下山，谁料介子推宁愿与母亲抱着大树烧死也不露面。晋文公伤心之余，改绵山为介山，又将介子推被烧死的这一天定为寒食节，遂流传至今。寒食节禁止生火，只吃冷食，故而得名。

这些当然是传说，更为权威的说法是寒食节起源于古代的钻木、求新火之制。彼时受条件限制，古人需根据季节采用不同的树木进行钻火，因此有了"改季改火"之俗。在改火之后，新火未至之时，会禁止生火，人们就只能吃冷食，久而久之就形成固定风俗。当时日期长达一个月，以后逐渐缩短日期，从七天、三天最终改为一天。

寒食节与清明节时间临近，是以移植了寒食节很多习俗，到了唐朝，两节已融为一体。据《旧唐书》记载："寒食上墓，礼往无文，近代相沿，浸以成俗，士庶之家，宜许上墓，编为五礼，永为例程。"由此可见，在唐代，无论是官员还是庶民，都要出城扫墓祭祖。

清明亦是中国古代诗人抒发情怀的重要题材，历代留下很多清明的诗作。唐代张继《阊门即事》说："耕夫召募爱楼船，春草青青万顷田。试上吴门窥郡廓，清明几处有新烟。"与苏东坡同时代的黄庭坚诗题直接就是《清明》:"佳节清明桃李笑,野田荒冢自生愁。雷惊天地龙蛇蛰,雨足郊原草木柔。"元末诗人高启写有《送陈秀才还沙上省墓》:"满衣血泪与尘埃,乱后还乡亦可哀。风雨梨花寒食过,几家坟上子孙来。"

三位诗人,或在太平之日,或在离乱之世,但面对清明这一天,都不忘祭扫先人墓庐。大凡缅怀与追思,都会令人忧伤。是以,每临清明,国人的情绪都不免惆怅满怀。杜牧的《清明》诗,大约是这种情绪最传神的表现:"清明时节雨纷纷,路上行人欲断魂。借问酒家何处有,牧童遥指杏花村。"被后世认为是最经典的清明诗。

儿时读过这首诗,下意识就很害怕清明节下雨,因为这时节的雨,淅淅沥沥,冷冷清清,叫人忧思不绝如缕。这时候不思念先人,你便觉得无事可做了。

成年后,读南宋吴惟信所写《苏堤清明即事》:"梨花风起正清明,游子寻春半出城。日暮笙歌收拾去,万株杨柳属流莺。"竟感觉这诗很优雅,给了我另一种清明节的感觉:原来这一天也是可以欢快的。古人虽也扫墓,但更热衷于踏青。这么做,倒有不负春光的感觉。

清明恰逢春回大地之时,处处生机勃勃的景象。不过清明节这天,十有八九,细雨会适时降临。前一天往往还是一片艳阳,气温骤升,到了清明当日,天空愠色骤起,不见昨日温馨春风,一片凌厉寒意从天而降。

苏东坡留下书法名帖《寒食帖》,虽非专为清明所写,但与清明已殊无二致:"小屋如渔舟,蒙蒙水云里。空庖煮寒菜,破灶烧湿苇。"

东方传统节日,情与景交融,不可分割,就连病也要

146

病得有诗意。清明时节，桃花开了又落，杏花谢了匆匆，霏霏细雨，将枝干凝固在青灰色的画面，雨中人们的剪影，没于阡陌桑田中。

似有似无的细雨里，祭扫不会因时间久远而追思不起，天空抑郁，纵使天性乐观的人也会低头前行，默默烧香，过于欢乐，反倒觉得有悖于清明的意义了。一年三百六十五日，哪一天都可以欢乐，留下清明这一天给忧伤、给怀思、给故去的亲人与先贤，也不枉做一回人子。

不过，初春新绿，视野中褪去了冬日的肃杀，山川浸润着清新迷蒙之美，祭扫的人亦不会因伤感甚重而泪如泉涌。

国人的哀伤，在这一刻是唯美的，情与景俱在这淡荡的春寒里。

箬绿粽香话端午

　　端午节到了。市场上卖荷包的、卖五色绒线的、卖粽子叶和马莲草的逐日增多，超市里已经有大量包装精美的粽子被摆上了货架。

　　端午风情日，人世话沧桑。端午节有很多别称，如端阳节、五月节、午日节、艾节、端五等。西晋周处所写的《风土记》中，就出现了"端午"的最早记载："仲夏端午，烹鹜角黍。"其实，"端"是开端，也可以说是初的意思，"午"是五的顺号，"五"与"午"在古语中既同音又通用。所谓端午，也就是初五，原来的"端午"本来是"端五"，由于汉语的发展变迁，"端五节"已渐被人们呼为"端午节"。

　　南北方都有端午节包粽子的习俗。宋代张榘在《念奴娇·重午次丁广文韵》中写道："楚湘旧俗，记包黍沉流，缅怀忠节。谁挽汨罗千丈雪，一洗些魂离别。"在另一首《念奴娇》中，他又写道："须信千古湘流，彩丝缠黍，端为英雄设。"重午即端午，张榘不仅介绍了包粽子是楚湘旧俗，是缅怀忠节，为英雄而设，还介绍了粽子的包法——"彩丝缠黍"，包好后还要沉在江水中。

　　在我的记忆中，母亲在端午节来临前，就把黄米和糯米分别倒进盆里泡起来，另外的桶里泡着粽叶。我也从这时起就开始不安分起来，一会儿把手伸进水桶里捋捋粽叶，一会儿又去盆里捞捞米。端午节的前一天，母亲会坐在小板凳上，开始展示她包粽子的手艺，我则在周围帮些"倒忙"，焦急地等待着粽子下锅，等粽子煮熟后剥掉叶子蘸糖吃。我曾一直以为粽子就是甜的，后来读书才知道湖州粽子是一绝，各种口味都有，居然还有咸肉粽。再后来，我到南方读书，赶上端午节，特地买了各种口味粽子一一品尝，却觉得都没有小时候简简单单的甜粽子好吃。

端午节还有一项非常重要的活动——赛龙舟。唐代卢肇就写有《竞渡诗》："石溪久住思端午，馆驿楼前看发机。鼙鼓动时雷隐隐，兽头凌处雪微微。"你看，刻画着各种动物头像的船，像箭一样快，激起的浪花像千堆白雪。宋代的黄公绍则描述："看龙舟，看龙舟。两堤未斗水悠悠。一片笙歌催闹晚，忽闻鼓棹起中流。"幼时记忆里，延庆没有长河大溪提供舟楫之便，历来无龙舟可赛。北京市大力推出端午文化节，在延庆也可以欣赏到一群汉子在龙舟上，随着一阵紧似一阵的锣鼓声齐声呐喊，众桨翻飞，龙舟竞渡了。有一年，我应文化节之邀，写了首《五律·竞渡》："五月端阳至，妫河放晓晴。日翻龙影动，风吹艾蒿声。擂鼓观旗闪，扬帆夺锦令。须臾今古事，千弈忆原平。"原平就是屈原，屈原名屈平，字原。这首诗后来被印制在文化礼品上，赠给了参加活动的嘉宾。

过端午，还要插艾叶、菖蒲，喝雄黄酒，系彩丝以辟邪。延庆地区的民谣说："五月端五不戴艾，死了变成猪八戒。"明代王屋在《章西端阳日》中写道："趁晴删艾叶，冒雨剪菖蒲。重碧杯中满，轻黄额上涂。"妇女会把艾叶剪成虎形戴在头上以辟邪。

清末说书艺人石玉昆寓居京城讲说《包公案》，缺乏新的故事内容，端午节歇业，他看到门外儿童头插艾叶剪成的老虎，与一只花猫捉扑彩蝶，灵机一动，创造出小侠艾虎与御猫展昭捉拿大盗"花蝴蝶"的故事，由此给后人留下一部精彩的小说《三侠五义》。

据延庆最早的志书——嘉靖《隆庆志》记载，端午这天，延庆地区的士民人等往往"携酒肴寻幽胜之处，饮以为乐。已嫁之女召还过节，未嫁之女夫家馈以彩币等物"。

在历史上，"逛水磨"是延庆端午节最具特色的活动。端午节当天，延庆城北的上、下水磨两村人山人海，县城和附近的村民都会赶去参加活动，成为延庆的一个盛会。20世纪60年代，这些活动因"破四旧"逐渐停止，最近几年，随着北京端午文化节将主会场设在延庆，北京"非遗"项目陆续在端午文化节上进行展示，听说"逛水磨"的习俗也要逐渐恢复，这真是个好消息。

月饼之味

京北小城秋意渐浓，明显感觉到清晨与日暮时分，已是缕缕寒意，浑然没有了先前的热气。

凭栏远眺，夜凉如水，天空显得更加的明净和高远。

白日变短，秋夜渐长，代表团圆的明月孤悬空中，又叫人怎能不"静夜起相思"呢？

天上有明月，地上则有月饼以慰相思。

幼年时节，每到中秋，家里总会在铺满了银色月光的小院里支上小桌，然后全家人在一起赏月，吃瓜果和月饼。

小孩子们不肯安静地坐着，手里拿着一块月饼，在院子中跑来跑去，追逐嬉笑。

如今市场上的月饼百味兼具，不仅有莲蓉、蛋黄、火腿、豆沙、椒盐，在一些报道中，甚至还出现了燕窝、鲍鱼、鱼翅，可是纵然海陆杂陈，我所怀念的，亦不过是以前几块钱一个的大月饼。

这种一斤重的大月饼，中秋节前几日，母亲就早早准备好，等到八月十五，月上中天，一家人切着吃。

这种月饼里面有冰糖和青红丝。吃到冰糖，我会含在嘴里慢慢等它化掉，舍不得去咀嚼，小心品着那透心的甜味。

很多时候，我甚至都舍不得吃掉，往往会抠出来，留起来慢慢享用。

冰糖除了含着，有的时候，我亦会慢慢小口咬着，听冰糖在嘴里嘎吱嘎吱地响，如同欣赏一首美妙的乐曲。简简单单的美味，却可以开心好几天。

十五岁时，我负笈广西，求学柳州，离家千里之遥，恰逢中秋，学校为住校生每人发了两块月饼。

这两块月饼，一为"云腿"，另一是"广式腊肠"，对于打小吃北京"自来红""自来白"月饼长大的我来说，委实是一种新奇的体验。

人的口味，其实是幼时的培养。南北月饼，并无优劣之分，只是地域之别，在这一点上，北方人的口味是相近的。

有一年，我游历陕北，寻找1947年陕甘宁边区政府转战陕北的小村落杨家沟。从杨家沟出来，驾车前往米脂，途经一个小镇，停车问路。恰逢一户人家在门口支起炉子，正在打月饼。

时为中午，香味飘散，弥漫在空气中，勾起了我的食欲。问罢了路，主人家热情地递给了我一块刚出炉的月饼，咬上一口，表皮酥松，馅料又甜又爽口，感动之余，清香十足的味道，竟然让我想起了儿时记忆中的月饼。

主人说，他做月饼已经二十几年了，从和面、调馅、制作、出炉，都是他一手操办，面粉是自家的小麦，芝麻和花生也是自己地里的作物，每年中秋节前他都会亲手做上一批。

陕北月饼没有多么丰富的馅料，只有紧贴外皮的一侧才有薄薄的一层糖皮，一口咬来没有充实的口感，却会给人带来酥脆香甜的清香口感。

主人善聊，我一边嚼着月饼，一边听他讲月饼的做法。

这种月饼要先把面、水、油按一定比例和成死面，再把手工揪的剂子在案板上揉圆压扁，饼剂中间厚，四周薄，放一勺半炒过的芝麻、过油的花生碎及白糖和成馅料，包入饼里，收口后放入枣木制成的模子里用手掌压平。压实成型的月饼，贴在铁鏊子上，待面皮发硬后，再放入焦炭炉中烘烤。

这样烤好的月饼，色泽金黄发亮，香气扑鼻。

月饼吃完，我也该走了，临走时我给了主人些戋，又拿了几块月饼。

几块月饼，直至我走到榆林吴堡古城时才吃完。

中秋节当然不只是"月饼节"，只不过秋天是中国最美的季节，到了中秋，明月升空，月圆人团圆，圆圆的月饼，甜甜的月饼，这种寓意象征和对生活的憧憬，才是中国人古老基因中的密码。

今天我们遗忘了味道，也就失却了这些节日内容的传承，也因为农耕文明被现代文明所取代，我们走出了家乡，走得越来越远。等到沧海桑田，看遍世界，在八月十五都市的霓虹灯里，突然看到了一轮明月高高挂在天空，才记起儿时的中秋节，才忆起曾经月饼的味道。

我的眼前，不由得又出现了小时候那个铺满了月光的小小庭院，坐在小桌旁的家人，耳畔又响起了院子里孩子们嬉笑的声音。

老调乱弹

中国史上第一禁书

一

明末的金圣叹有句流传颇广的话："雪夜闭门读禁书。"为什么禁书要在雪夜读呢？仔细思之，当是因雪夜交通不便，不会突然冒出一位拜访之人，此刻读禁书相对安全。另外，屋外大雪纷飞，屋内孤灯相伴，读着平时不让看的文字，该是何等样刺激啊！

提起禁书，仿佛有一种特殊的神秘感。禁书理由往往是诲淫、诲盗，其实对中国古代书籍多少有所了解的人，都会知道禁书的内容并不都是淫事。

中国其实很早就开始禁书，最早可能要追溯到秦始皇。春秋战国是各路思想相互登场的时代，称得上"百家争鸣"。秦统一后施行"焚书坑儒"，看似禁书，实则为禁锢思想。后来的朝代，禁书的范围越来越大，天文图书、私人著述，甚至佛经道藏也都入过禁书之列。到了明清时期，书籍的查禁到了疯狂的地步，除了禁那些具有"邪教""妖术"色彩的"妖书"以外，政治上不明确、思想上不规范的书也遭到查禁。所以，除了"四书""五经"类的考试用书，几乎所有的书籍都上过禁书榜，现在的四大名著全部位列其中。

其实所谓禁书，时代不同，禁忌也不同。我念中学的时候，琼瑶、金庸、古龙这些作家的书亦是老师父母眼里的禁书，为了能读这些书，东塞西藏有之，被窝夜读亦有之。然而，人都有一个毛病，就是越是被禁止的事情，越能引起兴趣去做。比如当年高行健获诺奖的那本小说《灵山》，本来不想读，却听说成了禁书，反而想去翻翻看。可见偷读禁书也算文人的一个雅趣吧。

禁书，不仅中国有，外国也有，古代有，现代也有。同一种书，在此处被禁，而在别处不会禁，甚至还被追捧起来。

中国文学史上第一部被官方明文禁毁的小说《剪灯新话》即是如此。

明初洪武十一年（1378）《剪灯新话》创作完成，这是一部传奇小说集，共分四卷二十篇，附录一篇，模仿唐人传奇的笔法，描写的都是闺情艳遇、鬼怪神仙的故事。

作者瞿佑，字宗吉，号存斋，元末明初时的钱塘人，饱读诗书，年少成名。据《历朝诗集》载："（瞿佑）年十四即有诗名。其父好友张彦复由福建来访，其父具鸡酒款待，张即指鸡为题，命他赋诗一首，他应声而吟：'宋宗窗下对谈高，五德名声五彩毫，自是范张情义重，割烹何必用牛刀？'张大赞赏，手画桂花一枝，并题诗一首：'瞿君有子早能诗，风彩英英兰玉姿，天下麒麟原有种，定应高折广寒枝。'"其父甚为得意，为此盖了一座传桂堂。

瞿佑虽学问渊博，才华出众，却生不逢时。早年因避元末兵火，寄居于四明、姑苏等地，颠沛流离，直到明朝洪武年间才做过仁和书院山长，临安、宜阳书院训导之类的小官，再后来成为周王府邸门客，官升至右长史。永乐六年（1408），瞿佑一度因诗文贾祸而受到牢狱之灾。永乐十三年（1415），瞿佑被流放保安，在流放途中，曾作过一首《旅事》，其中有"射虎何年随李广，闻鸡中夜舞刘琨"诗句，抒发壮志难酬的一腔悲愤和满腹辛酸。洪熙元年（1425），换了皇帝，瞿佑在英国公张辅的百般斡旋下，终得赦免，成为英国公的私塾先生，三年后归家。宣德八年（1433）逝世，活到八十七岁高龄。

瞿佑的著作颇丰，据郎瑛《七修类稿》及清《浙江通志》等书记载，大概有二十余种，目前仅有《咏物诗》《剪灯新话》《归田诗话》等几种流传下来。

《剪灯新话》初名《剪灯录》，以抄本流传，瞿佑被流放期间，曾遗失了该书原稿和一些其他著作的稿本。无巧不成书，后来盱江人胡子昂任四川蒲江尹时，偶然在书记官田以和那里得到了四卷《剪灯录》的原稿，此书才得以继续流传。永乐十八年（1420），胡子昂调任到离保安百里的兴和任事，特地跑去找到瞿佑，将四卷原稿亲自交还给他，并请求他做了重新校订。历史，有时就是这样巧合。

二

《剪灯新话》主要描写的是男女爱情和揭露社会黑暗、抨击豪强势力的故事，爱情故事所占篇幅最多，共九篇，多半借鬼言事，比如《绿衣人传》借人鬼之恋来阐释爱情的忠贞。故事里的主人公赵源是一位书生，绿衣人冥则是一女鬼，二者前世皆为南宋权臣贾似道家的奴仆，同病相怜而心生爱意，但终究没有美满的结局，被贾似道处死在西湖断桥下。赵源最初不明就里，将绿衣人认作"巨室妾媵，夜出私奔"，当他得知真相后，非常感慨："吾与汝乃再世姻缘也，当更加亲爱，以偿畴昔之愿。"绿衣人魂销魄散后，赵源痛彻心扉，将其入殓，从此皈依灵隐寺，以示其爱不渝。

《金凤钗记》也写人鬼相恋。女子吴兴娘与崔兴哥指腹为婚，由于崔兴哥父亲在外为官，彼此十五年不通音信，兴娘到了十九岁，已经超过彼时女子结婚的年龄，仍然得不到兴哥的消息，绝望之余，郁郁成疾，半载而终。在其死后，仍不忘幼时婚约，趁清明节扫墓之际，尾随找到了兴哥，并深谋远虑，私奔一载，最后临别之际，将自己的鬼魂附着在妹妹身上，央求父母答应其与兴哥的婚事，以便接续前缘。

《滕穆醉游聚景园记》故事与之类似，也是主人公生前得不到爱情，死后才得遂心愿。瞿佑塑造的女鬼，美丽而高尚，一反恐怖形象，反而非常可爱，走在了后世蒲松龄的前面。

《剪灯新话》中还有些故事揭露时代的丑恶。比如《三山福地志》，记述了官吏恶霸乡里、鱼肉百姓的故事，丞相、平章、郡守、经略本为百姓父母官，却肆意敛财，杀害良民。

瞿佑运用影射手法进行揭露、讽刺的同时，也在小说中塑造了一批令人阅后难忘的人物形象。《太虚司法传》记述一位志士死后仍不忘复仇的故事。冯大异为人性格坚韧，不怕鬼神，即使掉进鬼谷深坑，仍然不忘复仇，临死之前，还惦记着要打官司，让家人将纸笔置于棺材中，说要到老天爷那里去争辩："数日之内，蔡州有一奇事，是我得理之时也，可沥酒为我贺矣。"

《令狐生冥梦录》也是揭露现实黑暗的小说，主人公令狐譔，作诗揭露鬼官鬼吏贪赃枉法，得罪了"权鬼"，遂被抓去受无尽酷刑。在阴曹地府，他仍不忘怒斥掌权者"恃富欺贫"，在他的"自供状"中，继续揭露"以强凌弱，恃富欺贫"，使"贫者入狱而受殃，富者转轻而免罪；惟取伤弓之鸟，每漏吞舟之鱼"等丑恶行为，弄得鬼王无法，认为"令狐譔持论颇正，难以加罪"，只能宣布无罪释放。

三

瞿佑历经坎坷，在他的一生中，看到了太多人无辜入狱，也见过有很多文人被冠以"莫须有"的罪名，断送自己及家人性命。《剪灯新话》完成后，为了不招杀身之祸，遂将其"藏之书笥"，没有刊刻。直到永乐十九年（1421）印行时，瞿佑还在序言中用"诲淫、语怪"之类词语加以掩饰，即使如此，在他去世九年后的正统七年（1442），《剪灯新话》还是被定为禁书，成为中国第一部被官方明文禁止的小说。

元明之际，思想管控甚严，甚至戏曲在民间亦被一度禁止，但小说还没有引起注意。《剪灯新话》能进入主政者的视野，皆因为这部书实在太流行了。

正统六年（1441），国子监祭酒李时勉无意中发现国子监的太学生们对"四书""五经"兴趣不大，反而都在讨论一部叫作《剪灯新话》的小说。李时勉是理学名家，身历明初六朝，秉性刚直，推行的是道德文章，讲究"格致

161

诚正"，小说这种书怎么能读呢？他带着好奇心，翻阅了这部书，发现里面的思想大有问题，李时勉于是上疏皇帝："近年有俗儒，假托怪异之事，饰以无根之言，如《剪灯新话》之类，不唯市井轻浮之徒，争相诵读；至于经生儒士，多舍正学不讲，日夜记忆，以资谈论。若不严禁，恐邪说异端，日新月盛，惑乱人心……"

正统皇帝将李时勉的上疏交给礼部尚书胡濙进行讨论，最终决定："凡遇此等书籍，即令焚毁，有印卖及藏习者，问罪如律，庶俾人知正道，不为邪妄所惑。"

纵观李时勉对该书的评价，可以看出，这部书的罪名主要在于"假托怪异之事，饰以无根之言""邪说异端，日新月盛"。

就《剪灯新话》本身而言，既是小说，自是虚构，偏偏遇到了李时勉。《明史》记载他："性刚鲠，慨然以天下为己任。"这样的人根本无法理解作为读书人的瞿佑为何要虚构文字，遂骂其为"俗儒"。另外，对瞿佑文字的"善饰"，也是当时的普遍观点，比如礼部侍郎唐岳、兵部尚书赵羾也都认为《剪灯新话》"虽涉怪奇而善形容"，从侧面说明《剪灯新话》的文字修辞优美，故事真实感人。

明朝立国之初，确立"理学"为读书人的正统思想。李时勉以"理学宗师"自命，将"人欲"视为祸端，当然体察不到小说的艺术感染力。而瞿佑平生思想开放，当然不能被"怀德蕴义、砥行立名之士"的李时勉所容。在李时勉看来，这部书的思想与社会主流相悖，非严格查禁不可。

四

《剪灯新话》的封禁，开了中国禁毁小说的先河。进入清朝，禁毁小说成为强化思想专制政策的组成部分，两百年间始终没有放松。有史料记载的，达十余次之多，被点名的书目百部有余。

《剪灯新话》明面被禁，暗中却流传不绝，不仅对后世小说、戏曲创作有着相当重要的启示，更对日本和越南的文学产生了极大影响。

《剪灯新话》之后，各种效仿之作不断出现，比如永乐时李祯的《剪灯余话》，万历时邵景詹的《觅灯因话》，这三部文言小说被后世称为"三灯丛话"。其中一些篇章被收入《艳异编》《情史类略》《女聊斋》等明清小说类编，一些内容被改编为话本小说和戏曲，如无名氏的《兰惠联芳楼记》传奇，即来自《联芳楼记》；明沈璟的《坠钗记》传奇，即为《金凤钗记》；无名氏的杂剧《王文秀渭塘奇遇记》，就是流传下来的《渭塘奇遇记》；清袁声的《领头书》传奇，明叶宪祖的《金翠寒衣记》传奇，即本《翠翠传》；明代周朝俊的《红梅记》，部分情节即出于《绿衣人传》。《翠翠传》被凌蒙初改写入《二刻拍案惊奇》卷六，《金凤钗记》改写入《拍案惊奇》卷廿三，《三山福地志》改写入《二刻拍案惊奇》卷廿四；《寄梅记》为明周清原改写入《西湖二集》卷十一，题名《寄梅花鬼闹西阁》。众多研究者认为，《剪灯新话》为唐人传奇和《聊斋志异》之间的短篇小说写作开辟了通途，是《聊斋志异》的创作立意基础。

　　日本德川时代，志怪小说辈出，尤以效仿《剪灯新话》的故事最多。如德川初期的名著《伽婢子》一书，和《剪灯新话》相同题材达十八篇之多。又如《牡丹灯记》，简直成了许多作品取材的渊薮。《伽婢子》将其改成《牡丹灯笼》；上田秋成的名著《雨月物语》中的《吉备津的釜》也受其影响；落语家三游亭圆朝的怪谈集萃《牡丹灯笼》一书，也是仿拟之作；歌舞伎鹤屋南北的《阿国御前化装镜》中有一死灵现怪的场景，便是用牡丹灯笼做的道具。即使到了当代，这个故事在日本改编的影视剧也颇多。除小说和歌舞伎之外，连日本流行的俳句，取材也有《剪灯新话》的痕迹。

　　《剪灯新话》流入朝鲜时期更早于日本，大概在李朝时期传入，至李朝末期，其书和《太平广记》同受欢迎。如许筠的名著《洪吉童传》在故事上有九处情节袭自《剪灯新话》。

　　越南也有《剪灯新话》的仿作，阮屿的《传奇漫录》就是完全模仿《剪灯新话》而作，其体例和文辞颇为近似，只是内容改为发生在越南本土的故事。

　　《剪灯新话》作为一部具有"跨国"影响力的小说，为很多国家文学创作提供了源泉及助力，但在国内却一直没有得到应有的地位及待遇。1917年，董康寻到日本藏本，对其进行翻刻，才使其回到中国。1931年，上海华通书局刻印铅字本。1936年，郑振铎在编辑《世界文库》时，在其第六册收录了《剪灯新话》，第九册收录了《剪灯余话》。1957年，周楞伽为上海古典文学出版社做《剪灯新话》校注本，并附上了《余话》《因话》，全书四卷廿二篇，多收了《寄梅记》一篇，1987 年再版发行。只是鲁迅在《中国小说史略》中，认为该书"文笔冗弱""艳语花墙""粉饰闺情"，评价不高，一直没有引起重视，直到近些年国人才又重新认识了这部小说。

狐　狸　精

　　我喜读《聊斋志异》，枕畔有几册常年翻阅之书，《聊斋志异》即为其中之一，很多章节甚至百看不厌。我在书馆说评书时，曾说过多个《聊斋志异》里的故事，比如《武孝廉》。

　　《聊斋志异》一书，在评书门户里被称为《鬼狐传》，因里面故事的主人公多半是鬼怪狐精，《武孝廉》的故事也在这个范围内。武孝廉石某想要进京求官，不料染病在身，仆人和船家相继窃其财货，并将其抛弃。石某人已逢绝境，恰遇狐妇，赠药丸予其治病。石某痊愈后，异常感激，"敬之如母"，并无儿女私情，然而，当狐妇想要与之婚配，石某大喜过望，毫不推辞，当即应下亲事。狐妇拿出私藏钱财，帮助石某谋得了官位。石某官袍一加身，转而弃狐妇于不顾，另觅新欢。狐妇寻到家来，石某先是避而不见，迫不得已见面后，又百般冷落。狐妇酒醉显露狐身，石某竟然起心杀之。狐妇愤而取回药丸，石某旧病复发，没过半载便过世了。在作者蒲松龄眼中，世间之人心尚不如狐狸异类。

　　中国人对于狐狸，有一种特殊的感情，厌恶和崇拜并存，这是其他民族所没有的。中国人认为狐狸可以幻化成人，从魏晋直到明清，大量的小说、笔记、话本、传奇，都提到狐狸变人，特别是变成美妇人，以色相迷惑少年书生，书生迷于色欲，往往致死。有趣的是，在华北民间有俗说的"四大门"，即为胡门、黄门、白门、常门，虽是民俗信仰，却分别涉及了狐狸、黄鼠狼、刺猬、蛇这四种动物。胡门一般被认为法力最强，是以对狐狸非常崇拜，称之为"胡仙"。

李慰祖是云南大学政治系的副教授，早已退休，他于1941年毕业于燕京大学，本科时曾写过一本关于北京地区"四大门"信仰的论文。李氏在调查中，发现在当时的农村，几乎没有听见一个乡民否认"四大门"的存在，可以不信祖，不信泥胎，但不能不信"四大门"，可见当时对"四大门"敬畏的态度。

在"四大门"的信仰里，胡门的狐狸害人者少。很多狐狸在酒醉后，常常露出本来的样子，这时候，会有歹人算计它，如遇相救，狐狸就会报恩，搭救狐狸的人往往可以转运。

蒲松龄《聊斋志异》中写到的狐狸，有时写得很美，很善良，有时也写得极狠毒，并不一概而论。有的考据家认为："狐"者"胡"也，蒲松龄其实是借"狐"来骂入主中国的满洲"东胡人"的。此说未免有点儿牵强附会，并不足以服人。

明代小说《封神演义》里的纣王，是在受到狐狸精姐己迷惑之后，开始胡作非为，惹得天怒人怨。可见狐狸变人，小说家已经把它说成自古就有的事。

在动物中，其实狐狸只是一种体形不大，比野狗还要驯善些的动物。经常昼伏夜出，以捕食鼠、鸟等小动物为生，性狡猾多疑，但绝不会幻化成人。它和黄鼠狼有同样的"本领"，遇敌放恶臭而遁走。

时至今日，还是有人骂妖媚惑人的人为"狐狸精"，用句文言，叫作"狐媚"。《晋书·石勒载记》中，石勒认为做人应当光明磊落，不能像曹操、司马懿父子那样，"欺他寡妇孤儿，狐媚以取人天下"。骆宾王在撰写《讨武曌檄》中也有"狐媚惑主"等语句。

作为一头山野小兽的狐狸很冤枉，被人长期当作奸臣、荡妇来侮辱与咒骂，世事真不可解。

《西游记》并无"白骨精"

一

"三打白骨精"算是《西游记》中最出名的一个故事，说它家喻户晓，老少皆知，恐怕一点儿也不过分，即使很多不读《西游记》小说，或者很少关注"西游"故事的人，也都知晓"三打白骨精"。

可事实上，《西游记》小说中，从来没有"白骨精"这一称呼，"白骨精"这个名字并不存在。

这段故事来源于《西游记》的第二十七回，篇目为"尸魔三戏唐三藏，圣僧恨逐美猴王"。

这个妖精的名字，回目中称其为"尸魔"，小说中出场时交代："却说常言有云：'山高必有怪，岭峻却生精。'果然这山上有一个妖精。孙大圣去时，惊动那怪。他在云端里，踏着阴风，看见长老坐在地下，就不胜欢喜……"文中并未明说是什么妖怪。

这个妖精奸诈狡猾，善于变化，一会儿变村姑，一会儿变老妪，一会儿又变成老丈，三戏唐三藏，让猪八戒色迷心窍，令唐僧是非颠倒，但一一都被孙悟空识破，"三打"之后露出原形，"却是一堆粉骷髅在那里"。悟空说："他是个潜灵作怪的僵尸，在此迷人败本，被我打杀，他就现了本相。他那脊梁上有一行字，叫作'白骨夫人'。"读者这时才知道，妖怪是尸体腐烂后剩余的一副骷髅，小说只称其为"尸魔""僵尸"，正经的名字也不过白骨夫人，从始至终，没有叫过"白骨精"。

《西游记》小说对于文中人物的寓意，往往会在回目中点明，比如孙悟空被称为"心猿"，隐喻众生一颗不安分的心，在一百回的小说里，标明"心猿"的回目就有十九回之多。在第二十七回中，将"白骨夫人"称为"尸魔"，也有其独特的寓意。"尸魔"要"三戏唐三藏"，照应的是道教中的"三尸神"。

晋代道教著名典籍《抱朴子》中，称"三尸神"属魂魄鬼神类，职责是监视人的行为，并定期向天庭汇报。可三尸神不喜欢这份差使，总想四处游逛，所以巴不得人早点儿死，人一死，它就可以自由自在，四处享受祭拜。为此，三尸神每次汇报工作时，从不说人的好话，专讲人的罪过。道教认为，若要得道成仙，须先除三尸神，否则无论怎样积善修炼也是枉费。是以"三尸"是人得道成仙的一道魔障。

伴随道教的发展，"三尸"还有了名字，并被赋予新的含义。

宋代《云笈七签》卷八一引《三尸经》称"三尸"包括上尸、中尸、下尸，上尸名叫彭倨，在人的头部，使人秃顶、掉牙、长皱纹，令人衰老；中尸名叫彭质，藏于人之腹内，侵扰内脏，使人心志混乱，好做恶事；下尸名为彭侨，令人产生淫欲，不能自止。如此一来，"三尸"就成为使人衰老死亡、为非作歹、淫恶奸邪的罪魁祸首。

唐代段成式《酉阳杂俎》里对"三尸神"的描述，与之非常类似。三尸神"一居人头中，令人多思欲，好车马"；"一居人腹，令人好饮食，恚怒"；"一居人足，令人好色，喜杀"。可见三尸神能让人们思恋安逸、贪吃好色、易怒喜杀。一句话，人之所以会产生那些邪恶下作的欲望，全因体内"三尸"作怪。

按这些说法所言，尸神就是居于人体当中，使人迷乱本性的恶魔。

《西游记》是本儒释道三教思想合一的书，也采用了道教这个说法。孙悟空说"他是个潜灵作怪的僵尸，在此迷人败本"，亦即"三尸"之意。

三尸神三位一体，故事中白骨夫人就要三次变化。作者通过"三打"阐释出一个观点：漫漫取经征途，首要的敌人在于自身。钟离权《赠洞宾丹诀歌》中称："三尸神，须打彻，进退天机明六甲。"要想求取真经，必须彻底消除自家身上的"三尸"魔障，才能经受起路上千难万险的考验。

二

白骨夫人何以被大家呼为"白骨精"呢？

说起来这个名称出现的时间不太长。20 世纪 60 年代，当时的绍剧名家六龄童改编演出了戏曲《孙悟空三打白骨精》，这出戏对"尸魔三戏唐三藏"的故事进行了艺术性的改编，原本简单的故事，从此变得曲折离奇。

小说中的白骨夫人，原是深山里的一具枯骨，神通有限，变化过三个人物，都被孙悟空一眼识破，没有属下随从，孤魂野鬼一个，地盘也有限，书里写得分明，白骨夫人眼见师徒将要过山，竟自言自语："这些和尚，他去得快，若过此山，西下四十里，就不伏我所管了。"可见其在妖界的地位并不高。另外，白骨夫人本领相当低微，小说写她最后被孙悟空打死，"那大圣棍起处，打倒妖魔，才断绝了灵光"，根本没有什么招架之力。

《西游记》小说中，白骨夫人的故事只一回，情节简单，与其他两回、三回、四回的故事中，那些手段高强的妖魔制造的麻烦相比，实在不算什么。不过这个妖怪造成的危害不小，在她的作用下，孙悟空竟被唐僧赶回了花果山。

按小说的写法，唐僧和孙悟空言归于好，是在后面黄袍怪的故事里。当时唐僧被妖怪幻化为老虎，八戒请回孙悟空搭救唐僧，才使得唐僧意识到，取经队伍是不能离开孙悟空的。

这样回头看白骨夫人的故事，明显不完整，孙悟空作为第一主角，结果竟然是被撵走，妖精虽死，亦算成功。这样的结局，让观众如何甘心？

如何让这个故事变得更加圆满、完整和精彩，让后来的改编者煞费苦心。

白骨夫人的名字听着就不够霸气，改成白骨精明显恐怖威风得多。白骨精的本领不能这样低微，连一件像样的兵器都没有怎么成？就要给白骨精配上行头，威风的大氅，华丽的长袍。白骨精形象是女子，最好的武器当然就是宝剑，有的用一柄，有的是雌雄一对。在本领上，和孙悟空也具有了一定匹敌的力量，能够剑来棒去地打上一阵。

这个白骨精的样貌，我一直怀疑钱笑呆、赵宏本1960年的连环画《三打白骨精》是原创，后来的改编者一再借鉴此版本。

原著情节简略，编剧就要丰富情节，除了"三打"保留，这段情节前后都要增加内容。比如孙悟空要去化斋，给唐僧等三人画了个圈子，让他们不要出这个圈，还说只要在圈内，就会百魔不侵、虎狼难近。这个细节出自《西游记》，但不是在"白骨夫人"这段故事里，而是从后面第五十回"情乱性从因爱欲，神昏心动遇魔头"里移植过来的，也就是"金兜洞"青牛怪的故事。孙悟空去化斋，画了个圈，原文说："老孙画的这圈，强似那铜墙铁壁。凭他什么虎豹狼虫、妖魔鬼怪，俱莫敢近。但只不许你们走出圈外，只在中间稳坐，保你无虞；但若出了圈儿，定遭毒手。"

白骨精不能再像原书一样是个孤魂野鬼，她需要有属于她的一方势力，有洞府，有部属。比如六小龄童分演孙悟空的电视连续剧中，就给白骨精安排了一个下属黑狐妖，在白骨精死后投奔了黄袍怪，在唐僧被黄袍怪捉住后，告诉他白骨精三次变人的事实，让唐僧明白自己错怪了孙悟空。

绍剧《孙悟空三打白骨精》的改编更为直接，把黄袍怪的故事删掉，故事集中在白骨精身上，让白骨精把唐僧捉回老巢，增加后续的情节。

黄袍怪的故事在小说中占了三回半，比白骨精这一回跌宕起伏得多，改编者们只把猪八戒智激美猴王的情节保留下来，放在唐僧被白骨精捉住之后，让八戒去搬请救兵，黄袍怪的波月洞也归了白骨精。尽管添加这么多内容，编

173

剧仍觉不足。剧中白骨精挨了三棒却性命无虞，转以佛祖之名，用素绢告知唐僧，悟空罪无可恕，最终导致悟空被贬。白骨精将波月洞化成天王庙，引唐僧师徒拜佛，结果唐僧和沙僧中计被捉，猪八戒逃脱。这段假佛成庙的故事，其实来自后面第六十五回"妖邪假设小雷音，四众皆遭大厄难"。

孙悟空回归取经队伍，在途中发现，白骨精邀请其母金蟾大仙前来共吃唐僧肉。孙悟空出手打死金蟾大仙，幻化其模样前往洞中赴宴。

这段情节，是不是也看着眼熟？对，正是出自《西游记》第三十四回"魔王巧算困心猿，大圣腾那骗宝贝"，也就是平顶山莲花洞金角、银角的那段故事。绍剧《孙悟空三打白骨精》结尾，白骨精上了孙悟空的当，在唐僧面前重复了此前的三番幻化，使得唐僧终于醒悟。紧接着，孙悟空与白骨精一番鏖战，终于消灭了妖精，师徒一行又踏上征途，整个故事完美落幕。

这样的改编无疑是精彩的，不仅丰富了故事，也增加了叙事层次，使得"三打白骨精"变得完整且精彩。

三

绍剧《孙悟空三打白骨精》的改编非常成功。1960年，该剧由上海天马电影制片厂拍摄为戏曲电影，1963年5月获第二届"大众电影百花奖"最佳戏曲片奖，曾在七十二个国家和地区放映。绍剧悟空戏因此饮誉海内外，成了绍剧团的标志性剧目。

"三打白骨精"的故事能够广泛流行，也和中国当时的政治环境有很大关系。1961年10月18日，郭沫若看了绍剧《孙悟空三打白骨精》的进京演出，写下一首诗："人妖颠倒是非淆，对敌慈悲对友刁。咒念金箍闻万遍，精逃白骨累三遭。千刀当剐唐僧肉，一拔何亏大圣毛。教育及时堪赞赏，猪犹智慧胜愚曹。"

毛泽东看到这首诗，认为诗中把唐僧看作敌人，要"千刀万剐"不恰当，在11月17日给郭沫若写了首诗，就是后来大家耳熟能详的："一从大地起风雷，便有精生白骨堆。僧是愚氓犹可训，妖为鬼蜮必成灾。金猴奋起千钧棒，玉宇澄清万里埃。今日欢呼孙大圣，只缘妖雾又重来。"大意是号召大家要先分清敌我矛盾，再勇于斗争。郭沫若当天依韵和了一首："赖有晴空霹雳雷，不教白骨聚成堆。九天四海澄迷雾，八十一番殄大灾。僧受折磨知悔恨，猪期振奋报涓埃。金睛火眼无容赦，哪怕妖精亿度来。"

毛泽东读后回复说："和诗好，不要'千刀万剐唐僧肉'了。对中间派采取了统一战线政策。这就好了。"

联系当时特定的政治背景，诗中的人、妖、敌、友、唐僧、金猴、白骨、僧、猪等各有所指。这种自上而下的宣传，极大推动了"孙悟空三打白骨精"故事的流行。

20世纪80年代，中央电视台要拍电视剧《西游记》，导演杨洁先要找到扮演孙悟空的人选，她专程去访问了京剧的"北猴王"李万春，但是谈得并不投机。然后，杨洁就想到了绍剧《孙悟空三打白骨精》的主演、有"南猴王"美誉的六龄童。六龄童推荐了自己的儿子章金莱，也就是后来演活了孙悟空这个形象的六小龄童。

戏曲电影《孙悟空三打白骨精》在网上可以找到，如果您不喜欢戏曲的话，可以重温上海美术电影制片厂1985

年拍摄的《金猴降妖》，这可是我小时候的最爱。这部动画长片对原著的情节改编和绍剧《孙悟空三打白骨精》如出一辙。

四

那么《西游记》小说中，"尸魔三戏唐三藏"一段的骷髅白骨成精，又是来自哪里呢？

《西游记》是明代小说，在其出现前，玄奘法师取经的经历已经传奇化。南宋时，出现了《大唐三藏取经诗话》，到了元朝，也有了杨景贤的《西游记》杂剧。

查阅这些资料，并没有发现"白骨成精"的故事，唯一近似的是《大唐三藏取经诗话》中的白虎精。

《诗话》讲述三藏法师取经，途中走到一个叫作"火类坳"的地方。书里还没有孙悟空的名字，称为猴行者，他说："我师曾知此岭有白虎精否？常作妖魅妖怪，以至吃人。"

这个白虎精的出场和后来小说中白骨夫人的出场很类似，也是变作了一个年轻美貌的姑娘："只见岭后云愁雾惨，雨细交霏；云雾之中，有一白衣妇人，身挂白罗衣，腰系白罗裙，手把白牡丹花一朵，面似白莲，十指如玉。"

白虎精被猴行者识破后："张口大叫一声，忽然面皮裂皱，露爪张牙，摆尾摇头，身长丈五。定醒之中，满山都是白虎。"

猴行者降服白虎精的过程，描写得也很精彩，相较后世任何一段孙悟空降妖故事都不逊色。猴行者将金镮杖变作一个夜叉，头顶天，脚踏地，手持降魔杵，身如蓝靛青，

176

发似朱砂，口吐百丈火光。白虎精哮吼近前相敌，被猴行者战退。

半时，遂问虎精："甘伏未伏！"

虎精曰："未伏！"

猴行者曰："汝若未伏，看你肚中有一个老猕猴！"

虎精闻说，当下未伏。一叫猕猴，猕猴在白虎精肚内应。遂教虎精开口，吐出一个猕猴，顿在面前，身长丈二，两眼火光。

白虎精又云："我未伏！"

猴行者曰："汝肚内更有一个！"再令开口，又吐出一个，顿在面前。

白虎精又曰："未伏！"

猴行者曰："你肚中无千无万个老猕猴，今日吐至来日，今月吐至后月，今年吐至来年，今生吐至来生，也不尽。"

白虎精听见此语大怒。猴行者喝令肚中老猕猴化作大石，在白虎精腹内逐渐变大。白虎精既吐不出，也无计可施，最终七窍出血，肚皮迸裂。猴行者又命夜叉一顿大杀，直至大小虎精消灭馨净。

这个妖怪颇有点儿宁死不屈的精神，比起小说《西游记》里被孙悟空钻到肚子里的妖怪，要硬气得多。

为何要说这个白虎精和白骨夫人有一定关联呢？要知道《西游记》小说中，白骨夫人出现的那座山就叫白虎岭。

白骨夫人首次变化，变成一个送饭的村姑，她对三藏说："此山叫作蛇回兽怕的白虎岭。"又说，"我丈夫在山北凹里，带几个客子锄田。"

"凹"和"坳"相通，这就是《大唐三藏取经诗话》里火类坳、白虎精的遗存了。《诗话》里在白虎精出现前，还有些许文字："又过火类坳，坳下下望，见坳上有一具枯骨，长四十余里。法师问猴行者曰：'山头白色枯骨一具如雪？'猴行者曰：'此是明皇太子换骨之处。'法师闻语，合掌顶礼而行。"

明皇太子是何人？其骨为何有四十里长？又为何换骨呢？

宋人王铚的《默记》一书有相近记载。《默记》主要记载北宋时期的朝野遗闻，作者王铚生活于北宋至南宋间，宋高宗时曾任权枢密院编修官，博闻强记，颇为知名，陆游对之赞赏有加，称其："记问该洽，尤长于国朝故事，莫不能记，对客指画，诵说动数百千言。退而质之，无一语谬。予自少至老，唯见一人。"

《默记》中说，唐明皇听从道人叶法善的建议长期服玉，年老时脑骨皆化为玉，刺客刺杀他，击中头部清脆有声，明皇本人却安然无恙。明皇死后，其骨化为玉骷髅，为民人所得，常护佑人得异财，以至巨富。

按王铚的记述，《大唐三藏取经诗话》中明皇太子似乎是明皇天子之误，或许明皇死后尚有换骨的故事，只是没有流传下来。

关老爷的武勇神话

有一段时间，我行走于华北平原寻访旧建筑。我发现在一个村子中，最常见的两座庙，一是关帝庙，二是龙王庙。龙王庙为百姓祈求风调雨顺，而关帝庙为百姓祈福平安。关老爷的形象，在百姓心中名望颇重，成为千古忠义的象征。事实上，关羽形象的源头，来自小说《三国演义》的塑造，并非历史人物。

关羽在小说中忠义英武，作者在塑造关羽形象时不惜笔墨，添加了很多其"武勇"的描写，使之成为后世敬仰的大英雄。

关羽的"武力值"着重体现在"温酒斩华雄""诛颜良、文丑""过五关斩六将"等段落中，这些故事，经过作家一支生花妙笔的渲染，被中国人广泛传颂。

然而，考诸真实的三国历史，关羽并没有小说里描写的这样神勇，上面提到的关羽荣耀事迹，有的纯属张冠李戴，并不符合历史史实，很多情节不过是文学创作的艺术想象。

"温酒斩华雄"，作为评书《三国》的精彩书目长演不衰，但这个故事在历史上和关羽毫无关系。《三国志·孙坚传》写得清楚：孙坚举兵与关东诸州郡共讨董卓，孙坚与董卓军"合战于阳人，大破卓军，枭其都督华雄等"。确凿无疑记载了斩华雄者，实是孙坚，而且华雄这个人亦无多大本领，武艺并非高强，但经过罗贯中的妙笔加工，华雄勇猛绝伦，连斩四将，就连盟主袁绍都为之失色。罗贯中将这一历史上的功劳"转送"给了关羽，让关羽轻松杀了华雄，并且为了更具戏剧性，设计了"温酒"的细节，反衬出关羽的神勇。

关羽"斩颜良"确是史实，不过"诛文丑"却找不到记录，查考《三国志》中的《武帝纪》和《袁绍传》，不见丝毫记载。文丑到底是怎么死的，并无史证，应是为塑造关羽而虚构。

小说《三国演义》中，"过五关斩六将"是关羽一生的高光时刻，也是其忠义思想的体现。不过在史实上，关羽虽曾"挂印封金"，弃曹投刘，"过五关斩六将"却是虚构。《三国志》里说："羽尽封其所赐，拜书告辞，而奔先主于袁军。左右欲追之，曹公曰：'彼各为其主，勿追也。'"可见，关羽虽然投奔刘备，曹操并没有为难他。

曹操默许了关羽的举动，确如小说所言，爱重关羽的武艺及为人。

汉献帝建安五年（200），曹操东征刘备，刘备弃小沛逃奔袁绍，关羽在下邳城归降曹操。曹操如获至宝，拜关羽为偏将军，礼遇甚厚，后又上表封关羽为汉寿亭侯，并重加赏赐。虽有此高官厚禄加持，可关羽终没有为之所动，依然选择了刘备。

关羽所为，对故主刘备怀有忠义之心固是主因，但他与曹操之间曾有的一段宿怨，也许是一个潜在的因素。

《三国志》裴松之注引《献帝传》和《蜀记》，记述了关羽和曹操因为一个女人而"争风"的故事。

建安三年（198），曹刘合兵征讨吕布，攻下彭城，直指下邳。吕布被围困城中，无奈之下，派手下偏将秦宜禄去袁术、张杨等处求救，以解下邳之围。秦宜禄离开了下邳，却没有搬来救兵，自己也回不了城了。袁术留下了秦宜禄，将一宗室之女嫁与秦宜禄为妻，而秦宜禄的前妻杜氏，就留在孤城之中。

杜氏是个绝色美人，关羽曾经见过，爱慕已久。这时，他知道杜氏一个人留在下邳，而秦宜禄又撇妻再娶，觉得机不可失，就拜见曹操，请求城破之日，将杜氏许配给他。

曹操觉得一个女人算不得什么事儿，当即就答应了关羽的请求。

关羽可能太想念杜氏美人，生怕曹操军务繁忙，将之遗忘，结果每次见到曹操，都要把事情提一遍。一来二去，反倒引起了曹操的兴趣：杜氏要美丽到何等程度，值得关羽三番五次乞求？曹操留了心，下邳城破之日，先命人将杜氏接进大帐，结果一见惊为天人，顾不得对关羽的承诺，将杜氏据为己有。

关羽得知这一消息，心生怨恨，可面对曹操，也敢怒而不敢言。这件事曹操负于关羽，非关羽负于曹操。从此以后，关羽每见曹操，都感心中不快，或许，这也是其弃曹的原因之一。

曹操在下邳战役中的收获，不论政治及军事方面，当首推得美妇杜氏。此外他还获得一样至宝，就是吕布的赤兔马。《三国演义》里，这匹马由曹操转送给了关羽。

名马赠英雄，当是作者的想象安排。不过在正史没有记录的情况下，也不排除这种可能性。或许这是曹操作为夺爱后，给予关羽的物质补偿，也未可知。

《三国志·武文世王公传》中曾提到，曹操有一杜夫人，不知是否是这个杜美人。不过据《献帝传》及《魏略》等记载，曹操将杜氏与其子秦朗养于后宫。秦朗小名阿苏，深得曹操喜爱，称为假子。曹操曾在宴席上对宾客说："世上有人爱假子如我之爱秦朗吗？"秦朗长大后，能骑善战，魏明帝时，官为骁骑将军、给事中。

这些历史细节，是写小说的绝好思路，不过此事似乎和罗贯中想要塑造关羽"神"一般的形象不符，就弃而不用了。

结合《三国志·关羽传》分析，关羽的"武力值"最值得为后人赞颂的大致有这几件事：

其一是斩颜良。建安五年（200），曹操迎战袁绍，袁绍麾下猛将颜良进攻白马，关羽作为先锋，斩杀颜良："羽望见良麾盖，策马刺良于万众之中，斩其首还，绍诸将莫能当者，遂解白马围。"

其二是刮骨疗毒。史实记载，关羽左臂在战斗中曾被箭射中，尽管伤口已经愈合，但每逢阴天总是隐隐作痛。医生说："矢镞有毒，毒入于骨，当破臂作创，刮骨去毒，然后此患乃除耳。"关羽闻言，毫不迟疑，伸臂任医者为其刮骨疗毒，同时和在座诸将把酒言欢，鲜血顺手臂流下，关羽仍谈笑自若。

其三是大败于禁七军。建安二十四年（219），关羽率众进攻把守樊城的曹仁，曹操命于禁率大军救曹仁。因汉水泛滥，于禁的七军遭水淹后，被关羽打败，使关羽威名大振。

从以上三件事情可以看出，关羽算是一位出色的将领。

但在历史上，关羽与马超、张飞等将领的地位并无二致，按《三国志》记载，刘关张没有"桃园三结义"，他们的关系的确很亲近，不过史书上也只是用"恩若兄弟"来形容。

刘备手下的这些将领，如马超、张飞、黄忠等人，皆称骁勇，无论功劳还是武艺均和关羽不相上下。关羽之所以高于其他人，是在历代加封之后，特别是宋元间被封"真君"和"武安王"，此后经过明清两代，关羽屡次被封，甚至被尊为"大帝"，可谓到了极点。

经过历代尊奉，关羽从三国时的普通武将进而为"神"，既有统治者表彰"忠义"的需要，更离不开文艺作品的大力推崇。

曹操和袁绍

　　《三国演义》第三十三回，写曹操在平定冀州之后，前往祭奠袁绍，在墓前再拜而哭，神情甚哀，又以金帛粮米赐袁绍妻刘氏。这件事倒非罗贯中虚构，《三国志》中亦有同样的记载。

　　《三国志·武帝纪》说："邺定。公临祀绍墓，哭之流涕；慰劳绍妻，还其家人宝物，赐杂缯絮，廪食之。"

　　曹操此举曾遭后人非议。晋人孙盛评论说："昔者先王之为诛赏也，将以惩恶劝善，永彰鉴戒。绍因世艰危，遂怀逆谋，上议神器，下干国纪。荐社污宅，古之制也，而乃尽哀于逆臣之冢，加恩于饕餮之室，为政之道，于斯踬矣。夫匿怨友人，前哲所耻，税骖四馆，义无虚涕，苟道乖好绝，何哭之有！昔汉高失之于项氏，魏武遵谬于此举，岂非百虑之一失也。"

　　什么意思呢？孙盛站在魏晋王朝的正统立场来看，袁绍是一个觊觎皇位的逆臣，曹操不应祭拜袁绍，曹操的做法属于百虑一失。

　　东汉末年，军阀混战，袁绍和曹操是群雄中势力最为强大的两支，他们都将对方视为头号敌人，皆欲将对方置于死地。然而，曹操却在袁绍墓前哭之甚哀。此举是否如孙盛所言失于道义，暂且不论，曹操为何如此动情呢？当时，曹操已经将袁氏的势力基本摧垮，没有必要故作姿态以感动袁绍的残余，故基本可排除曹操在邀买人心。

曹操此举实受两种心态所驱使。

当年起兵讨伐董卓的关东诸侯，以袁绍为盟主，被称为车骑将军，而曹操则为奋武将军。这一时期，袁曹二人可以说是同仇敌忾，并肩作战，直到击败董卓，二人分道扬镳，袁绍和曹操数次争斗，最终败亡。曹操想起往事，应是起了英雄相惜之慨。

曹操和袁绍的交情当然不止于同讨董卓。

《三国志·袁绍传》说："绍有姿貌威容，能折节下士，士多附之，太祖（曹操）少与交焉。"从正史来看，袁曹二人在少年时期，就结识成为朋友。

正史语焉不详，而野史的记载更为丰富。南朝宋刘义庆《世说新语》里就记载了曹操和袁绍少年时期的一件逸事。

少年时期的曹操和袁绍是好朋友，二人号为游侠，常在一起搞些恶作剧。有一次，两人看见有一家人结婚，趁着热闹，他们混进新婚主人的园中隐藏起来。天黑之后，二人突然大声叫喊："有小偷儿，抓贼呀！"正在青庐中举行婚礼的人们听到喊声，都跑出来抓贼，连新郎也跑了出来，青庐中只剩新娘一人。曹操快速冲入青庐，手执钢刀，劫持新娘而出，与袁绍一起奔向荒野。慌忙之中，他们走入一片荆棘之地，举步维艰，加上劳累，袁绍说什么也跑不动了。这时，婚家发现丢了新娘，知道中了调虎离山之计，在后面尾随追出，隐约已闻喊声。曹操灵机一动，大喊一声："小偷儿在此，快来抓呀！"袁绍一听，赶紧拔腿飞跑，二人这才免于被人抓住。从这件事能够看出袁曹二人关系的密切。

少年的好友先已作古，而且朋友之死又是因败于己手所致。袁绍墓前，曹操回忆起二人昔日的友情，不免痛哭流涕，进而照顾好袁绍的家人，应该说是发自内心的，也是合乎情理的。

不过，袁曹二人之间争斗多次，为了争取绝对的话语权，再好的朋友也就此翻脸。袁绍早期的势力远超曹操，二人之间由盛转衰的一仗，就是官渡之战。相对而言，这一战对于曹操来说，意义更为重大，从此奠定了他统一中国北方的基础。

中国历史上，官渡之战属以少胜多的经典战役，那么，在这场战争中，袁绍和曹操究竟各自投入了多少兵力呢？

《三国演义》小说第三十回"战官渡本初败绩，劫乌巢孟德烧粮"说，袁绍将大军七十万，由河北南下，欲攻克许都，消灭曹操，前往迎敌的曹军则只有七万。两军对阵于官渡。七十万与七万相比，袁军是曹军的十倍。

但这是小说的说法，这个数字并不可信。

《三国志·武帝纪》中记载："袁绍既并公孙瓒，兼四州之地，众十余万，将进攻许。"很明显，袁绍投入官渡之战的兵力并没有那么多，而且由于文言文的简练，这十余万的数字，究竟是袁绍兼并公孙瓒之后的兵力总数，还是将"进军攻许"的兵力，所指并不太明确。

《三国志·袁绍传》又说，袁绍"众数十万，以审配、逢纪统军事，田丰、荀谌、许攸为谋主，颜良、文丑为将率，简精卒十万，骑万匹，将攻许"。

这样，袁绍的总兵力为数十万，攻许的兵力是步卒十万，骑兵一万。裴松之注引郭颁《世语》说，官渡之战时，"绍步卒五万，骑八千"。这一说法与《三国志》的记载又不相同，且差距甚大。

后来的晋人孙盛曾辨郭颁所记不实，说："绍之大举，必悉师而起，十万近之矣。"另外，《汉纪》也有相关记载，说官渡之战，曹操"杀绍卒凡八万人"，这一句，也可以证明《世语》所记不确。

综合《三国志》的《武帝纪》和《袁绍传》基本一致的记载，袁绍在官渡之战中实际投入的兵力大约是十一万。

那么，曹操具体又是多少兵力呢？

《三国志·武帝纪》有这样几个数字：与文丑在延津会战，曹操"时骑不满六百"；乌巢劫粮，曹操"自将步骑五千人夜往"；并说"绍连营稍前，依沙塠为屯，东西数十里。公亦分营与相当，合战不利。时公兵不满万，伤者十二三"；从这些数字来看，曹操在官渡前线的兵力总数可能连一万人都不到。

不过，裴松之在注《三国志》时，就对这一说法提出怀疑：

其一，曹操在陈留起兵之初，已有五千之众，此后他出兵百战百胜，黄巾降卒动辄数万、数十万，其余每战亦有降者，虽连年征战有所损伤，兵力也不应如此之少。

其二，袁绍如果真的兵力超过曹操有十倍之多，从传统兵法的"十则围之"来看，应当将曹军的不足万人分割包围，这样，曹操肯定没有任何胜算。

其三，袁绍在官渡前线屯营东西数十里，曹操亦分兵相对，而其间曹操命徐晃等将，攻击袁军运输车辆，又自率五千人，跑到乌巢偷袭淳于琼，还命曹洪守官渡。如果

187

曹军总数不足万人，留给曹洪的也只有三千人左右，万人散布数十里都显不足，曹洪如何与袁绍数十里连营相对？所以，曹操绝不会只有数千之兵。

其四，按《三国志·钟繇传》，钟繇为司隶校尉，"太祖在官渡，与袁绍相持，繇送马二千余匹给军。太祖与繇书曰：'得所送马，甚应其急。'"因此，单纯就骑兵一项而言，曹军也远不止六百匹。

其五，根据史书记载，曹操战胜后，曾经将袁军八万俘虏全部活埋，如果八万人四奔逃命，非数千人所能控制。

综上这些观点，裴松之认为，曹军兵不满万的记载，是记述者欲以少见奇，并非实录。不过，官渡之战前，荀彧为曹操分析形势时说，此战是"公以至弱当至强"，曹操处于绝对劣势是可以肯定的。

目前，学术界比较一致的看法是，曹操投入官渡之战的兵力有二三万人。所以，官渡之战袁曹双方的兵力是约十一万与二三万之比。

《三国演义》说曹操以七万之众抵抗袁绍的七十万大军，不过夸大其词，故意渲染官渡之战的大战气氛而已。

高俅不坏

　　少年时嗜读《水浒传》，曾达到废寝忘食的程度，一套人民文学出版社的三卷本，竟在一年的时间内，几近翻烂，装订线脱落，补了又补。我曾经想将研究《水浒》当成一生的追求，可随着年纪渐大，眼界渐宽，才发现《水浒》真的是一门了不得的学问，迨至后来读了台湾马幼垣教授的《水浒论衡》和《水浒二论》，看到他收集的版本和细致的研究，真的就死了这份心。

　　《水浒传》里人物众多，虽小说家言，但皆有所本，闲时将史实和小说对照，颇有几分乐趣。

　　《水浒传》一书中，众多梁山好汉的最大对头便是高俅，他溜须拍马当上了殿帅府太尉，不学无术，无恶不作，一直与梁山为敌。然而翻开《宋史》，却让人非常疑惑，里面竟没有他的传记，无论是佞幸还是奸臣，都找不到专门的段落。

　　高俅肯定是正史中的人物，并非虚构，他的名字只偶尔出现在他人的传记里。南宋时的王明清，写有《挥麈录》，其中提到高俅："高俅者，本东坡先生小史，草札颇工。东坡自翰苑出帅中山，留以予曾文肃，文肃以吏令已多辞之，东坡以属王晋卿。"

《挥麈录》是南宋中期的一本史料集，涉及南、北宋交替时朝野上下的大量事件，内容颇为丰富，涵盖军事、社会、文化及政治等方面，资料也以当时的相关文献为主，兼有撰写者亲友提供，后来官私史书经常引用，是宋代重要的史学资料。

高俅早年的出身，《挥麈录》与《水浒传》中的描述非常近似，只不过《水浒传》中描述更细，比如《水浒传》中说高俅"吹弹歌舞，刺枪使棒，相扑玩耍，颇能诗书词赋"，《挥麈录》中也说他"草札颇工"，所以能给苏东坡当"秘书"或"书童"，后来苏轼外放任职，将高俅推荐给了曾巩，曾巩秘书太多，用不上，又转而推荐给驸马都尉王晋卿。这些虽具体有所出入，但和《水浒传》中的描述大致符合。

王晋卿名王诜，他可不是一般人物，他是宋神宗的妹夫、端王（宋徽宗）的姑夫，本人在诗词及绘画方面都颇有造诣，也是苏东坡的好朋友。《水浒传》作为小说，改了王诜的身份，降了他一辈，成了端王的姐夫。

高俅能遇上后来的宋徽宗赵佶，离不开王诜。《挥麈后录》中记载，一次上早朝，端王要修理一下鬓角，却忘了带篦子刀，王晋卿便借给了他。端王观后甚喜，夸奖做工精巧。王晋卿就说："我有两个，都是新近做的，还有一个新的，就赠予你吧，一会儿我叫人送过去。"晚上，王诜派高俅去端王府上送篦子刀，凑巧赶上端王踢球。高俅踢球的技艺甚佳，遂下场参与其中，百般讨好。端王甚喜，将其留用。等端王继承帝位，成为宋徽宗，高俅亦随之发迹起来。

宋徽宗时期的高俅，担任的是什么官职呢？据《宋史·徽宗本纪》记载，政和七年（1117）"春正月庚子，以殿前都指挥使高俅为太尉"，宣和四年（1122）年"五月壬戌，以高俅为开府仪同三司"。可见，高俅的确是高级武官，身份描述与《水浒传》相符。

不过高俅并非如小说一样，半年时间就被宋徽宗轻易地提拔了起来。宋代官员的任用，有着相对完善的制度，即使七品文官的官职，最低也要进士身份才行，高俅本身没有任何功名，要想得到任用，只能走武官这条路。这样相对而言弹性较大。

《宋南渡十将传》中有相关记载，卷一《刘锜传》中说："先是诜、端王邸官属，上即位，欲显擢之。旧法，非有边功，不得为三衙。时仲武为边帅，上以俅属之，俅竟以边功至殿帅。"

宋徽宗为了提拔高俅，将他下放到基层军队去"镀金"，当时的边帅刘仲武通晓皇帝的意思，对高俅极力提携。赶上高俅命好，军队恰巧在边关有了几次小胜，给了高俅升迁的机会，最终升迁至殿帅，执掌禁军，竟然达二十多年。

大宋禁军的战斗力，到了北宋末期，几乎成了笑话。以高俅的出身来说，他不是军事家，也不可能对训练军队有什么好办法。

不过高俅善于钻营，他能够长期身居高位而圣眷不衰，在于其在为官弄权上颇有手段。高俅善于揣摩宋徽宗心理，知其好名，在管理禁军期间，多以花架子的训练取宠。《东京梦华录》记载，高俅在军队里搞军事训练，都是些吹拉弹唱的表演，重点是热闹，把军事比赛搞出了庙会的效果，让宋徽宗看了十分满意。

高俅的为人颇具市井义气，他的发迹，离不开当初刘仲武的提携，他一直感念恩情。政和五年（1115），刘仲武兵败于西夏，高俅替他说了好话，竟然没有影响其仕途。刘仲武去世后，高俅又举荐其子刘锜为将，后来竟成为抗金名将之一，这就是高俅想不到的了。

　　因"元祐党争"，蔡京等人掌权后，极力迫害苏轼一家，同为一殿权臣的高俅却不惧牵连，对苏轼和家人伸出援手，照顾颇周，《挥麈录》中说："然不忘苏氏，每其子弟入都，则给养恤甚勤。"

　　靖康元年（1126），宋徽宗见金军大举南下，已过黄河，急于保命外逃，《靖康要录》说，宋徽宗向南，一路窜逃至泗州，童贯、高俅也赶来与之会合，等于在东京汴梁之外另立了一个朝廷。这时童贯和高俅两人出现矛盾，童贯作为护卫，护送徽宗继续向南，高俅则留于泗州，借口生病，回了开封。

　　《宋史·钦宗本纪》记："（靖康）元年五月己卯，开府仪同三司高俅卒。"高俅最后死于家中，也算善终。

　　高俅能有此归宿，在于他和蔡京、童贯这些权倾朝野的人并非一党，当然也可能蔡京等人根本就瞧不起市井出身的高俅。

　　按《宋史》的相关资料，当时和徽宗南下的童贯等人，均被宋钦宗处死。高俅能置身事外，就是因为聪明，没有参与徽钦二帝的权力争斗。

　　高俅不像童贯和蔡京那样罪大恶极，但他担任禁军统领二十多年，在政绩上毫无建树，这也是《宋史》不立其传，相关史料也寥寥无几的原因。

　　后世的诸多文艺作品中，高俅多以奸佞之臣的形象出现，恐怕在于他的高官厚禄全凭逢迎而来，而且颇为贪财所致。

高俅身为禁军统领，曾将军中的营地供其营建私家府邸之用，禁军也当成私役，从不训练和管束，以至于禁军"纪律废弛""军政不修"，不过是"人不知兵，无一可用"的摆设。靖康二年（1127），面临金军虎狼之师的进攻，开封拥军几十万之众，竟瞬间瓦解，作为禁军曾经的军事主官，高俅难辞其咎。

《水浒传》里的银子

一

《水浒传》第十二回中，王伦想要引诱杨志上梁山入伙，好与林冲做个对头，便与之言道："不如只就小寨歇马，大秤分金银，大碗吃酒肉，同做好汉。不知制使心下主意若何？"

后面的第十五回，吴用在石碣村说三阮"撞筹"，谈起梁山泊，阮小五羡慕地说："他们不怕天，不怕地，不怕官司，论秤分金银，异样穿绸锦，成瓮吃酒，大块吃肉，如何不快活！我们弟兄三个，空有一身本事，怎地学得他们！"

在《水浒传》的世界里，对这些好汉们而言，"论秤分金银，大碗吃酒肉"是梁山泊最为引人羡慕之处。

梁山上的好汉行走江湖，必定要产生花销，但让人奇怪的是，这些好汉们不仅在城市酒楼里几十上百两地用银子、金子，就连鲁智深、武松等人在"牛屎泥墙"、只卖低档茅柴白酒的村寮里喝酒，也会用银子支付。

第四回，鲁智深在五台山下，好不容易找到一家"挑出个草帘儿来"的简陋小店，买酒买狗肉，将银子淘与店主；第十回中，林冲来到沧州大军草料场附近一家"篱笆中挑着一个草帚儿在露天里"的小店，买了些熟牛肉和酒，"留下碎银子"；第二十三回，武松来到景阳冈前写着"三碗不过冈"的酒店，也是从"身边取出些碎银子"付账。

这些场景，不像是在宋朝，更像是以白银为主要货币的明代中后期的情形。虽然《水浒传》比较成形的文本诞生在明朝中前期，但原文已佚，现在认为较早的"容与堂"本和"郭武定"本，都是明代万历、天启时所刻，所以其中使用当时通行的白银货币也在情理当中。

不过，小说中所列官府赏格、街市物价，则基本以铜钱多少"贯"或多少"文"作为单位，而不是金银多少"两"或"钱"。

小说开篇不久的第二回，华阴县出三千贯赏钱捕捉少华山朱武等三人；第三回，金翠莲哭诉，郑屠写了三千贯文书，虚钱实契霸占了她，鲁达拳打郑屠，逃到代州雁门县，听到抓他的悬赏榜文，"若有人捕获前来，或首告到官，支给赏钱一千贯文"；第十二回，杨志汴梁卖刀，索价三千贯，无赖牛二说："我三百文买一把，也切得肉，切得豆腐。"遂转身"便去州桥下香椒铺里，讨了二十文当三钱"，叫杨志用宝刀剁与他看。而在小说中最大的一笔财富，就是梁中书送给岳父蔡京的生辰纲，估价是十万贯。

这些细节，算是保留了宋代货币制度的特征，也就是以铜钱作为基本的流通货币。

二

在北宋时，金、银、铜这三者的价格又是如何换算的呢？

据《三朝北盟会编》，北宋靖康元年（1126），金每两价钱可抵铜钱二十贯，银每两价钱可抵铜钱一贯五百文。从这段可以看出北宋末年金银的兑换率是三比四十，大约一两金子可以换十三两多一点儿的银子，一贯铜钱是一千文，一两银子可以换一千五百个铜钱。靖康年间，略晚于《水浒传》中的宣和年间，但大致接近，可以近似认为这个比价就是《水浒传》中金、银、铜的比价。

那么金、银、铜和今天人民币的比价又是多少呢？随着白银的大量开采和纸币的流行，银、铜都出现了大幅度的贬值，所以无法和现在的人民币换算。黄金价格倒是比较稳定，是现代金融储备的唯一选择，所以试以金价作为换算参考。

我查了一下最近的金价，黄金价格大约是每克二百六十元人民币，北宋时一两约等于四十克，那么北宋时黄金大概一两是一万零四百元人民币，白银一两大概是八百元人民币，一贯铜钱大约是五百三十元人民币，一文钱大约是人民币五毛三分。

按这种计算，华阴县出三千贯赏钱捕捉少华山朱武等三人，折合成人民币就要一百五十多万元，真是一笔巨款啊，难怪李吉看了朱武三人给史进的书信就要去华阴县出首。

第十五回里，吴用和三阮在小店里吃了一顿，花了一两银子，买了一坛子酒、二十斤牛肉、一对鸡，按今天物价换算，也要八百元了。还有第四十四回，戴宗、杨林请石秀吃饭的时候，杨林也是扔出一两银子，让店家随便上酒菜。今天来讲，除非去很高级的酒店，三个人花八百元钱吃饭，的确是可以随便点菜了。

小说中的人物，也有使用铜钱的地方，但多半都是花费不多之处。还是第十五回，阮小五初次亮相，手里"把着两串铜钱"。第二十四回，郓哥提着一篮雪梨找西门庆，想"赚得三五十钱养活老爹"。第四十五回，潘巧云让丫鬟迎儿取一串铜钱，布施给假装五更报晓的胡头陀。第五十四回，李逵"去包内取了铜钱，径投市镇上来，买了一包枣糕"。

"容与堂"本的第四十三回，李逵下山遇到李鬼劫道，放了李鬼后，又走到李鬼家，请李鬼的老婆帮他准备饭食："我与你一贯足钱，央你回些酒饭吃。"一贯钱，价值五百多元，一个人随便吃点儿酒饭，李逵也真是大方得离谱。有意思的是，在金圣叹批本的第四十二回，却将李逵的这句话改成了"我与你几钱银子，央你回些酒饭吃"。金圣叹是个精细的点评家，他注意到前面提到李逵下山时"带了一锭大银，三五个小银子"，并没有说带了铜钱，所以进行了修改。

不过《水浒传》中的英雄好汉大都出手阔绰，不花小钱，铜钱沉重，携带不便，换成所谓"轻货"（白银、绢帛），无疑会便捷多了。

比如第六十一回，卢俊义在梁山泊边慌不择路，混江龙李俊装扮的渔人答应带他离开："你舍得十贯钱与我，我便把船载你过去。"卢俊义的回答却是："你若渡得我过去，寻得市井客店，我多与你些银两。"

书中还有一些段落，同时出现银两与铜钱。第九回，林冲来到柴进庄上，"只见数个庄客，托出一盘肉，一盘饼，温一壶酒；又一个盘子，托出一斗白米，米上放着十贯钱，都一发将出来"。林冲与洪教头比武前，柴进"叫庄客取出一锭银来，重二十五两，当作利物"。

三

当时使用铜钱，到底会有多不方便呢？

宋人庄绰《鸡肋编》卷中，有个名叫蒋仲本的人，谈到铸钱的事："自开宝以来，铸宋通、咸平、太平钱，最为精好。今宋通钱每重四斤九两。国朝铸钱料例，凡四次增减。自咸平五年后来用铜铅锡五斤八两，除火耗，收净五斤。景祐三年，依开通钱料例，每料用五斤三两，收净四斤十三两……今依景祐三年料例，据十监岁额二百八十一万贯，合减料八十七万八千余斤，可铸钱一十六万九千余贯。"

据此推算一下，北宋比较通行的铸钱标准，大概为每贯铜钱重五斤左右。

第七回林冲买宝刀一段，林冲相中了那口"明晃晃的夺人眼目的宝刀"，与卖刀大汉讨价还价，从三千贯谈到一千贯，那汉叹气道："罢，罢！一文也不要少了我的。"林冲带他到家，"将银子折算价贯，准还与他"，那汉带着银两自去了。

按前面的银子和铜钱的兑换标准来看，一千贯钱大概折银六百六十两。宋制十六两为一斤，每斤约合六百克，折合成今天的市斤，大概在五十斤左右，即使是一条大汉，拎着也不会轻松。而一千贯铜钱，会重达五千斤，折合成现在的重量要三吨重，没有一辆大卡车，恐怕是拉不走的，难怪宋英宗时，有个外国使臣不愿接受宋朝的"赐钱五千贯文"，想换成"轻货"绢、绫、锦带走。

铜钱发展至南宋，相对而言轻量了很多。宋元话本《错斩崔宁》（即《醒世恒言·十五贯戏言成巧祸》故事）中，里面重要的证物铜钱虽仅为十五贯，那也是颇有重量了。故事里的刘贵要"驮了钱"上路，而崔宁则背上"驮"一个装满钱的搭膊。钱多了固然是好事，可动不动扛几十斤铜钱上路，的确比较累人。

这样一算，就知道《水浒传》中人物使用铜钱有多麻烦了。"智取生辰纲"一段，白胜在黄泥冈上卖酒，收了九贯半钱，也是近五十斤的分量，考虑白胜有扁担，携带还算轻松。梁中书的生辰纲要十万贯，还真得换成金珠宝贝，否则用铜钱给老丈人上寿，两百五十吨的重量，运输可是个麻烦事儿。

小说第二十三回，武松在景阳冈打虎后，阳谷县知县按照赏格，给了武松一千贯铜钱，却被武松当场拒绝："就把这赏钱在厅上散与众人猎户"，一来是武松仗义疏财的本性使然，二来是武松孤身寻兄，这么多钱，如何带走是个问题。不过想想，上百万个铜钱在大堂之上发放，场面一定很壮观。

《水浒传》中的这些描写，从侧面反映了两宋时期白银货币化的倾向。两宋时期，商业贸易活动的规模和地域范围不断扩大，货值较低的铜钱不够用、不便于长途搬运的矛盾凸显出来，白银通过与铜钱的换算，更多地参与到商业贸易中。

据记载，宋仁宗天圣四年（1026），官方将闽侯官十二县共管官庄熟田一千多顷"估钱三十五万贯"，卖给两万多名佃户，规定既可"送纳见（现）钱"，亦可以"但堪供军金、银、铀、绢依市价折纳，如愿一并纳足价钱，亦听从便"。

纵观中国的货币史，铜钱与白银的分界，正是在宋元两朝。元明之后，白银逐渐替代了铜钱的货币地位。

宋江起义

一

《水浒传》中，梁山"一哥"是宋江，其江湖地位崇高，号称"及时雨"，整部书也是围绕着宋江领导梁山好汉起义造反展开的。

宋朝历史上确有宋江其人，也有宋江起义，不过并不似小说所言，盘踞梁山泊，实力之大，几可横扫天下。

梁山泊又名梁山泺，《资治通鉴》中有记载，五代十国时期的后周显德六年（959），"复汴水，浚五丈渠，东过曹、济、梁山泊，以通青、郓之漕"。由此可见，梁山泊应是连通青、郓漕运的水域，并不似小说中描写的"汪洋浩瀚"。

大概在后晋开运及北宋天禧、熙宁年间，这段时期黄河三次决口，河水顺势而下，倾泻至曹、单、澶、齐、濮、郓、徐等州，将众多浅显的湖泊连在一起，也淹没了诸多农田，形成了一个较为宽阔的水域，逐渐形成了以梁山为中心的八百里大湖。

水面宽阔，自然引来鸥鹭翔集，而且当时湖上遍植荷花，风景优美。苏东坡的弟弟苏辙路过这里，感觉身处江南一般，还写了《梁山泊见荷花忆吴兴》组诗五首，其中有"花开南北一般红，路过江淮万里通。飞盖靓妆迎客笑，鲜鱼白酒醉船中"的描述。

梁山泊这样大的水面还留有一个笑话，邵博《闻见后录》中说："王荆公好言利。有小人诌曰：'决梁山泊八百里水以为田，其利大矣。'荆公喜甚，徐曰：'策固善，决水何地可容？'刘贡公在坐中，曰：'自其旁别凿八百里泊，则可容矣。'荆公笑而后止。"

这件事儿虽然极可能是王安石政敌编造的故事，但对于如何利用梁山泊，当时的人并不是没有动过脑筋，比如在苏辙另一首《梁山泊》诗中，有一句自注："时议者将干此泊以种菽麦。"可见当时想把水弄干种庄稼的想法还是有的。

到了宋徽宗政和年间，朝廷面对大量田地被侵占的现状，成立了"西城括田所"，专门掌管公田，这个名字起得不错，实际上却是以清理公田为由，把民间地契不全的，或者实际田地与地契存在出入的，还有掌权者想要的好地，以充公为名，中饱私囊，"由是破产者比屋，有朝为豪姓而暮乞丐于市者"。

梁山泊这么大的面积，自然落到贪婪之徒的眼中。《宋史·杨戬传》记载，太监杨戬作为徽宗的亲信，见"梁山泺（泊）……绵亘数百里，济、郓数州，赖其蒲鱼之利"，起了侵占之心，遂对外宣称此地为"公地"，"立租算船纳直，犯者盗执之"，并规定，有到里面捕鱼、采藕、割蒲的百姓，必须根据船只大小上交重税，否则会冠以盗贼之名行罪。

从宋神宗后期开始，史书中就出现了梁山泊盗匪的记录，许几知郓州时，"梁山泺多盗，皆渔者窟穴也。几籍十人为保，使晨出夕归，否则以告，辄穷治无脱者"。《宋史·任谅传》也说：任谅"提点京东刑狱"时，"梁山泺渔者习为盗，荡无名籍。谅伍其家，刻其舟，非是不得辄入。他县地错其间者，石为表。盗发则督吏名捕，莫敢不尽力，迹无所容"。

梁山泊本身地理位置极为复杂，沟壑纵横，港汊交错。由于括田，官逼民反，许多破产百姓和官府要犯隐匿其中，抢劫过往客商。随着互相兼并，人数愈聚愈多，形成了武装力量，这其中势力最大者，就是宋江率领的起义队伍。

二

宋江起义发生在宣和元年（1119）的十二月，当时广济河中段已经在梁山泊的掌控之下，这里距离都城开封城仅百余公里，而其作为京东直至汴京漕运要道，对北宋的政治、经济、军事构成了威胁。

宋江的起义，引起了宋徽宗赵佶的注意，面对百余里之外的义军，诏令京东东、西两路提刑进行督捕，在官军征剿中，宋江很快就离开了梁山泊，转战于今山东青州、济南一带，攻城略地，杀富济贫，声势日隆。有称"河北剧贼宋江者，肆行莫之御""宋江啸聚亡命，剽掠山东一路，州县大振，吏多避匿"。

《东都事略》对此也有提及，亳州的知州侯蒙制订了"赦过招降"的计划："宋江以三十六人横行齐魏，官军数万，无敢抗者，不若赦江，使讨方腊以自赎，或足以平东南之乱。"宋徽宗应允，遂派侯蒙领命作为特使，以劝降为主前去招安，但侯蒙行至中途病故，招安之事没有进行下去。

朝廷的军队此后不断对义军予以征讨，宋江被迫不断南移，在沂州（临沂）与官军相遇。宣和三年（1121）二月，"淮南盗宋江等犯淮阳军，遣将讨捕，又犯京东、江北，入楚、海州界，命知州张叔夜招降之"。

宋江当时已经进攻淮阳军（今江苏睢宁），并由沭阳经水路抵达海州，也就是今天江苏连云港一带，在这里，宋江被张叔夜设计包围，最终投降。

《宋史·张叔夜传》中的这段记载，颇具戏剧性："宋江起河朔，转略十郡，官军莫敢婴其锋。声言将至，叔夜使间者觇所向，贼径趋海濒，劫巨舟十余，载卤获。于是募死士得千人，设伏近城，而出轻兵距海，诱之战。先匿壮卒海旁，伺兵合，举火焚其舟。贼闻之，皆无斗志，伏兵乘之，擒其副贼，江乃降。"

当时有人作诗："大书黄纸飞敕来，三十六人同拜爵。"可见宋江投降后，有三十六个头目被收编入军队。此后，宋江南下征讨另一支义军方腊，方腊败亡后，却没有宋江结局的记载。但在《折可存墓志铭》中，提及折可存平定方腊之乱后，"奉御笔，捕草寇宋江，不逾月，继获"，所以又有人提出，镇压方腊后，宋江再次起兵造反，被折可存领军击败。

宋江接受招安后，积极去征讨方腊，然后又再反叛，这个逻辑总觉得说不大通，某些资料存在矛盾。

南宋徐梦莘的《三朝北盟会编》引《中兴姓氏奸邪录》载："宣和二年，方腊反睦州，陷温、台、婺、处、杭、秀等州，东南震动。以（童）贯为江浙宣抚使，领刘延庆、刘光世、辛兴宗、宋江等军二十余万往讨之。"

《三朝北盟会编》又引《林泉野记》："宣和二年，方腊反于睦州，光世别将一军，自饶趋衢、婺，出贼不意，战多捷……腊败走，入清溪洞，光世遣谍察知其要险难易，与杨可世遣宋江并进，擒其伪将相，送阙下。"

南宋李埴的《皇宋十朝纲要》也记载："宣和三年二月庚辰，宋江犯淮阳军，又犯京东、河北路，入楚州界。知州张叔夜招抚之，江出降……六月己亥，姚平仲破贼金像等三十余洞。辛丑，辛兴宗与宋江破贼上苑洞，姚平仲破贼石峡口。贼将吕师囊弃石城遁走，擒其伪太宰吕助等。"

南宋杨仲良《通鉴长编纪事本末》记载与其相似："宣和三年四月……刘镇将中军，杨可世将后军，王涣统领马公直并裨将赵明、赵许、宋江，既次洞后，而门岭崖壁峭拔，险径危侧，贼数万据之。刘镇等率劲兵从间道掩击，夺门岭，斩贼六百余级……"

从这些零星文字来看，宋江不仅打败过方腊义军，而且直捣其巢穴，抓获过方腊的将领，立有大功。

不过另有一些资料，对宋江是否参与征讨方腊提出了异议。

最重要的证据，就是官修的正史《宋史》，童贯作为征讨方腊的主帅，所部将领中没有宋江。《童贯传》载：宣和三年（1121）二月，"贯、积前锋至清河堰，水陆并进，腊复焚官舍、府库、民居，乃宵遁。诸将刘延庆、王禀、王涣、杨惟忠、辛兴宗相继至，尽复所失城。四月，生擒腊及妻邵、子亳、二太子伪相方肥等五十二人于梓桐石穴中，杀贼七万"。

按《三朝北盟会编》等书的记录，宣和三年（1121）二月，宋江被招安成功，方腊被擒在四月。也就是说，宋江招安之后，立刻便去征讨方腊，且被宋军作为前锋和主力使用，北宋朝廷也太信任这支刚投降的队伍了吧？

南宋王偁《东都事略》也有关于宋江的记载，在其卷十一《徽宗纪》中有这样一段文字："宣和三年二月，方腊陷处州。淮南盗宋江陷淮阳军，又犯京东、河北，入楚、海州。夏四月庚寅，童贯以其将辛兴宗与方腊战于青溪，擒之。五月丙申，宋江就擒。"

这点与前面的资料出入太大，宋江被招安在宣和三年（1121）二月，随即前往征讨方腊，两个月后打败方腊，怎么五月又会被擒呢？

不过据王偁《东都事略》的记载，倒是可以与前文提到的《折可存墓志铭》互为补充。方腊就擒是在宣和三年的四月，"捕草寇宋江，不逾月"，恰是五月。

有专家认为，被招安后的宋江，参与了四月讨平方腊的战斗，立有大功，但因封赏不公，再次起事，五月又被平定。这种推论，亦算得一说。只是这种推论，又无法解释李埴《皇宋十朝纲要》中那句，"宣和三年（1121）六月，辛丑，辛兴宗与宋江破贼上苑洞"。

三

南宋直承北宋，算不上改朝换代，南宋初期的文人，多是从汴京等地南渡而来，时代相近，相关史料的记载，应不会存在过于明显的矛盾。我们将相关资料中对宋江的记载，予以排序：

宋江在宣和三年（1121）二月，被朝廷招安；四月，率部随大军征讨方腊；五月，败于折可存之手；六月，宋江又去征讨方腊余部，"破贼上苑洞"，立有功劳。

很多学者其实都注意到了这件事，比如日本的史学家宫崎市定（1901—1995），在其所著《宫崎市定说水浒》一书中就认为，征讨方腊义军的宋江和梁山泊的宋江不是一个人："身为众寇之首的宋江一开始便是盗贼，而朝廷大将宋江一开始便是官军。"因此，"五月就擒的宋江乃草寇宋江，而四月到六月平定方腊起义的却是大将宋江"。按这种推测，时间顺了，资料也可以落实，但终究是推测，没有更多资料证明存在朝廷大将宋江这个人，毕竟宫崎市定也只是一家之言。

怪只怪年代久远，史料不仅缺乏，而且来源驳杂，互相抵牾，对宋江起义的记载太少，比如，宋江的生卒时间、籍贯、出身、结局等等，一概没有，关于宋江的文字，全部来自他人的传记。

若从这个角度来看，宋江的起义，无论前期影响还是最终规模，应该都不是很大。不过到了南宋时，编印了一部《大宋宣和遗事》，则对宋江起义进行了初步的演义，重要的是其中出现了宋江手下三十六将的名字，分别是：

智多星吴加亮、玉麒麟李进义、青面兽杨志、混江龙李海、九纹龙史进、入云龙公孙胜、浪里白条张顺、霹雳火秦明、活阎罗阮小七、立地太岁阮小五、短命二郎阮进、大刀关必胜、豹子头林冲、黑旋风李逵、小旋风柴进、金枪手徐宁、扑天雕李应、赤发鬼刘唐、一撞直董平、插翅虎雷横、美髯公朱同、神行太保戴宗、赛关索王雄、病尉迟孙立、小李广花荣、没羽箭张青、没遮拦穆横、浪子燕青、花和尚鲁智深、行者武松、铁鞭呼延绰、急先锋索超、拼命三郎石秀、火船工张岑、摸着云杜千、铁天王晁盖。

　　这里的名字已经和后来小说《水浒传》中的名字基本相同，个别也是音同字不同。至于大家熟知的一百零八条好汉则要等到小说出现，作者"欲成其书，以三十六为天罡，添地煞七十二人之名"，使得整个故事，更富有传奇色彩。

　　元朝时，杂剧盛行，其中表现水浒故事的杂剧剧目，保存至今的有三十余种，其中李逵的相关故事最多，有十余种，全文保存下来的有六种。《元曲选》一书中收入"水浒杂剧"五个，即高文秀的《黑旋风双献功》、李文蔚的《同乐院燕青博鱼》、康进之的《梁山泊李逵负荆》、李致远的《都孔目风雨还牢末》以及无名氏的《争报恩三虎下山》。另外，在《元曲选外编》中还有《鲁智深喜赏黄花峪》。在这六部杂剧中，李逵参与的就有四部。

　　宋江起义在历史上本是一件小事，史书中的寥寥几笔，给了文学创作巨大的想象空间，历经南宋的《大宋宣和遗事》，元代的"水浒杂剧"，待明代的长篇小说《水浒传》一出，"水浒"故事更加生动，在民间产生了极为广泛的影响，梁山好汉从此家喻户晓，妇孺皆知。

梁山好汉的历史原型

一

梁山好汉因《水浒传》的流行而被百姓所熟知，山上的"一百零八条好汉"也被称为"一百单八将"，当然，这不过是为了文学创作而虚构的。艺术来源于生活，其中有些"好汉"确是有历史人物原型，比如宋江、杨志、武松、张顺、关胜等。史书所载与小说大相径庭，略举几人，聊作一观。

宋江作为梁山首领，诸多史料记载颇多，我亦曾写有《宋江起义》一文，本文不予过多论述。

先说武松，这是《水浒传》中的经典人物。我在杭州西湖边曾见过武松的墓，当时真的吓了一跳，后来查阅清代的《临安县志》《杭州府志》《浙江通志》等地方志书，说武松为街头艺人，"貌奇伟，尝使技于涌金门外"。"非盗也"，他因武艺出众，被杭州知府高权看中，选为都头，积功升作提辖。高权后为人陷害，被迫辞官，武松亦被驱逐出衙门。新来的知府是奸臣蔡京的儿子蔡鋆，此人暴虐残酷，百姓不堪其苦，称其为"蔡虎"。武松基于义愤，决意杀掉他。武松这天揣着匕首来到了蔡府门前，等蔡鋆出现后，刺死蔡鋆。武松获刑，死于狱中。杭州的百姓感其义行，将其葬在西泠桥畔，墓碑题"宋义士武松之墓"。

故事曲折，和《水浒传》中武松的经历也有吻合之处。小说里说武松在杭州六和塔为鲁智深守墓，后也葬在那里。六和塔距西湖不远，算是地点相同。

不过让我费解的是，此说都起自清代，晚于小说，此前史书多所未载，并且历史上蔡京并没有儿子叫作蔡鋆，这个"真实"的武松，后人附会的成分恐怕很多。

大刀关胜，梁山上"五虎上将"第一名，其形象仿似关公，也说他是关羽的后人。正史中倒是确有关胜其人，却没说他是关羽的后代。

《金史·刘豫传》记载，金将挞懒率部进攻济南，"有关胜者，济南骁将也，屡出城拒战，豫遂杀关胜出降"。《宋史·刘豫传》也说，建炎二年（1128）正月，"豫惩前忿，遂畜反谋，杀其将关胜，率百姓降金"。关胜镇守济南，身为北宋将领，不愿随济南知府刘豫投降金军，被其所杀。明末诗人王象春在其歌咏济南的诗集《齐音》中写得更详细："金人薄济南，有勇将关胜者，善用大刀，屡陷虏阵。及金人贿通刘豫，许以帝齐，豫诳胜出战，遂缚胜于西郊，送虏营，百计说之不降，骂贼见杀，且自啖其睛。"作诗云："将军战马就悬崖，石底空闻吼怒雷。四铁一敲冰雪涌，始知赤兔本龙媒。"可见在明末时，这种说法已经流行，并沾染了小说的气息。

杨志在《三朝北盟会编》中，被称为"招安巨寇"，绝非《水浒传》中所说将门杨家之后。他被朝廷招安后，曾在陕西名将种师道麾下担任先锋，宣和四年（1122），征

210

辽之战开始，燕山一战中，杨志作为先锋开路，后因指挥有误，宋军大败。在此后抗击金兵的战斗中，又奔赴太原，与金军大战榆次，"翼日，贼遣重兵迎战，招安巨寇杨志为选锋，首不战，由闲道径归"。此战宋军溃败，主将种师道阵亡，金军追杀杨志"败于盂县"。当时李纲的《梁溪集》说，杨志在榆次之战中，实有战功："武节郎杨志，昨随种师中先次收复榆次县。大兵既溃，志不免退师，诸将散逸，志独收集残兵，保据平定，屡次立功，杀退贼马，理须徽赏。"

武节郎属宋朝时武将官阶的第三十八阶。宋时武阶总共五十三阶，照当下军衔论，怎么也应算"少校"这一级别了。杨志后改隶两河宣抚副使刘韐麾下，在寿阳县"攻击贼马及杀获近上首领，赴坠崖谷，死者甚众"。再往后就难见杨志的相关记载，或有说法其战死于太原附近。

二

梁山"一百单八将"中，仅有三位女将，"一丈青"扈三娘，可能是唯一一位高颜值、高武力值的女将，其他如"母夜叉""母大虫"的绰号，一想便知，缺乏女性的美感。

南宋初年，有女子称"一丈青"，与扈三娘的绰号相同。《三朝北盟会编》记载，彼时有一"大盗"名叫张用，原是相州汤阴县的一名弓手，号称"张莽荡"，时局动荡，"乘民惊扰，呼而聚之"，一下子集合了十余万之众。宗泽任东京留守时，招安了张用，随着宗泽的去世，新仁的杜充排挤抗金人士，造成军心涣散。留守在东京的多支抗金义军被迫南下，以流寇之名浪迹于野，劫掠四方。张用和他的部下，在岳飞和马皋联手攻击下，流窜于两淮之间。张用行至濠州（今安徽凤阳）遇到了曾经的老上级，主管侍卫步军司公事的间勍。间勍见他朝不保夕，并且作为流寇，终不是正途，因而劝其接受招安，还将"一丈青"许他为妻。

"一丈青"是马皋的妻子，间勍之义女。当时，统制马皋已经去世。"一丈青"成为张用妻子后，担任中军统领，列阵时常在马前插有二旗，"题曰：关西贞烈女，护国马夫人"。这个《三朝北盟会编》中"一丈青"的经历也和《水浒传》中扈三娘的二嫁颇为相近。

《水浒传》中扈三娘有个哥哥扈成，扈成这个人物确有记载，他和"一丈青"的前夫马皋是同事，同为杜充麾下的统制。扈成后来随军到了建康，与同为统制的戚方发生矛盾，全家人悉数死于戚方刀下。这也和李逵屠灭扈家庄的情节相似。

匪盗出身的张用始终得不到宋军的信任，忽降忽叛，到达湖北后，又"兵五万寇江西"，最终在湖北汉阳降于岳飞。当时还在安陆的"一丈青"，也率部前往一起投降。

三

梁山的水军将领，多是兄弟，如张横、张顺、童威、童猛，阮氏三雄，其中张横、张顺名字见于史书。

张横记载于《中兴小纪》："自靖康以来，中原之民不从金者，于太行山相保聚。初，太原张横者，有众二万，往来岚、宪之境。岚、宪知州、同知领兵一千五百人入山

212

捕之，为横所败，两同知俱被执。"有说宋江义军多活动于太行山区，因而有"河北剧贼"的称号，张横亦是活动于太原地区，是否为宋江余部也未可知，不过其后来成为了抗金义军。

南宋《大宋宣和遗事》里，宋江所部三十六将中，有"火船工"张岑，并无"船火儿"张横，但在周密的《癸辛杂识》中收录龚开写的《宋江三十六人赞》，没了"火船工"，却多了"船火儿赞"："太行好汉，三十有六，无此火儿，其数不足。"足见其常在太行山地区活动。也有学者将浪子燕青与太行山忠义军将领梁青联系起来，认为后者是前者的原型，这也是根据《宋江三十六人赞》记述为依据："平康巷陌，岂知汝名，太行春色，有一丈青。"意为燕青在太行山很出名，极可能为梁青。

张顺的事迹载于《建炎以来系年要录》，建炎四年（1130）五月，张顺任永兴军路的将领，由于其手下图谋造反，遂想将其除掉，结果失败。永兴军路治京兆府（今陕西西安），管辖范围很大，几乎包括今天陕西大部，因而专设帅府，"文臣为安抚使、马步军都总管，总一路兵政，许便宜行事，武臣副之"。绍兴三年（1133），张顺因其"尝从大将，破敌有功"，转右武大夫，次年五月，张顺已经官至"中卫大夫、和州防御使、淮东宣抚使、前军统领"。之后也曾任淮东兵马都监、镇洪泽镇把隘等职，他也曾作为韩世忠麾下的水军将领，在淮东与金军作战，升职为兵马都监。

这个张顺的经历，与《水浒传》中的张顺经历相去甚远。但在周密的笔记《癸辛杂识》中，记载了另一位张顺，却和小说中的张顺有几分相似。

南宋末年，蒙古侵宋，襄阳被困五年，京湖制置大使李庭芝督师增援，重金招募死士，得到三千名骁勇之士，但苦无将领，有当时的民兵部将张贵、张顺愿意统率三千人赴死，被称为大张都统、小张都统。咸淳八年（1272）五月，张贵、张顺从汉水出发，轻舟百艘，直奔襄阳，各舟置火枪、火炮、炽炭、巨斧、劲弩。出发之时，张顺称："此行有死而已，或非本心，亟去，毋败吾事。"三更时分，人人感奋争先，以红灯为号，船只应信起锚，张贵在前，张顺压后，直奔重围冲将过去。当时元军舟师满布江面，他突破封锁，斩断铁索木桩数百，转战百余里，黎明抵达城下，身中四枪六箭战死，怒气勃勃一如生时，军中惊以为神人。张贵后来被俘，不屈而死，襄阳守将吕文焕为他们立庙祭祀，比作唐代的张巡、许远。

这个张顺和梁山上的张顺相比，有几点相似：兄弟二人、水军将领、死于水中乱箭之下。

南宋时记载的"水浒"人物，并无张顺，到《水浒传》小说中，张顺的人物故事方始成形。

《水浒传》中地理错误简直连篇累牍，如武松从沧州柴进家出走，要回清河县探望兄长，却要路过阳谷县，在景阳冈打虎。清河县即今之河北清河，在沧州南面，武松怎么会绕到阳谷县了呢？宋江发配江州，即今之九江。戴宗因为宋江之事往东京送信，怎么可能经过山东梁山泊的朱贵酒店，让麻药翻倒？杨志从北京（今河北大名）押生辰纲至东京（今河南开封），为何要绕道济州（今山东巨野），在黄泥岗被劫？生辰纲被劫后，杨志却要跑到青州（今山东淄博），集合鲁智深、曹正打二龙山？要知道，济州距离青州，不下千里，杨志这腿脚委实快了些！

梳理《水浒传》中人物的历史，正和刚才提到的地理错误一样，其实瑕不掩瑜，作家是凭想象来写小说，重在艺术创作，与考据无关。人们喜欢一本小说，在其艺术手法的高下，即使和正史不符，或与考据相抵触，并不会降低其艺术价值。

炊饼和馒头

一

《水浒传》中有一种著名的吃食，很多人提起《水浒传》就会想到它。

这种食品，名唤炊饼。若提起炊饼，则不能不提起武大，提到武大，不能不想起炊饼。

"容与堂"本《水浒传》第二十六回"偷骨殖何九叔送丧，供人头武二郎设祭"，其中有这样一段，何九叔在武大墓前祭奠烧纸说："小人前日买了大郎一扇笼子母炊饼，不曾还得钱，特地把这陌纸来烧与大郎。"在金圣叹的批本中是第二十五回，金圣叹写道："自从读至捉奸一日，意谓长与'炊饼'二字别矣，不图此处又提出来。物物是非，令人不得不哭武大也。"

以此观之，明末之时，武大与炊饼可谓已经密不可分。

多年前，我曾在报上读到，说有人曾专门去山东阳谷县，发现当地的"知名品牌"炊饼竟是一个个烘烤出来像面包一样的东西，但《水浒传》中说的炊饼，显然不会是这种"面包一样的东西"。"炊饼"是一种怎样的食品呢？

216

陈洪、孙勇进写有《漫说水浒》，书中说："有人许会以为是山东煎饼或今天的烤饼、烧饼之类，错了，炊饼不是煎饼，煎饼是摊的；也不是烤饼、烧饼，烤饼、烧饼是烤的、烙的，而炊饼是蒸的，它其实是南方的一种小点心，类似福建的光饼。"

这段话说"炊饼"并非烧饼、煎饼，是正确的，但认为是"类似福建光饼"的点心样的东西，窃以为大有问题。最简单的法子是查查《辞源》，里面关于"炊饼"一词是这么说的："宋仁宗赵祯时，因蒸与祯音近，时人避讳，呼蒸饼为炊饼。"

这样的解释并非想当然，宋人吴处厚《青箱杂记》卷二有如是文字："仁宗庙讳'贞'，语讹近'蒸'，今内庭上下皆呼'蒸饼'为'炊饼'。"

此外，宋人程大昌《程氏演繁露》也有类似的说法为证，可见炊饼就是蒸饼。

那么，"蒸饼"到底又是什么食物呢？《辞源》接着解释："即馒头，亦曰笼饼。"好吧，原来炊饼就是馒头。

"饼"字，从字面上看，其实就是"合并食之"的意思。中国古代将面粉制作的食物，多半都称为饼，比如"汤饼"就是面条，"胡饼"就是烧饼，"蒸饼"是馒头，也在情理之中。

论起"蒸饼"的历史，相关记载就比较早了。《晋书·何曾传》提到何曾性情奢侈，"蒸饼上不坼作十字不食"，说何曾如果看到蒸饼上没有十字花纹是不吃的。

"蒸饼"上生出十字，估计就是将馒头蒸到开花。杨万里曾有一首"蒸饼"诗，名字很直接——《食蒸饼作》："何家笼饼须十字，萧家炊饼须四破。"由此可见，一份好的炊饼应该是相当暄软的。

《东坡志林》里也有相关记录，北宋东京在汴河搭建斗门时，想借助于堆积起来的河泥淤田，结果"及秋深水退而放，则淤不能厚，谓之蒸饼淤"。大意因为淤泥太过于松软，就像蒸饼。

《水浒传》里除了武大郎部分的描述，关于炊饼涉及的极少。第五十三回戴宗戏弄李逵时"怀里摸出几个炊饼来自吃"；第五十六回，徐宁清晨起来"洗漱了，叫烫些热酒上来。丫鬟安排肉食炊饼上去，徐宁吃罢"；第七十三回中写燕青、李逵二人"便叫煮下干肉，做下蒸饼，各把料袋装了，拴在身边，离了刘太公庄上"。

二

《水浒传》里不是没有馒头，只不过这里的馒头和我们今天的理解不同。

第二十七回"母夜叉孟州道卖人肉，武都头十字坡遇张青"，写武松发配孟州，路经孙二娘的酒店，孙二娘介绍说："客官，歇脚了去。本家有好酒、好肉，要点心时，好大馒头！"

孙二娘给武松拿了一笼馒头，武松拿起一个拍开，说："酒家，这馒头是人肉的，是狗肉的？"孙二娘嘻嘻笑："客官休要取笑。清平世界，荡荡乾坤，那里有人肉的馒头，狗肉的滋味？我家馒头，积祖是黄牛的。"

从这段文字来看，流传甚广的"人肉馒头"是包着馅的，大家恐怕都在想，这不是"包子"吗？宋人也说"包子即馒头别名"，流传到后世，带馅的被叫作"包子"，而不带馅的改叫"馒头"了。至于说"炊饼"自然是指这种不带馅的,亦即我们今天的"馒头"。

称呼往往有特例,变化并不绝对,比如我在上海吃到的一种小吃,名字就叫"生煎馒头",端上来一看,这不是包子吗?原来,"生煎馒头"也被称为"生煎包"。

今天的主食厨房里,包子肯定要比馒头贵,《水浒传》故事发生在北宋,那个时候,叫"馒头"的"包子",地位也是高于叫"炊饼"的"馒头"的。

宋代胡仔《苕溪渔隐丛话》中记载,当时的国子学和太学提供给学子们的伙食为:"春秋炊饼,夏冷淘 冬馒头。"冷淘即为过水面。这段文字还说,有些领到"馒头"的学生,自己不舍得吃,往往偷偷拿回去给朋友或家人。可见三样食物当中,带馅的"馒头"最好吃。

在明代的小说中,有一本叫《三遂平妖传》的小说,由《三国演义》作者罗贯中所著,后经冯梦龙编次. 在这部小说里,更加具体地写到了馒头、炊饼这些食物的不同。

《三遂平妖传》讲的也是北宋时期的故事,其第九回"左瘸师买饼诱任迁,任吴张怒赶左瘸师",写东京有个小商贩任迁,乃是五熟行里人,何谓五熟行?"卖面的唤作汤熟,卖烧饼的唤作火熟,卖鲊的唤作腌熟,卖炊饼的唤作气熟,卖馓饺儿的唤作油熟。"

小说又写任迁"把炊饼、烧饼、馒头、酸馅糕装停当了"。烧饼与炊饼分属"火熟"和"气熟",可见完全不是一种东西。

左瘸师到任迁这儿来买炊饼,接在手里后说:"哥哥!我娘八十岁,如何吃得炊饼?换个馒头与我。""馒头"拿到手,又说"一色精肉在里面",又道:"哥哥,我娘吃长素！如何吃得？换一个沙馅与我。"然后又嫌沙馅吃不饱，仍然要换回炊饼。

一个"炊饼"值多少钱呢？该书第二回"胡永儿大雪买炊饼，圣姑姑传授玄女法"，胡永儿来到大街上，找到一个卖炊饼的，说："哥哥，买七文铜钱炊饼。"小二哥"把一片荷叶包了炊饼"递给她，后来她还施舍一个给叫花子婆婆，可见七文钱买了不止一个。这样看来，"炊饼"是常见吃食，不算精贵的食物。

《水浒传》第二十五回"王婆计啜西门庆，淫妇药鸩武大郎"，郓哥在茶馆大闹一番后，就跑去告知武大郎，武大郎为感激他，白送他十个炊饼，郓哥却不领情，说"炊饼不济事"，要武大郎请他吃酒肉才行。这样看来，连郓哥这样的市井卖梨小贩也不当炊饼是什么好吃的食物。

不过，"炊饼"也有精粗之分。南宋周密《武林旧事》中曾记载清河郡王张俊将"炙炊饼"当作宴席菜品，向高宗皇帝进献。既然是宴席菜品，这"炙炊饼"应与武大所卖不同，约略想来，当是"开花大馒头"和"炼乳金银小馒头"的区别吧！

另外，《东京梦华录》《梦粱录》等书里，也有"炊饼"的记载，比如油蜜蒸饼、千层蒸饼、秤锤蒸饼、睡蒸饼等，看来也不会是七文钱几个的普通面点，如同仿膳的栗子面小窝头与乡下常吃的棒子面窝头不是一回事。

一份早点引出来的命案

一

人说山西好地方，省会太原，汇集三晋大地的丰厚物产，最令人难忘的，一是闻名遐迩的古建筑晋祠；二是令人称绝的早点"头脑"。

晋祠始建于公元前 11 世纪，茂盛葱郁的"周柏隋槐"历经人世沧桑，栩栩如生的圣母彩塑赞颂山西人的智慧，清澈见底的难老泉水滋润了三晋的丰腴大地。然而说起"头脑"，名字确是怪异。初次听说的人，往往会生出些误解。其实这"头脑"和动物的"头""脑"根本不沾边，无"头"亦无"脑"，不过是早年间太原府百姓的一种"早点"。

"头脑"虽是早上的吃食，却着实让太原府的人们自豪了几百年。逢有人初到太原，本地人就会拖着特有的山西腔调说："不喝一喝'清和元'的'头脑'，你就不算到过太原。"

不论是有钱的富者，抑或是穷苦的"引车卖浆者流"，都要抢在冬日天未亮之前去喝上一碗热腾腾的"头脑"，并且美其名曰"赶头脑"。不仅常喝，还要"赶"着去喝，可见太原人对"头脑"的钟爱。

我第一次喝"头脑"是抱着极大的疑惑去品尝的，试图解开"头脑"的来由。

冬日的清晨，寒气袭人，街上有些冷清，可到了桥头街的"清和元饭店"却是另一番热闹景象。红灯高挂，灯烛辉煌，缕缕热气透过门窗飘溢到街上，阵阵药味夹杂着肉香诱人驻足。店内人头攒动，食客脸上挂着热乎乎的笑。

我找座位坐下，片刻便端上了冒着热气的"头脑"和透着翠绿的腌韭菜。我审慎地打量眼前的大碗，第一印象这是漂着"油花"的"面茶"，再用勺一搅，汤里有三块肥羊肉、三片莲藕、三小节长山药。喝了一小口，没有想象里的羊膻味，却有一股淡淡的酒香味。肥羊肉香嫩，莲藕片脆甜，长山药绵糯，只是汤有些淡，就着腌韭菜吃倒是正好。喝罢一碗，顿觉周身暖和舒畅，神清气爽。

放下碗，我心想，这不就是一碗特制的"羊肉汤面茶"或者"羊肉汤药膳面茶"吗？它和"头""脑"没有任何联系呀！

二

在太原当地，关于"头脑"的来历，有个流传颇广的说法。

相传，"头脑"是山西大名士傅山所创。一碗"早茶"，寄托了傅山"反清复明"的良苦用心。

我最早见到傅山这个名字，是在梁羽生的小说《七剑下天山》中。小说中，他叫傅青主，医术、文采、剑术冠

222

绝天下，是位和蔼可亲的老者。

青主是傅山的字，傅山原来的字是青竹，后来改的青主，还自号浊翁、观化等。傅山是明末清初的一位大学者，这个人真的是天才，不仅熟通经史，在内丹、儒学、佛学、书画、医学、诗歌、武术等方面也颇有造诣。

傅山生在明末，对满族人的入侵颇为抵触。传说明亡之后，傅山带着母亲隐居深山，躲到地洞里住了些日子，后来看到局势已定，这才回到太原，在大宁堂药铺当了坐堂医生。这个职业也正好掩护他从事"反清复明"的活动。

大宁堂药铺斜对面有家卖"羊杂割"的夫妻店，生意不好，惨淡经营。山西的"羊杂割"就是"羊杂碎汤"。自从傅山当了坐堂医生，来大宁堂看病抓药的人多了，"羊杂割"卖得一天比一天好。老夫妻俩为了感谢傅山，每天见他走进药铺，就赶忙端上一碗"羊杂割"送过来，热气腾腾的羊汤，衬着绿绿的香菜末，看着甚有食欲。

傅山至孝，喝着"羊杂割"，想起了年迈体弱的老母亲，心想，羊肉性热，大补，用羊肉调制成药膳，老人家喝了定会有好处。他知道母亲喝不惯羊肉的膻味，就想方设法加了些去膻且活血通气的黄芪，还有健脾开胃的黄酒，为了不要太腻，又添了补脾胃的山药和养心益肾的莲藕，药引子就是腌韭菜。

傅山给这剂药膳取名"八珍汤"，母亲吃得顺口，一个冬天下来面色红润，身子骨硬朗了许多。街坊邻里都说老太太返老还童，来找傅山讨要"秘方"。傅山想到方子虽然简单，炮制起来却挺麻烦，于是就把这方子给了卖"羊杂割"的老夫妻。

这下子，老夫妻的小店火了，人们都赶早来吃'八珍

223

汤"，有的人就叫"名医孝母汤"。生意做大了，老夫妻请傅山给起个店名。傅山愉快答应，写下了"清和元"这一招牌。

"清和元"是店名，旁边另写了两行小字，前边是"杂割"，后边是"头脑"。于是"八珍汤"改名为"头脑"。

牌匾挂出去，明眼人一看便知："杂割清和元头脑"，意思是宰割元、清异族统治者的头，寓意是傅山的"反清"思想。

三

传说毕竟是传说，寄托了对历史人物的想象。若说"头脑"只在傅山之后存在，我是不相信的，因为任何一种美食，都不会是横空出世、毫无来历的。

一日，偶翻《水浒传》，还真翻出来一句"头脑"来。

《水浒传》的故事，我还算熟悉，唯其熟悉，所以对很多细节反而熟视无睹。小说的第五十一回"插翅虎枷打白秀英，美髯公误失小衙内"，宋江曾多次表示想要雷横来梁山入伙，奈何雷横不愿，雷横后来与知县的相好白秀英发生龃龉，更失手将白秀英打死，遂被关进大牢。朱仝私自将雷横放出，雷横从此投奔梁山。

这段故事里，导致插翅虎雷横打死白秀英的原因，只是一个小小的疏忽：帮闲李小二撺掇雷横去看白秀英的演出，雷横因出来得匆忙，身上没带钱，遭到白秀英父女好一顿数落。雷横脾气火暴，出手将白秀英父亲白玉乔一顿痛打，接下来，整个事态的发展再也控制不住，最终演变成"枷打白秀英"的惨剧。

224

假如最初怂恿雷横去勾栏听曲子的帮闲李小二在现场，雷横与白氏父女的冲突或许不致如此严重。可李小二当时不在，书中写："那李小二人丛里撇了雷横，自出外面赶碗头脑去了。"

如果没有在太原吃过这碗"头脑"，我还真会把这句话再次忽略过去。

《水浒传》写的是北宋末年的生活，成书却是在明朝。翻翻明代人写的笔记和小说，在明代朱国桢的《涌幢小品》里看到一句："凡冬月客到，以肉及杂味置大碗中，注热酒递客，名曰头脑酒，盖以避寒风也。考旧制，自冬至后至立春，殿前将军甲士皆赐头脑酒。"

这样看来，"头脑"当时可能就叫"头脑酒"，用肉和杂味配制而成。

类似的情形，亦可以从《金瓶梅》里找到相关指写。

万历本《金瓶梅词话》第七十回，西门庆赴京"赶冬至令节见朝引奏谢恩"时，已经进入十一月，北方天寒地冻，内府匠作监何太监就招呼西门庆吃些食物挡寒："天气寒冷，拿个小盏来，没什么看，亵渎大人，且吃个头脑儿吧。"西门庆很忐忑，因为里面有酒，担心红了脸，不敢见官。何太监就说："吃两盏儿荡寒，何害！"西门庆见他这样说，遂拿起杯子喝了下去。在第七十六回，西门庆起得很早，等待何千户时，"吃了头脑酒起身，同往郊外送侯巡抚去了"。

这样看来，"头脑酒"分明是种充饥耐寒的早点。《金瓶梅词话》里"头脑酒"有时也叫"头脑汤"，第二十一回中，居住在何太监家的西门庆晨起先喝了姜茶，吃了粥，"又拿上一盏肉圆子馄饨鸡蛋头脑汤"。从文中描写来看，汤里又是肉丸子，又是馄饨，又是鸡蛋，用料还挺丰富。在第九十八回中，陈经济晚上在韩爱姐家过夜，"约饭时才起来。王六儿安排些鸡子肉圆子，做了个头脑与他扶头"。按书中写到的时间，应是三月，天气渐暖，这碗"头脑"大概不用驱寒，更像是一种补品。

下面，大致推算一下雷横枷打白秀英的时间。

按照《水浒传》里的故事顺序，雷横上梁山之前，是书里的重大关目"三打祝家庄"。事件起因是杨雄、石秀、时迁到祝家店投宿，时迁因嘴馋，偷了店中的"报晓鸡"，导致店家动手捉拿，时迁失陷祝家庄，最终引来梁山军马。

三人来到祝家店时，书里写得明白："数百株垂柳当门，一两树梅花傍屋。"可见时令已是冬去春来，过了新年。

"三打祝家庄"大概进行了一个多月，这样算来，雷横看白秀英演出的时间，应当在农历二月时节，迟不过三月。这个时间，也难怪李小二要去赶既滋补又驱寒的那碗"头脑"了。

再次检索《水浒传》，发现书中提及"头脑"仅有此处。小说完成于明代，北宋时，市井之间是否已开始广泛吃"头脑"，不敢断言，在宋代的笔记中也无此发现，不过从《金瓶梅词话》和《涌幢小品》里的文字可以看出，明代时期，吃"头脑"应是一件普遍的事了。

清代小说《醒世姻缘传》的第三十五回里，也有"叫他婆子看小菜，留那送利钱的人吃酒，有留他不坐的，便是两杯头脑"。看来吃"头脑"的习惯，一直延续到了清代。

流行于今日太原地区的"头脑"，主要以肥羊肉、黄花、煨面、藕根、长山药、良姜、酒糟、黄酒八样配成，通常从前一年的白露，吃到来年的立春，说是有益气调元、活血健胃、滋虚补亏等功效，早晨服用效果尤佳。若说专承自李小二"赶"的那碗"头脑"，亦不算离谱。

听说旧时不少太原人天不亮就起来要去吃"头脑"，其殷切之情，这个"赶"字，也颇为贴切。此一习惯，或者真是从李小二的时代流传而来，亦未可知。

《水浒传》第一女神

一

　　最近读到一篇写梅兰芳夫人福芝芳的文字，说梅兰芳和福芝芳第一次见面是在一次堂会上，福芝芳正值妙龄，盈盈十五，拜师吴菱仙学青衣。十五岁的小师妹，让梅兰芳很有好感，他看着她，想到了宋江见九天玄女时的形容词"天然妙目，正大仙容"。

　　这八个字出现在《水浒传》里，老实说我以前是想不起来，但现在很有印象，因为曾经在胡兰成写的《今生今世》中读到过。

　　胡兰成写张爱玲和他聊天，说《水浒传》里写宋江见玄女，有"天然妙目，正大仙容"八个字。胡兰成说自己《水浒》看过无数遍，唯有这种地方偏偏记不得，第二天，他对张爱玲说："你就是正大仙容。"

　　我因胡兰成这篇文字，又回去翻《水浒传》，却没有看到这八个字。

　　宋江见九天玄女的故事，出现在《水浒传》第四十二回"还道村受三卷天书，宋公明遇九天玄女"。宋江回家探

228

父，躲避官兵追捕，跑到还道村的九天玄女庙中，梦到九天玄女授给他三卷天书。

书里写宋江梦中被带到神殿，看到七宝九龙床上坐着一位娘娘，小说用了一大段骈文赞语来描写玄女的容貌：

> 头绾九龙飞凤髻，身穿金缕绛绡衣。蓝田玉带曳长裙，白玉圭璋擎彩袖。脸如莲萼，天然眉目映云环；唇似樱桃，自在规模端雪体。犹如王母宴蟠桃，却似嫦娥居月殿。正大仙容描不就，威严形象画难成。

"正大仙容"看到了，"天然妙目"却没有。后来想想，《水浒传》的版本众多，新中国成立后出版的通行本《水浒传》是以时间最早的"容与堂"本作为底本，而晚清民国时的通行本多是金圣叹删改过的"第五才子书"，好在我的手头也有影印自崇祯"贯华堂"本的《第五才子书施耐庵水浒传》，恰是金圣叹的删改评点本。

这一回故事，在金圣叹本中是第四十一回，翻到这个段落，果然与"容与堂"本不同，骈文的赞语没有了，直接写道："正中七宝九龙床上，坐着那个娘娘，身穿金缕绛绡之衣，手秉白玉圭璋之器；天然妙目，正大仙容。"

金圣叹在这里批道："常叹《神女》《感甄》等赋，笔墨淫秽，殊愧大雅。似此绝妙好辞，令人敬爱交至。'天然'句，妙在'妙目'字；'仙容'句，妙在'正大'字。岂惟稗史未有，亦是诸书所无。"

读到这里，按照金圣叹行文的习惯和说话的方式来看，可以推测出，这段文字定是金圣叹自己给改过了的。

"容与堂"本的一段骈文赞语，有"脸如莲萼，天然眉目映云鬟""唇似樱桃，自在规模端雪体"的句子，从描写女神的角度来看，确如金圣叹所言"殊愧大雅"。金圣叹的文才不凡，他将整段赞语删掉，改成简洁含蓄的白话文，胜过了原文。

<h2 style="text-align:center">二</h2>

　　《水浒传》是在民间艺人说话的底本上整理创作而成，所以从原文中的"飞凤髻""曳长裙""脸如莲萼，唇似樱桃""雪体"等等俗艳之词中，不难想象当时说书人心目中的"正大仙容"是什么样。

　　汪曾祺有一篇写民间"水母娘娘"的散文，里面说："中国的女神的形象大都是一些贵妇人。神是人按照自己的样子创造出来的。女神该是什么样子呢？想象不出。于是从富贵人家的宅眷中取样，这原本也是很自然的事。这些女神大都是宫样盛装，衣裙华丽，体态丰盈，皮肤细嫩。若是少女或少妇，则往往在端丽之中稍带一点儿妖冶……用语不免轻薄……《水浒传》里的九天玄女也差不多……虽然作者在最后找补了两句：'正大仙容描不就，威严形象画难成。'也还是挽回不了妖艳的印象。……倾慕中包藏着亵渎，这是中国的平民对于女神也即是对于大家宅眷的微妙的心理。"

　　这样来推测，《水浒传》中所谓的"正大仙容"，大概就是去掉"妖冶"后，剩下的"端丽"吧。

　　不过在中国明清小说中，被金圣叹、张爱玲等人赞颂的"正大仙容"一词，可不只是用在年轻貌美的"女神"

上面。

罗贯中原作、冯梦龙增补的小说《三遂平妖传》第二十五回"八角井众水手捞尸，郑州堂卜大郎献鼎"，卜吉遇到狐仙圣姑姑，见那婆婆：

> 苍形古貌，鹤发童颜。眼昏似秋月笼烟，眉白如晓霜映日。绣衣玉带，依稀紫府元君；凤髻龙簪，仿佛西池王母。正大仙容描不就，威严形象画难成。

看到了吧？最后两句，与《水浒传》中描写九天玄女的句子一模一样，原来苍形古貌、鹤发童颜、白眉昏眼的老婆婆，也可以是"正大仙容"！

再仔细找一找，《水浒传》第五十三回"戴宗智取公孙胜，李逵斧劈罗真人"中的一段，戴宗去请公孙胜，见到公孙胜的母亲，老太太的形貌与圣姑姑居然几乎一模一样：

> 苍然古貌，鹤发酡颜。眼昏似秋月笼烟，眉白如晓霜映日。青裙素服，依稀紫府元君；布衫荆钗，仿佛骊山老姥。形如天上翔云鹤，貌似山中傲雪松。

两段文字对比，除最后两句不同，前面文字只是"绣衣玉带、凤髻龙簪"的宫装换了"青裙素服、布袄荆钗"的平民装而已。

这样看来，如果公孙胜家的老太太修道的话，恐怕也能得到"正大仙容"的称赞。这样看来，"正大仙容"不过是明清话本里的一句客气话，正如传统评书里的"人物赞"，很多人物的形象都很相似，漂亮的小伙子都是"眉分八彩，目若朗星，鼻如悬胆，口若涂朱"，漂亮姑娘则都是"杨柳腰，杏核眼，樱桃小口一点点"。

如果张爱玲明白了这个缘由，听到胡兰成夸自己"正大仙容"，会不会心里这样想："你觉得我长得像老狐仙，还是像公孙胜的老娘？"

说到这里，我有必要提一句，《三遂平妖传》中的部分故事情节，曾经被改编为一部著名的动画片，叫作《天书奇谭》，里面圣姑姑的形象，动画片里怎样塑造的，各位可以自行脑补，这里就不多说了。

三

现在回过头说一下给予宋江精神引领的九天玄女娘娘。

这位"女神"可以说是明清小说中出场频率较高的神仙，《三遂平妖传》《杨家将演义》《女仙外史》《薛仁贵征东》等传统小说中，都有九天玄女授兵法的情节。当然，这些小说通常都具有一种模式：小说的主人公，总要落魄、失利、怀才不遇，不过不要担心，九天玄女就要来了，她或者亲自出现，或者进入你的梦中，总之会予以全方位的指点，大概率还会送你一部天书。这部天书相当于古代版的搜索引擎，遇到疑难事，只要翻翻，都可以得到答案。

《水浒传》中也描述了几个具有神通力量的人物，比如罗真人、公孙胜这对师徒，还有混世魔王樊瑞等等，但他们的法术充其量也就是个半仙，最厉害的神仙，就是宋江背后的守护神九天玄女娘娘。

九天玄女赐书给宋江时，还不忘告诉他："传汝三卷天书，汝可替天行道为主，全忠仗义为臣，辅国安民，去邪归正。他日功成果满，作为上卿。"

后来宋江率兵攻打高唐州营救柴进，高廉使用妖法怪风，宋江"打开天书看时，第三卷上有回风返火破阵之法。宋江大喜，用心记了咒语并秘诀"，现学现卖，破了高廉的法术。

那么，这位主管兵法的"女神"，究竟是何方神圣呢？

《隋书·经籍志》辑录《黄帝问玄女兵法》，还有唐代《艺文类聚》、宋代《太平御览》都有相关文字记载："黄帝与蚩尤九战九不胜，黄帝归于太山，三日三夜。天雾冥，有一妇人，人首鸟形。黄帝稽首再拜，伏不敢起，妇人曰：'吾玄女也，子欲何问？'黄帝曰：'小子欲万战万胜，万隐万匿，首当从何起？'遂得战法焉。"这应该就是玄女娘娘的前身了。

传说这位娘娘"人首鸟形"，是上古神话传说中一只非常厉害的鸟，名为玄鸟，体大且黑，受天帝指令从九天来到人间。她的蛋被帝喾次妃吃掉后，怀上的孩子，就是商的祖先契，《史记·殷本纪》里说："殷契，母曰简狄，有娀氏之女，为帝喾次妃……三人行浴，见玄鸟坠其卵，简狄取吞之，因孕生契。"在《诗经·商颂·玄鸟》篇中也有："天命玄鸟，降而生商，宅殷土芒芒。古帝命武汤，正域彼四方。"因此，玄鸟被殷商尊奉为先祖。

宋代道教大兴，玄鸟被归于太上老君门下，成为王母麾下的重要神仙。张君房的《云笈七签》里记载，黄帝大战蚩尤，不分胜负，"居数日，大雾冥冥，昼晦。玄女降焉。乘丹凤御景云，服九色彩翠之衣，集于帝前。帝再拜受命。玄女曰：'吾以太上之教，有疑可问也。'……玄女即授帝六甲六壬兵信之符，灵宝五符策使鬼神之书，帝遂率诸侯再战……遂灭蚩尤于绝辔之野"。

这大概是九天玄女娘娘纳入道门之始，从此之后，九天玄女不再是大黑鸟，而成为具有"正大仙容"、世人崇拜的女神了。

纸上云烟

艾子杂说

苏轼是很多中国文人的偶像，当然也是我的偶像，这位标准的斜杠青年，除了擅长诗、词、文、书、画、美食外，还留下了"我国寓言文学史上第一部真正意义上的寓言专辑"——《艾子杂说》。当然，也有称这本书是托苏轼之名而作，不过据孔凡礼先生的考证文章，作者应该确定为苏轼。

苏轼坎坷一生，被贬数次，曾以《自题金山画象》自嘲："心似已灰之木，身如不系之舟。问汝平生功业，黄州惠州儋州。"不过苏轼始终不肯"闭门思过"，其满腹"不合时宜"，寄托在这本《艾子杂说》里，东拉西扯，指桑骂槐，颇有趣味。

《艾子杂说》虚构了一位名叫艾子的人物，周游列国，甚至去常人少有机会造访的龙宫、地府游历，其间所遇之事，颇具讽刺之意。但《艾子杂说》与一般的笑话集或寓言集不同，三十九则故事，都属"借古讽今"之作，并非纯为幽默而幽默，为讽刺而讽刺，更没有无聊的笔墨。因此，当你随"身份可疑的"艾子四处游览，除了获得笑料之外，更会引起别的思考。

艾子在海滨漫游，见一物圆而扁，且多足，他问人这是什么，海边的人告诉他这是"蟳蛑"（一种大螃蟹）。后来又见一物圆扁多足，问是何物，旁人说这是螃蟹。转脸又在沙滩上看到一个形体极小但与前物非常相近的东西，便问：此为何？对方应"彭越"，又被称之为蟛蜞，艾子遂感慨万千：何一蟹不如一蟹也。

蟳蛑虽大，虚有其表，一爬上岸就会被捡拾起来烹食，螃蟹亦然；只有彭越极小，人不爱吃，且走动灵便，不易被捉。万事万物，都各有所长，彭越并不比庞然大物"不如"，只是从外表看来，蟳蛑更像个大人物而已。

艾子听人念诵佛经，有"咒诅诸毒药，所欲害身者，念彼观音力，还着于本人"句，艾子不以为然，心想观音大慈大悲，怎么能救一个又转而害一个呢？所以他对经文予以删改："咒诅诸毒药，所欲害身者，念彼观音力，两家都没事。"

菩萨不能过于爱憎分明，主持"正义"的人，往往会招惹是非，恐怕还是和点儿稀泥，"两家都没事"才像个菩萨。

艾子看到一座庙，前面是一条小沟，有人到沟边过不去，看见庙中塑的大王像，就把它搬来架在沟上走过去了。另有一人看见，心想亵渎神灵是罪过，就把神像放回庙中。小鬼见大王回来，就说，大王受辱，该给那人降祸，大王说，要降只能降给后头的，而不是先头那个。小鬼们都觉得大王的话不对。大王说："你们有所不知，先头那个是不信神的，我怎能降祸给他？"

这样看来，后头那人遭祸是活该，大王受辱要你去救吗？没人救，你偏好心去救！就该把这大王放在沟上，让人踩踏他一辈子。你以为这世界上，好心真有好报吗？

今天认为《艾子杂说》主要是"寓言集"或"笑话集",但我觉得,用一句简单的"笑话集"或"寓言集"来界定《艾子杂说》,并不准确。周作人的《谈龙集·希腊的小诗》中,曾写过这样几句话:"拉丁文里的诗铭的界说是这样:诗铭像蜜蜂,应具三件事:一是刺,二是蜜,三是小身体。"《艾子杂说》虽非"诗铭小集",但每篇都有"刺、蜜、小身体"这三种特征,若把它们当作散文体的"诗铭"来读,似也并无不妥。

关于《艾子杂说》的文体,也有认为是小说的,比如以中国传统视角观察的明代学者胡应麟就称其为"小说"。

鲁迅以现代西方小说视角观察中国传统小说,写作《中国小说史略》,他将《艾子杂说》评价为"《笑林》之后,不乏继作……《唐志》有《启颜录》十卷……事多浮浅,又好以鄙言调谑人,诽谐太过,时复流于轻薄矣……其后……惟托名东坡之《艾子杂说》稍卓特,顾往往嘲讽世情,讥刺时病,又异于《笑林》之无所为而作矣"。

《艾子杂说》的结构兼具了中西小说的传统,有很高的文学价值,就算不是苏轼的作品,也不可等闲视之。

反过来说,如果确定其为苏轼作品,相较于其他诗词、书画、文章等作品,《艾子杂说》能被东坡独立编撰成集,足见苏轼的苦心及用意。

云中岳笔下的路引

　　在台湾的武侠小说作家中，云中岳是一位偏重于"写实"的作家。这种"写实"包括多个方面，诚如《台湾武侠小说发展史》中对云中岳的评价："在台湾武侠小说名家中，云中岳博闻强记，学问根底深厚，尤其对明代历史及边裔之学，钻研甚力；掌故、史实、考据，乃至山川地理、风土人情，于小说中皆历历分明，堪称武侠小说名家中最为'写实'的作家。"

　　由于政治上的原因，台湾地区的武侠小说多半都是没有历史背景的，即使偶有提及故事所发生的时代，也仅仅作为背景，对于书中人物所处环境没有什么实质影响，历史氛围很浅，"江湖"和"武林"概括了所有的演出舞台。

　　偏偏就有云中岳，与其他武侠作家的写作风格大异其趣，其所撰武侠小说，颇重历史背景，且主要为明代，正德皇帝下江南、宁王叛乱，到白莲教造反、苏州反抗宦官等重大历史事件都有涉及，多与基本史实不谬。小说情节在历史细节中悄悄绽放，从中可以看出云中岳在相关史实的考证上，下了极深的功夫。

　　我读到云中岳的第一本武侠小说是《古剑强龙》。当然这本书原名《强龙过江》，《古剑强龙》是书商给改的名字，初读时我并不知道。

我在这本书里读到一个情节，主人公四海报应神化名赵九，住在客店里，会被官府追查路引，里面说"赵九本人有并非伪造的路引，路引发自河南开封府，去向是四川夔洲，有往返各重委的关卡的查验大印，有合法的逗留所载经路各埠的理由，期限也没有逾期。总之，一切合法，无懈可击"。

武侠小说里的大侠多半高来高去，潇洒自由，怎么还会被人检查什么路引，如同现代被警察敲开酒店房门查验身份证？再看云中岳的其他书里也有类似的情节，《古剑忏情记》里，没有路引，侠客们就不能进入城市，不能过关，只能绕道山区；大侠要跑路，首要的事情是夜晚去府衙偷路引。纵然你武功高强，没有路引也寸步难行。路引可以去偷、去买，但不可以没有。

究竟何为路引呢？

路引并非明代首创，但却在有明一代发扬光大。自明朝建立，明太祖朱元璋加强了对人口和社会关系的管理，从而将此前的"路引"制度严格推行。

明朝的保甲制度是"以一百十户为一里，摊丁粮多者十户为长，余百户为十甲。甲凡十人。岁役里长一人，甲首一人"，就连农民的劳作细节都加以规定："农业者不出一里之间，朝出暮入，作息之道相互知。"然而，百姓总会有外出事宜，比如经商、探亲等等，是以进而规定，若离家超过百里，必须要持有当地政府发放的路引，发现路引缺失者会被治罪。

路引，实为路条，类似于当下的单位介绍信。

朱元璋心目中的理想社会，是一个以小农经济为单位

241

的社会，在他的规划中，治下的臣民要安于士、农、工、商这四种身份，并且要安守本业，不能逾越。即便是医生和算命的这些特殊执业者，也不能离开本地。如果当地发现有人口藏匿，或者有游手好闲之徒，一旦抓住，会按律法判处充军发配的徒刑。

明初时，朱元璋制定了一部类似于法律的制度《大诰》，其中规定，邻里之间一定要知道双方家里的情况，比如家里几口人、主要做什么等等。经商者或手艺人外出，先要领取路引，上面会标注行程路线以及外出时间长短，更需随身携带，以备查验。

明朝初年的这些政策执行得较为彻底，这是有史料可考的。洪武五年（1372），有人因祖母病重，急于寻医，外出没带路引，被查到后，常州吕城巡检司欲将其押解至法司处理。尽管这事儿情有可原，却要闹到朱元璋面前，才能得以赦免，从中我们可以窥见明初对人口的控制力度之强，当时有"夜无群饮，村无宵行"的说法，绝非夸大之词。

不过，明代对读书人的游学大开方便之门，手续简便了许多，云中岳在《锋镝情潮》中说："那年头，讲学之风甚盛，各地设有书院，敦请当代大儒讲学，远近士子皆携书带剑，不远千里而来请益听讲。一般老百姓平时不许离家百里，控制极严；但士子游学却可方便，沿途无阻，各地巡检可不会找麻烦。游学路引申请不易，必须是学舍之外被府州衙门所承认，学有所成的士子，还得有大把银子打关节，不然免谈。世铭在郧阳府有亲朋好友，费了好大的劲才替君珂弄了一张。这玩意儿等于今天的护照和身份证，没有这玩意儿寸步难行，除非你昼伏夜行，或者冒险偷渡关津。"

这段有关读书人游学天下的说明文字，是颇为符合明代真实历史环境的。

云中岳小说《天涯路》中说："大明一代，有两种小官吏千万不可得罪，一是巡检司的七品小官，一是驿站的小吏。这两种人，连堂堂一品大员，也不敢动手揍他们。他们是大明天子的情报网，有大明天子替他们出气撑腰。"《风云录》里曾提到"过往的旅客，必须在这里找巡检司的公爷们，在路引上盖关防，没有路引就必须偷渡，谁不幸被抓住谁倒霉"。

凡此种种，不一而足，翻开云中岳的小说一看，俯拾皆是。武侠小说本是"无法无天"的世界，云中岳却在笔下使之变得"有法可依"。从强调路引这一点来说，云中岳对历史氛围和时代特征的把握，在同时期的武侠小说作家中，可谓独树一帜。

不仅仅是路引这样一个小的细节，云中岳的小说中，甚至连鸡鸭鱼肉的价格，也是其来有自，禁得起考证。他在多部作品里，对于明代财政问题的困境描写、有关大明宝钞信用破产的分析，已经不在一般研究明史的专家之下。

作为武侠小说作家，云中岳如此执着于小说历史的真实性，算是台湾武侠小说圈子中的"异类"。

20世纪60—70年代，是台湾武侠小说的黄金时代，但其不重视情节的时空背景，往往引来众多学者讥讽。对此，云中岳有着自己的见解，他曾经说过："台湾的武侠小说多不重视历史背景，我想可能是怕触犯政治禁忌，不过我并没有去顾虑这一点，因为我认为历史是不可改变的，不应该受政治的干预。而且我个人在写作过程中也幸运地并没有受到政治干预的困扰。对于政治禁忌的担忧的确是许多武侠作家不愿去碰触历史问题的一大理由，然而除此之外，许多武侠作家也不愿花费时间、精力去从事烦琐的历史考证，恐怕才是更主要的原因。"

在实际创作中，云中岳曾花费大量的财力和精力去购买、寻找一些珍贵的历史资料。往往为了一个问题，他废寝忘食地去核对查找。云中岳对武侠小说中一些历史问题固执且执着，因为他力求要为读者还原一个时代的全景。

云中岳阐释自己创作理念时说："写小说不要骗人，不要去歪曲历史。因为歪曲历史往往会引导人走错方向。"这个观点，其实已经胜过了很多现在孜孜以求为历史人物翻案的所谓专家。

武侠小说在文学类型之中确属小道，但若将小道做认真了，也就不再是小道。

话说"模糊"

一

我是个很懒散的人，虽喜欢读书，但记住的不多，一部《十三经注疏》从拿到手中到看完足足花了一年，可问其大意，则懵懂的多，一切都是很模糊的概念，于是颇恨自己的好读书而不求甚解。

"好读书而不求甚解"，语出《五柳先生传》，全句为"好读书，不求甚解，每有会意，便欣然忘形"。五柳先生即是陶渊明，因家门口种有五株柳树而自称五柳先生，他就是一个很注重自由意识和自立意识的人。"量力守故辙，岂不寒与饥?"不为五斗米折腰。"性嗜酒。家贫，不能常得。亲旧知其如此，或置酒而招之。造饮辄尽，期在必醉。"别人请喝酒，去了，就一定要喝醉，此公看来也是一位"模糊"之士。

这种看看便算，不勤于执着的思想，最早应出于"老庄"的学说。老子说"多闻数穷，不若守于中"，庄子在《应帝王》篇给我们讲了一个故事："南海之帝为倏，北海之帝为忽，中央之帝为浑沌。倏与忽时相与遇于浑沌之地，浑沌待之甚善。倏与忽谋报浑沌之德，曰：人皆有七窍以视听食息此独无有，尝试凿之。日凿一窍，七日而浑沌死。"

故事神奇而风趣，庄子的文笔更赋于其峭洁之美，但正像古代智者笔下常出现的那些怪诞传说一样，虚构的故事不是为了炫耀自己的想象力，而是为了表达他的一种观点。

浑沌之死其实正是对人的嘲讽。人自己为他们拥有鉴别形体、声音、色彩、气味的能力，感到是多么了不起的天赋，实则却足以置人于死地。

《道德经》中亦有"五色使人目盲""五味使人口爽，五音使人耳聋"的句子。因此，从庄子的角度来看，生命一旦被某种明确形式所规定，大约就了无生趣，与死无异。这除了充分表明了他不愿受约束、自然而然的思想特征，还传达了一个理念，那就是对事物的观察不必清楚，模糊为上。

千年以降，流风所至，谁也不会料到这种不求甚解、只求其意的思想竟牢牢地附于中国文化上，不可分割了。

《三国志·诸葛亮传》中说，诸葛亮与博陵崔州平、颍川石广元、徐元直、汝南孟公威四人为密友，此四人务于精纯，唯诸葛亮独观其大略，算得上一位不读死书的读书人了。他在家门口堂而皇之地挂上了"淡泊以明志，宁静以致远"的对联，更要向人表明自己是一位模糊人。如果他不明白"水至清则无鱼，人至察则无徒"的道理，恐怕他三分天下、六出岐山的大志，还未实施就要夭折了。

二

模糊的观念，反映到绘画上更是明显。《淮南子·说训》中说："画西施之面，美而不可悦；规孟贲之目，大而不可畏——君形者无焉。"这已经说得很清楚了，如果一件肖像画竟然只是将人物外形画得十分精确，分毫不差，与其说高明，不如说蠢笨得可以。苏轼说："论画以形似，见与儿童邻。"直接就给贬到了孩子的水平，认为连画艺之门都没有摸到。所以，中国人以往对西画是极不以为然的，清朝郑绩的《梦幻居画学简明》的《论意》中，在讽刺了精细写实的西画后，颇为得意地称道马远的"关圣帝像"："只眉间三五笔，传具凛烈之气"，恰可为模糊做注脚。

德国剧作家莱辛的名剧《爱米丽雅·迦洛蒂》中有这样一段台词："可惜我们不能够直接拿眼睛去绘画；在漫长的过程中，从眼睛通过手臂，再进入画笔，失掉了多少东西呀！"这样的感慨在中国人看来无疑有些无聊，中国人之于画，原本就抱有要从无中生出有来的见解，所谓尺幅千里、云谲波诡，需要的正是任意挥洒，又怎会去忧虑"失掉了多少东西"呢？

北京话有"较真儿"一词，用来形容西画倒正合适，中国画讲究的是一个"趣"字，越能表现出作者的才气越好，是否真确却是次要的，而这种美感怎么来的呢？这是一种雾中花、水中月的境界，恰是模糊观念的体现。

《诗经·蒹葭》："蒹葭苍苍，白露为霜。所谓伊人，在水一方。溯洄从之，道阻且长；溯游从之，宛在水中央。"离着那么远，这位姑娘真的那么漂亮吗？你看不清楚。可正因为你看不清楚，始终到不了她身边，所以才觉得美。《红楼梦》中的宝黛爱情也是如此，正因为他们"一个是水中月，一个是镜中花"，总也到不了一起，所以觉得对方分外的"珍贵"，以至于肝肠寸断。秦观的名句："雾失楼台，月迷津渡，桃源望断无寻处"读起来仿佛很惆怅，但作者内心分明是极为陶醉这种模糊的感觉。

正由于这种模糊，理想成为美的，对理想的向往也成为美的，如果真的近在咫尺，伸手可及，反而是种失望，甚至会被吓跑，《叶公好龙》的寓言已说得再清楚不过了。

我们回过头来再看庄子的五官未开的浑沌，也在表现"模糊"存在重要的意思。因为有了模糊，从而对外界维持了一种不介入、不明晰、不确定的关系，也就是留下了一块很大的余地，因模糊尽显生动，不模糊则两者皆呆滞。

三

作家李洁非的一篇文章中写道："有人在考辨中西文化差异时，以太极图和十字架为他们的图腾，认为前者是一种虚无观念的演体，后者则是进取、征服精神的演体，不失为聪颖的对比。"诚哉斯言，十字架那上、下、左、右的指向，明显含着扩张的欲望和对终极事物的追求力，而在往返循环的太极图里，此即彼，彼即此，是亦非，非亦是，一切处在一种模糊的无定状态，互相守护。也正因此，自古以来中国的文化只有异化别人，很少会被别人异化，如果外来文化不与之相融，则很快会被排斥出去。因它不是剑拔弩张的，没有棱角，也让你猜测不到方向。

近几年文化界经常讨论"理想主义"的话题，不论谈得多么热切，中国人的理解与西方人从根子上就注定了不同。在西方，理想不仅是一个为理性所明晰的特定目标，而且也意味着一个用以实现它的论证的具体步骤。而对于中国人来说，理想只是一个悬念，人们只是被它所吸引，却总不能知悉和到达。

日本禅学家铃木大拙曾举出松尾芭蕉和丁尼生吟花的俳句和短诗各一首，说明东西方大异其趣的文化态度。前者在花的面前，只是"细细看"的静观，后者则"连根带花"都握在手中。不用说，握在手中的感觉和"细细看"的感觉是截然相反的，一个是必欲得到，另一个则愿意同花保持距离，来取得这种模糊感。

正所谓事事留有余地。不必说出世的佛道，即便在中国文化中"最有刚性精神的代表"儒家思想上，也是颇为浓厚的。《说苑·敬慎》载孔子语："高而能下，满而能虚，富而能俭，贵而能卑，智而能愚，勇而能怯，辩而能讷，博而能浅，明而能暗，是为损而不及。"

这几句话听上去与《道德经》真是难分轩轾，可见主张"当仁，不让于师"的圣人也解得"模糊"的妙处。

"模糊"的观念其实植根在中国文化里，若没有了它，中国的大部分文化就会显得魂魄无归。

寒夜中的暖

一

1956 年的圣诞夜，香港一间斗室昏黄的灯光下，三十二岁的《新晚报》文艺副刊编辑查良镛在写一篇文字。这篇文字第二天要发表在《大公报》的《三剑楼随笔》专栏里。

这是《大公报》三名编辑陈凡、查良镛、陈文统合写的一个专栏，每人一篇，发表时使用三人写武侠小说的笔名：百剑堂主、金庸、梁羽生。金庸在这个专栏里，谈音乐、电影、围棋、历史掌故，但在这天，他却写下了这篇《圣诞节杂感》，文中提起了家人，提起了一本书：

> 在中学读书时，爸爸曾在圣诞节给了一本狄更斯的《圣诞述异》（A Christmas Carol）给我。这是一本极平常的小书，在任何书店都能买到，但一直到现在，每当圣诞节到来的时候，我总去翻来读几段。我一年比一年更能了解，这是一个伟大温厚的心灵所写的一本伟大的书。

四十二年后的 1998 年 12 月 24 日，十八岁的我，顶着漫天寒风，浑身煤灰从锅炉房中走出，路过道边的旧书摊，花两块钱，买了本名为《圣诞故事集》的旧书，以纪念这个与自己无关的节日。1983 年由江西人民出版社出版，红色封面，老旧不堪。

小说集的第一篇故事，叫作《圣诞颂歌》，就是金庸文中的《圣诞述异》。我坐在一家小饭铺里吃一份两块五的炒饼，由于衣服的肮脏，我的周围没有人。我吃完炒饼，抱着书回到住宿的地方。路上有人互相送着苹果，而我只有这本书。

金庸当年的心情我无法体会，我看着书，在这个寒夜读出了几丝温暖。

守财奴斯科鲁奇身上没有一点儿人情味，他克扣工人工资，在圣诞节前夜不准把炉火生旺，他不理睬向他问候的外甥，他认为贫病交加的失业工人最好早点儿死去，以减少"人口过剩"。在圣诞节前夜出现了三个鬼魂，让他回顾过去、现在和未来，他也曾纯洁有爱，有着亲爱的妹妹，也爱过一个没有嫁妆的姑娘。鬼魂让他看到了亲人们不富裕但友爱的生活，也让他意识到一意孤行的后果：被所有人遗弃，死后还给抢劫一空。斯科鲁奇改变了自己，他把自己从过去的枷锁里解放出来，重新感受生活的意义、人间的温暖。

二

1998 年 7 月，我中专毕业，分配在北京西北的一家工厂，这是因一条铁路造就的一个工厂，也不可避免地卷进

251

了下岗的潮流。我因是委培生，没理由下岗，所以将我放在了工厂下面的一家建筑公司。

我没有任何从事建筑工作的经验，唯一能干的工作就是搬砖和掺水泥做沙子灰。我给脚手架上的师傅扔砖，扔砖的架势更像要砍人，好几次差点儿砸着师傅。师傅倒没介意，说："多扔几次就好了。"

天气越来越冷，入冬时节，我被公司安排去动能车间烧锅炉。那是一个二十吨的锅炉房，供应着半个工厂的暖气，但是供煤方式颇为老套，需要人用双轮车，从锅炉房外的煤厂将煤推进上煤的斗子里，基本一车正好装满一个斗子。然后按电钮，钢丝绳拽动斗子沿轨道上升，倒入锅炉的煤仓。煤从煤仓进入锅炉中的炉排上，随着炉排向前滚动，燃烧供暖。

这里有三台锅炉，每台锅炉都有三层楼那么高，一天需二十四吨煤。排班时，每个人上十二小时，歇二十四小时，意味着每个人每小时要推一吨左右的煤，才能供应锅炉的需要。炉排是不能停止的，若没了源源不断的供应，炉排会空转，锅炉会熄火，麻烦就大了。

堆在锅炉房外面煤场里的都是干煤面。干煤面不能直接进入锅炉，因为里面的鼓风机转速奇快，风力大，干煤面被风一卷，就会吹跑，既浪费了资源，又供不上锅炉的使用。

装满一车煤，要用水浇透，才能保证煤不会被风卷走。如此一来，一车煤的重量要翻上几倍。

水龙头在室外，有点儿毛病，开关时总要冒水。开关一次，手就会被凉水浇一次，冬日里握住双轮车的铁制车把，透骨的寒冷。有几次手刚一接触车把就被粘住，只得推进锅炉房，在锅炉前站上一会儿，等冰化开。

我整个人像从煤窑里出来的一样，头、脸、手、衣服，没一处是干净的。锅炉房有个洗澡间，里面有热水池子，我往池子里一泡，水立刻变成浑汤。我把全身打满肥皂沫，像刷鞋一样洗了又洗，搓了又搓，皮肤都红了，却怎么也搓不掉身上和脸上的黑，因为煤都已经渗进毛孔里。

我负责的那台锅炉老出毛病，上煤到煤仓时，常从轨道里滑出。我只能爬到锅炉顶上，用鸡蛋粗的撬棍把斗子撬回轨道。一次用力过猛，撬棍弹了回来，重重砸在右腿上，疼得我差点儿从锅炉顶上摔下来，幸亏身子歪时抓住一根铁架子，才没摔下去，饶是如此，也已满头大汗。

三

1843 年，狄更斯写下《圣诞颂歌》时，像斯科鲁奇这样的人才是社会主流。狄更斯笔下快乐的圣诞节不是现实，而是美好的愿望。狄更斯小时候圣诞节几乎绝迹，他说："我的目的是用一种适宜这个美好季节的异想天开的方式，唤醒基督教的土地上应该永驻的仁爱和宽容的精神。"狄更斯在六周内几乎是一口气完成了《圣诞颂歌》，写下了"全文完"后，三十一岁的狄更斯像个女人一样大哭起来。

一百一十三年后的 1956 年，当初只计划停留香港半年的金庸，已经待了八年，在这期间，他一度辞职北上，希望进入新中国的外交部，却因为家庭出身和在国民党中央政治学校读过书的"历史污点"而被婉转谢绝。接着父亲查枢卿在海宁老家被以"不法地主罪"判处枪决。他听到消息，哭了三天，伤心了半年。在这八年中，他经历了第一次婚姻的破裂，妻子不告而别，而他的第二部小说《碧血剑》越写越崩溃，被评论者视为江郎才尽，恶评如潮，在这年年底草草收尾。然而，金庸在提到《圣诞颂歌》时却说："狄更斯每一段短短的描写，都强烈地令人激动，使你不自禁地会眼眶中充满了眼泪……"

一百五十五年后的 1998 年，京北小镇的我正在陷入绝望中，十八岁的少年不知道命运的方向，更不知道自己要往哪里去。狄更斯想让人们感受到的，不过是人人都能享有的温暖和友爱。在冬夜，前途的绝望，其实比寒风更让人感到困顿。没有祝福的圣诞节前夜，我读着小说，嗅出了爱和勇气的气息，眼眶竟也湿润了。

12 月 25 日在古罗马是休养生息的节日，在狄更斯的 19 世纪存在感很低，直到《圣诞颂歌》写出，人们才开始用 "Merry Christmas" 相互祝福，并从此流行。伟大的作家真的会改变时代。1870 年狄更斯去世后，一个水果小贩的女儿怀着天真的悲伤问："那么圣诞老人也要死了吗？"

在那一夜，我突然明白，作家要讲述的不仅仅是一个节日故事，他告诉我们，友爱是抵御寒冷的城堡，面对困境，要有直视它双眸的勇气。

四

金庸在写下《圣诞节杂感》后的一个月，《三剑楼随笔》无疾而终。那个圣诞夜后的第五天，1957 年 1 月 1 日，金庸开始写作《射雕英雄传》。与前两部小说的主角不同，主人公不再是什么名门之后，也没有天赋异禀，启蒙师父更是本领不出众的江南七怪，但是他一直努力着，成了具有独特金庸印记的侠之大者，和他的襄阳城站到了最后一刻。

1998年圣诞夜过后的第三个月，我决然辞去国企"铁饭碗"的工作，考了个大学，从此流浪京城。每当我遇到困境，我会提醒自己，每个人都有能力给别人带来快乐或不幸，而这些幸福可能存在于十分细小和微不足道的事情中。

2012年，我也到了三十二岁，在这一年，我开始写一本名为《中国武侠小说史话》的书，正像评论家解玺璋先生在这本书序言中所说："我很惊讶于他的勇气，如何能以一人之力独挑如此庞大而艰巨的工程。"其实只因我相信，这本书能给人以幸福和快乐的力量。

开笔的一刻，我想起了金庸，想起了那个寒冷的圣诞节，更想起了狄更斯的《圣诞颂歌》。

我把红色封面、老旧不堪的书放在面前的书架上，一抬头就能看到它！

文质而后彬彬

　　王彬在鲁迅文学院授课，提早两日给我们这些学生抛出问卷："一、何为语言，何为话语，二者的区别是什么？二、文学语言的特征是什么？三、小说与诗歌、散文运用文学语言的区别。四、请把下列词组合成为文学语言：院子，村庄，河流，堤坝，鹅卵石，艾蒿，马蹄，教堂，草原，大道，广场。"

　　学生递交之答案自是五花八门，尤其是第四题。课上，王彬做了题为《小说中的话语和反话语》讲座，关于第四个问题，答案揭晓，渊源有自：

　　　　牲口圈的两扇小门朝着北面的顿河。在长满青苔的灰绿色白垩巨石之间有一条八沙绳长的坡道，下去就是河岸：遍地是珠母贝壳，河边被水浪冲击的鹅卵石形成了一条灰色的曲岸。再过去，就是微风吹皱的青光粼粼的顿河急流。东面，在用红柳树编成的场院篱笆外面，是黑特曼大道，一丛丛的白艾，马蹄践踏过的、生命力顽强的褐色车前草；岔道口上有一座小教堂；教堂后面，是飘忽的蜃气笼罩着的草原。南面，是白垩的山脊。西面，是一条穿过广场、直通到河边草地去的街道。

这段文字，并非极生僻之文字，熟悉的读者立刻可以反应过来，这是《静静的顿河》开篇。

王彬阐释的是变异的话语和文学语言间的关系，这亦是他长期的研究方向，但是他非枯坐参禅的学者，下笔为文，绵密蕴藉，文章是他研究实践的果实。

近读《袒露在金陵》一书，是王彬历年来散文写作的结集，内中有的篇章发表时已读过，但集结统览，感觉又是不同。他的文字，是中国文章一脉，"入道见志"，其内容博洽，凡宇宙人生、政治伦理、经济文化诸方面皆有涉猎，且每一方面都显示了恒久的传统智慧。

我个人比较推崇文章这个概念，在中国传统文学中，其实只有两种文体，"韵文体"和"散文体"，举凡书信、论文、报告，甚至说明文，无论写人、记事、论学问，一要作者的情致，二要深入的思索，三要有扎实之细节，我谓之为"情、理、趣"，有这三者，洵为好文章。

《文心雕龙》中，刘勰谈到"文"，说有天文、形文、声文、情文、文饰，诉诸视、听、情诸方面。文章之文当属"情文"一类。

"夫水性虚而沦漪结，木体实而花萼振，文附质也。虎豹无文，则鞟同犬羊；犀兕有皮，而色资丹漆，质待文也。"就像有水才形成涟漪，有木才绽放花朵，涟漪和花朵即为文章的文采，它们依附文章之"质"。虎豹若是没了花纹，与犬羊何异？犀兕正因有皮而无文，才要给它们涂上丹漆，是以文章之"质"也需要"文"。

刘勰所言"文"之于"质"的重要性，即借助于文采而成文章，"文"字和"文"采，对于叙述内容具有重要的作用。

《袒露在金陵》中的文章，语言错综且流动，节奏轻快而又富于变化。长句舒缓而短句促严，长短相见，起伏顿挫，缓急更替，阅读时尤为舒畅。《青铜峡的猫》以舟行黄河写起，运笔如风，"突然看见一只小猫"转折，跳跃到猫之叙事，引入文人与猫的掌故，节奏自然而然，却又趣味盎然。

王彬的文章无疑是优美的，换而言之，其语言是文学的，实现了具有可读性强、内容丰富的长篇叙事结构，同时也保留了韵文的典雅之风。

《野狐岭》写蒙古与金兵之战："读《元史》《金史》与《续资治通鉴》一类书籍，关于野狐岭役记载颇多。主体的说法是，金人以四十万大军不敌蒙古十万铁骑。但是也有不同说法，认为金人并没有那么多，而是以少御多，故而失败。然而，无论怎样，无论是什么原因，野狐岭战役标志蒙古人时代的来临。从此，金人融化为遥远而闪光的泪点，蒙古高原的野草则蓬勃地燃烧起来。"

其语言看似信口而出，朴素自然不加雕饰，但如细细品味，就可发现其蕴含的美质。末两句，其实是诗一样的句子。

这种表现形式，仍是中国文章的传统，是对文章意境的营造。这种意境，可以运用简洁的语言，也可添加华丽的辞藻，是透过字面直达内心深处的情感与共鸣。

我喜爱说评书，算是有一定话语上的表达经验，我一直执拗地认为，"语文"的概念，是个悖论，因为"语"

和"文"是分开的，即使经过白话文的洗礼，"我手写我口"，但口中说的话语与落在纸面上的文字语言，究竟是不同的。我想，这可能亦是王彬先生所追求的吧！

试看《背篓里的桃花》一段："而此时春雨不再迟疑，因为春雷已在山巅激荡，瞬间爆裂蔚蓝的闪电，从天空的一端扯到另一端。雷声隆隆，火花闪闪，大雨骤至，挥舞篱笆似的银色粗线。亿万株树木张开渴望已久的手臂，欢呼甘霖的洗礼。"

高明的语言驾驭者，会非常注重语言的错变之美。跳跃的句式间，加之抒情的语句，情景交融，又不失俏皮，运用"蔚蓝""火花""银色""张开""欢呼"等颜色与动作的描绘，瞬间冲击人们的视觉与触觉，可见其语言之巧妙。

清代袁枚说"文似看山不喜平"，语言的错落变化，从而使其文章具有了"句意曲折、摇曳生姿"的风格。

语言是作家内心之幽曲，但并非仅仅是雕琢词句。刘绪源《解读周作人》一书中曾提到周作人的"余情"观，说拥有了作者的情致，那么即使一篇说明文，也可以写成一篇非常好的佳作。

情自何处而来？在于观察，在于思考，在于对史料的熟谙剖析，《兄弟》一篇，论及二周兄弟失和："兄弟根脉相通，虽有荒谬悖逆之人，也不会出现大偏差。但在成人以后，娶妻生子，各有妻室，即便是诚实厚道者，在情感上也难免不发生变化。而妯娌，没有血缘关系，自然疏远。如果受她们的蛊惑，兄弟之间必然发生龃龉乃至裂隙，这就犹如在方形底座上硬加一个圆盖子，无论如何是合不拢的。鲁迅与周作人，从亲密无间到翻脸决裂，恰恰印证了颜之推的话。'浪传乌鹊喜,深负鹡鸰诗',杜甫的这两句诗,似乎是为周氏兄弟而作。鹡鸰,鹡鸰,鹡鸰啊!"

这种阐述争鸣,采用巧妙的词锋、形象化的陈述,表达个人的见解,通过词组、虚字的运用,并利用句式长短、声音高低、节奏缓急等语言因素,构筑抑扬开合、跌宕起伏的文气,贯通文章始终,文气的强弱大小,实际成了王彬情思志趣的另一种表现形式。

《论语·雍也》中说:"质胜文则野,文胜质则史。文质彬彬,然后君子。""文",指外在之文才,"质"指固有的、内在的品质,孔子心目中的君子,是文质适中、文质兼备。阅读《坦露在金陵》的文章,恰如君子,文质而后彬彬,亦今亦古,文脉不绝,在语音、句法和辞格运用上,长短杂陈,行文波澜起伏,富于变化,具有了诗的密度和张力,以极具魅力的语言,发为心音,独具特色,对当代散文写作的发展,以及作家、学者的创作提供了借鉴的意义。

武侠与历史的现代书写

一

第一次知道邱华栋要写武侠小说，心中颇为担心。武侠小说究属通俗小说范畴，按现在的文学分野，可归为类型小说。作家邱华栋无疑是一位出色的纯文学作家，他对于小说写作的技法，应该是熟谙的，他是否会按照各种"主义"，对于武侠题材进行"创造性"的重构呢？武侠小说，有其固有的叙述模式，在某个层面，纯文学和类型小说，并不太容易调和，嫁接不妥，很容易崩盘。

20世纪80年代，作家余华曾经写过《鲜血梅花》，讲述一代宗师阮进武之子阮海阔，在母亲的要求下寻找杀父仇人的漫漫历程。余华在这篇小说中，从后现代视角，对个体存在的虚无与荒诞进行了深层思考，然而，从传统武侠小说的角度来看，这篇小说不过只是借了一层武侠的外衣，依然还是先锋小说的写作方法，因余华本身也没有准备写武侠小说。作为小说来讲，《鲜血梅花》无疑是成功的，但从武侠小说阅读角度而言，阅读是无趣的。

武侠小说因写作者的功力有高下之分，作品的质量也良莠不齐，但是武侠小说作为受众颇广的一种类型小说，贯穿其中的，除了引人入胜的传奇故事，还有无法避开的侠义精神。这种精神，以《史记·游侠列传》为开端："今游侠，其行虽不轨于正义，然其言必信，其行必果，已诺必诚，不爱其躯，赴士之厄困，既已存亡死生矣，而不矜其能，羞伐其德。"侠客的精神成为一种高贵的品德。这些被后来班固视为"罪已不容诛"的社会阶层，却在司马迁的笔下成为倾倒天下大众的英雄，并对他们的不幸遭遇表示了同情，对迫害他们的权力阶层表示了愤慨，揭示了当时汉朝法律的虚伪和不公平。所以，荀悦在《史记集解》中说："立气齐，作威福，结私交，以立强于世者，谓之游侠。"如果武侠小说在文本叙事中，刻意消解这种精神，纯粹以个体人性的视角去探究，难免会有四不像之感。

邱华栋是位多面手，阅读量惊人，在他已出版的大量作品当中，我最喜欢的其实是他的两部长篇《时间的囚徒》和《长生》。这两部长篇小说在很多评论家的眼中不算是邱华栋最重要的作品，但以我的阅读习惯来讲，这两部小说给予了我对于类型小说和纯文学之间最大的平衡，也因此使我对他的武侠小说产生了很多的期待。

二

2018 年，《青年作家》第五期上，我读到了他的第一篇武侠小说《剑笈》。我不知道此篇是否是这部《十侠》中最先写作的作品，平心而论，最初阅读的观感不是特别好。小说有些俗套，依然还是在抢夺一本武林秘籍，在抢夺秘籍的过程当中，有爱恨情仇，也有师门背叛，但是读到结尾处，发现这一本用来修炼武功，进而提升侠客潜能，对很多武林人士极为重要的武林秘籍，最终，竟然是为了要汇总到《四库全书》中！这是一个巨大的反讽，从乾隆皇帝编修《四库全书》的目的来看，这本秘籍的最终命运如何，是可以想见的。那么，是否就此表明，在邱华栋的笔下，侠客的奇功绝艺以及侠客的侠义精神最终会消解呢？后来两年间，邱华栋的短篇武侠小说陆续发表，等这些小说结集为《十侠》的时候，我发现邱华栋的野心不止于此。这十个故事，从先秦一直写到清朝乾隆年间，他的写作目的非常明确，十篇小说，其实梳理了两千年来中国侠客身份的变化以及侠义精神在整个历史嬗变之中的存续。

邱华栋把这十篇小说称为"短篇历史武侠小说"，说明他在构思之初，就要把这些侠客寄身中国历史的变化当中，进而寻求侠客对自己身份的认同。

文学具有强大的磁场和力量，在这个强大的磁场中，任何一种文学体类的变化和作家思考，都会有固有的规范，从而得到检验和认定。是以，任何创新都要在一定的基础上完成，即便是以叛逆姿态登场的作品，也要包含传统的基因，就武侠小说而言，历史感和人物本身秉持的侠义精神不可或缺。

中国的现代文学，发端于中外交汇、古今思辨的历史文化背景下，其间所发生在中国与西方、传统与现代之间的任何一种"对话"，不能简单地移位或取代，而是一个复杂的影响和互渗的过程。

武侠小说欲与历史结合，并非容易，这牵涉作者对于历史事件的选择、历史观念的革新、历史知识的储备，以及这些在小说中运用的技巧等等。

历史事件的选择，关乎小说里侠客活动的大历史背景及舞台，柳亚子《题钱剑秋〈秋灯剑雨图〉》说："乱世天教重侠游，忍甘枯槁老荒丘。"乱世正是孕育侠客的温床，社会腐败、朝纲紊乱、秩序解体、外患频仍的时代，无疑是侠客展现其特殊能力的最佳时机。《击衣》的三家分晋、《龟息》的秦末乱世、《易容》的王莽新朝覆灭……皆化作侠客在"江湖"和"庙堂"间的激越长啸，成为武侠小说历经数次嬗变之后，复归"原侠"宗旨的书写。

历史知识是援取史事进入小说的基本要求，知识多寡，左右其所描摹的史实的准确。尽管小说纯属虚构，未必非真不可，但总不能背离史实，因此，深厚扎实的历史知识，在武侠小说写作中，成为极为重要的一环。在这方面，邱华栋基于他深厚的学养，敏锐抓取到了历史的关键点，以"对历史的洞察力"为史识，进一步提出对有关史实背后原因的洞察。

当然，小说家不同于历史学家，虚构的小说也非严谨的历史论著。邱华栋的笔下，侠客脱离人生原轨，为理想四方漂泊，上承济世救民的衣钵，下秉以天下为己任的态度，化身为中国传统主流文化之外的一翼，翻飞于读者面前。

三

《文心雕龙·知音》言："慷慨者逆声而击节，蕴藉者见密而高蹈；浮慧者观绮而跃心，爱奇者闻诡而惊听。"这样的写法，见仁见智，或许不为读者习惯性的阅读经验所接受，但是邱华栋的写作毕竟没有背离武侠小说固有的

"传奇性"。关于历史的"强烈的主体理性批判精神",是巧妙借助于一个个神奇怪诞的故事呈现出来的。在他的叙事时空里,所有的事件奇幻而又神秘,故事里的人和事,如此不经而又奇异,这就让我们感到,作家对历史事件和侠客的描摹并不是在"重现"某种生活,而是以深蕴的文化隐喻为基,试图"新建"一个世界,一个属于邱华栋的"武侠"的世界,隐喻某种"现实"的人生。

邱华栋并非普通的武侠小说作家,其文本叙事脱离武侠小说程式化的写作,着重追求人物内心世界和处世行为的变化。按陈平原的说法,现代以来中国小说叙事视角的发展,"大略经历了一个从全知叙事到第一人称叙事,再到第三人称限制叙事的过程",而实际上,这种转变也许正是现代小说向传统借取表现形式、向民间吸收叙事经验的表现方式之一。在《十侠》的写作中,邱华栋将这种经验最大化,将叙事角度降维至个体,以人物内心世界展现人物性格,进而形成相应的行动,衍生出一连串的事件。作者所赋予的人物性格,直接决定了其行动的选择,其特别着意摹写的,无疑还是人性。

武侠小说作家,从民国时期的白羽、王度庐、朱贞木,到港台新派武侠小说时期的金庸、古龙、温瑞安,都特别强调他们要着力刻画的是人性。古龙曾在不同的文章中强调"武侠小说应该多写些光明,少写些黑暗,多写些人性,少写些血","武侠小说的情节若已无法改变,为什么不能改变一下,写人类的感情、人性的冲突,由情感的冲突中,制造高潮和动作"。金庸特别在《笑傲江湖·后记》中说:"我写小说,旨在刻画人性,抒写人性中的喜愁悲欢。小说并不影射什么,如果有所斥责,那是人性中卑污阴暗的品质。政治观点、社会上的流行理念时时变迁，人性却变动极少。"

但是，无论作家如何定义人性，小说中的人物行止，乃至事件的产生、情节的联系，都来源自作者在写作之初所设定的人物性格。

《击衣》一篇，豫让的"国士"性格，直接导致他的结局，如果给予他"知己之恩"的不是智伯瑶，而是另一个人，他的结局也不会改变；《易容》中，孟凡人具有容貌千变万化的能力，可是如他的名字一样，他就是一个"凡人"，那才是他的本来面貌，如同现代都市中的人们，戴着各种面具，最终一个人时，还要寻求本来的面目；《听功》里，葛干是一个随遇而安的性格，他的师父让他练习听功，他就用心去练，师父安排他去找长孙无忌，他就去投奔长孙无忌，长孙无忌命他去做卧底，他便去做卧底，太子李承乾派他去齐王府中，他也听话地去了，直到最后被刺聋双耳，他也是顺从的，在这期间他没有丝毫自己的观点和反抗，这并非是故事绑架了人性，而是人性导致了故事的走向。

邱华栋在武侠小说中，由宏大叙事转向个人叙事，进而发掘人物幽曲的内心世界，恰好在古老与现代、历史与想象，以及故事与叙事之间搭建起了一个可以自由往来的桥梁，为未来武侠小说的创作，探索出另一种可能性。

梁公诗眼看群贤

一

收到出版社寄来的《梁羽生妙评民国诗词》，封面纯白，除书名、作者之外，只余淡蓝色的瓶插芝草，简洁素雅。时下书籍设计，纷繁复杂，浑然忘了雅致才是书籍的本来面目。

梁羽生以武侠小说名垂于世，其作品对于古典诗词的运用，算得上炉火纯青。在他创作的三十五部小说中，引用和自作的诗词达五百首以上。就武侠小说而言，确属惊人。

陈墨曾在《重读梁羽生武侠小说》中写道："梁先生小说如同一座古典诗词的碑园，联语回目，开篇辞章，终场诗赋，中间还有主人公大量的吟诗酬唱。如此辞章之美，如同古典建筑的雕梁画栋，诗魄画魂，古典美学精神洋溢……"

梁羽生不仅擅长诗词写作，也喜欢评诗论词，他以"时集之"为笔名在《香港商报》开设"有文笔录"专栏，撰文达十年之久。《梁羽生妙评民国诗词》收录的就是专栏中专谈民国人物诗词的文章。

在我认识的人中，对梁羽生的研究，独服膺于渠诚，他对梁羽生的生平考据，恐怕独步于海内外。这本书就是渠诚认真从专栏文章中遴选出来的，共汇集了四百余篇文章，涉猎面极广，诸如章士钊、于右任、秋瑾、苏曼殊、闻一多、郁达夫、胡适、陈寅恪、张恨水、冰心等民国时期政界、学界、文化界的大家与新锐，以诗为经，无所不谈，阅后让人大开眼界。

　　历来诗词难评，因"诗无达诂"，仁者见仁，智者见智，如果自身诗词功底不够深厚，见闻不够广博，往往易遭世人之讥。梁羽生对此则毫无压力。

　　梁羽生幼承庭训，具有深厚的传统文学修养。1944年前后，抗日战争全面爆发，大批文人学者被迫到广西避难。当时梁羽生的家中接待了史学家简又文、国学大家饶宗颐、书画诗词俱佳的赵文炳教授等人。少年的梁羽生师从饶宗颐、赵文炳两位大家，让他受益终生。

　　梁羽生大学毕业后，先后在《大公报》《新晚报》工作，既写文史随笔，同时也评诗论词。著名词人刘伯端特别欣赏梁羽生，常和梁羽生讨论诗词，对于梁羽生武侠小说的诗词也能一字不漏地背诵出来。刘伯端是民国时期的著名词人，有《沧海楼钞》《心影词》《燕芳册》等集传世。梁羽生的小说《白发魔女传》有一首调寄《沁园春》的开篇词，刘伯端看后填了一首《踏莎行》来附和梁氏。其词暗含小说内容，其中词句"红颜未老头先雪"，更是被后人传唱，奉为主人公玉罗刹的经典写照。

　　梁羽生在他的随笔文章《魔女三现怀沧海楼》中也谈到过刘伯端与他讨论诗词一事。刘伯端的赞赏，充分体现了梁羽生的诗词水平。

梁羽生不仅是著名武侠小说作家，同时也是一位诗人、词人，只不过深掩在"新派武侠小说开创者"的名号下了。

二

由于报纸字数所限，梁羽生评论诗词的文章并不长，每篇长不过四百余字，文中还要照录原诗，留下的写作空间着实不大，颇有"螺蛳壳里做道场"之感。

诗词是中国传统文学的精华所在，充分显示汉字的声韵美、形象美，其中蕴含的历史背景、人文精神和审美情趣是诗词的鲜明特色。而在艺术方面，体式丰繁，格律严谨，语言凝练，表现方法与修辞技巧极为灵变，这些想在简短的文字中有所体现，评论的语言若不够精彩、准确，不过徒然浪费版面而已。

梁羽生写小说，篇幅庞大，往往一部作品连载数年，他写这些短小文章，字句精心雕琢，更见其文字功力。

比如他在《怜子如何不丈夫》中，分析了鲁迅"无情未必真豪杰，怜子如何不丈夫？知否兴风狂啸者，回眸时看小于菟"一诗。文章开头即说："鲁迅的作品和他的为人一样，一面是'横眉冷对千夫指'，一面是'俯首甘为孺子牛'。他的《答客诮》就是一首充满温情的诗，可以作为'俯首甘为孺子牛'的解释。"

开篇言简意赅，点明主题。在文中，梁羽生又解释：鲁迅这首诗是为了有人笑他过分疼爱幼子而作的"自我辩护"，并略加注释，"兴风狂啸者"指老虎，"于菟"也是老虎的别名。鲁迅在这首诗中把他的儿子海婴喻为小老虎。鲁迅又为何这样疼爱儿子呢？梁羽生文末又说："鲁迅这首诗写于一九三一年冬，其时他的儿子海婴刚两岁多点儿，正是牙牙学语时期。鲁迅晚年得子，对幼子特别爱护，这是完全可以理解的。"

四百余字，不仅分析诗作，解释典故，还交代写作背景，行文不疾不徐，娓娓道来，绝非易事。

再如，梁羽生评点诗人王辛笛的《尼加拉瀑布》一诗。这篇小文不过二百余字，王辛笛的诗作就占了一百多字，而梁羽生的点评却很能抓住重点，录完诗作后，他说：

> "喷玉进珠""逝者如斯"，等等，都是旧诗词中的常用语，但用在这首新诗中却并无俗套之感。把"猫的爬行"比喻雾，喻象非常新鲜。

对于一时实在难以说尽的诗人和诗作，梁羽生也采取连续数日围绕一个主题的写作手法。比如关于苏曼殊其人其诗，梁羽生从 1982 年 12 月 11 日的《革命诗僧苏曼殊》开始，陆续写有《记得红楼入定时》《包天笑写苏曼殊》《吃朱古力吃出病来》等文字，间中或有谈论其他内容的文字，但嗣后一段时间主要谈论苏曼殊的诗作，断续时间有二十天，直到《谈苏曼殊》一节写完，方告一段落。

《谈苏曼殊》一文，亦分为《披发长歌览大荒》《寂对山河叩国魂》《郁达夫的评论》《和西班牙女友的一段情》等八篇文章，时间从 1982 年 12 月 30 日开始，至 1983 年 1 月 6 日结束。

这些文字，从苏曼殊的诗文写作，以至朋友评论、感情经历，多所言及，并佐以短评，勾勒出一代诗僧的生平，让人读起来颇有兴味。

三

梁羽生评点的诗词人物，既有章士钊、郁达夫、刘半农、秋瑾、柳亚子等以诗闻世的文人，又谈到了一些如张大千、于右任、齐白石、徐悲鸿、田汉、张恨水等不以诗词闻名的书法家、画家、作家的诗，可见梁羽生平时读书之广博。

评点诗词，最基本的其实是对诗词的感受。一是情感方面的感受，二是审美方面的感受。前者发自心灵，后者出乎感官。读者的修养不同，必然产生不同的感受，兼且又受阅读兴趣影响，这种感受的深浅也必然不一样。

梁羽生评点诗词，重在体味人情，这可能与他是一位小说家有关。小说需要塑造人物，作家对人物感情的体悟要比常人更为敏锐。纵观梁羽生评点诗词的文章，处处都可以看到他细微而深厚的情感感受。这样看来，也可以说，正因梁羽生对诗词的情感感受细微且深厚，才能够从人情上，对他所点评的诗词有整体的把握。两相比较，梁羽生重视情感感受，明显要超过其审美感受。

在《〈啼笑因缘〉题诗》一文中，梁羽生对张恨水在《啼笑因缘》结尾的自作诗"毕竟人间色相空，伯劳燕子各西东。可怜无限难言隐，只在拈花一笑中"较为欣赏，对新中国成立后，北京通俗文艺出版社重新出版《啼笑因缘》，把这一首诗删去，并不赞成，说："我觉得此诗不过是表达作者对他所写的'爱情悲剧'的感慨而已，给新一代的读者看也并无'害处'，实是不须删去的。"

这篇文字刊登于 1983 年 3 月 3 日，第二日，梁羽生又写《小说主角扶病填词》一文，写张恨水于小说《春明外史》中，假借书中主角杨杏园之手，填了一阕《浣溪沙》："欲忏离愁转黯然，西风黄叶断肠天，客中消瘦一年年。小病至将诗当药，啼痕犹在衍波笺，心肝呕尽更谁怜。"

梁羽生认为，张恨水书中穿插的诗词，"配合书中人物的心境和当时当地的气氛的"。这一阕词，"写杨杏园扶病参加朋友的订婚礼，病体不支，朋友送他回家，看见他填这一阕词。无须多费笔墨，一词已是足以表达他的心境"。

这些评点文字，可以认作是梁羽生对诗词创作的理解，由此可以联系到梁羽生小说中的自作诗词，其观点是一脉相承的。

比如《白发魔女传》的卷尾，梁羽生代书中的卓一航拟写了一诗："别后音书两不闻，预知谣琢必纷纭。只缘海内存知己，始信天涯若比邻。历劫了无生死念，经霜方显傲寒心。冬风尽折花千树，尚有幽香放上林。"

这首诗是卓一航与玉罗刹产生误会后，托人带给玉罗刹的。诗中直录王勃诗句"海内存知己，天涯若比邻"用来表现超越了地域、心有灵犀的爱情。

梁羽生这一"诗意即人情"的观点，使他在评点诗词时，游刃有余，别树一帜。

1987年9月，梁羽生移居澳大利亚，但《香港商报》上的"有文笔录"一直坚持不辍，直到20世纪90年代。梁羽生在几位新派武侠小说家中，离诗人最近，离历史最近，离隐士最近。

胡同痴情

　　我曾在一篇文章中说过，北京的孩子按成长环境分，大概来自三处：胡同、大院、郊区。胡同是当年北京城的老城区，也就是今天二环以里；大院可以包括机关、部队、工厂；郊区可以分为近郊和远郊。郊区的孩子羡慕城里胡同的孩子，而胡同的孩子羡慕大院的孩子。现在有这样一本书——《北京烟树》，它的头一篇"自序"——《1980，胡同里的小姐姐》，在胡同孩子的眼里，来自大院里的"小姐姐"清冷高贵，掀开了关于 20 世纪 80 年代到新世纪初的斑斑图画。但是甭管在哪里长大，都是北京孩子，都有曾经关于成长的记忆。

　　《北京烟树》的作者侯磊生于胡同，长于胡同，现在依然住在胡同，他的记忆是老北京文化在现代化进程中的离歌。而作为一名在当代文学中浸润和成长起来的青年作家，侯磊以栖身的北新桥为原点，写了附近的买卖铺户，写了澡堂子，写了饮食男女，写了四时物候……在看似俗常的素材中提炼出一份恒常的诗意，语速上不紧不慢，"甜亮脆生"的一口"京片子"穿梭其中，陪你一起咂摸人生之味。然而，作者的眼光和视野是当代的，又是世界的，普通的生活与历史的"大叙述"完美交织在一起。这一具有写意特征的抒情，无疑是"京派文学"所赋予的。《北京烟树》蕴含着侯磊对过往那种虽然落后但安宁的生活的眷恋与追念，这是留给我们现代化北京及当代北京人珍贵的记忆。

文学写作是短时期的审美创造，它是个体的，也是动态的，而地域文化则是长时期的沉淀，是群体的，也是缓慢的。这种创作，是作家知、情、意共同参与的心理过程，错综且复杂，既有作家本人能够觉察的意识，更多的则是作家本人无法觉察的无意识在影响。恰如老舍所说："生在某一种文化中的人，未必知道那个文化是什么，像水中的鱼似的，他不能跳出水外去看清楚那是什么水。"

侯磊写《冬日取暖》，从备煤、运蜂窝煤，再到笼火、封火、搪炉子……巨细靡遗，这种生活中的琐屑，已经远离了二十多年。他娓娓道来的，不仅仅是一段北京城所经历的过往，更是老北京文化中一种宽容性和亲和力。它随意自然，纯朴实在，大大咧咧，对谁都一团和气，但骨子里却透着一股子自尊、刚毅和高傲。

《北京烟树》塑造的意象，除却其内蕴内涵，更广泛体现了老北京文化的传承和发展。北京宽厚、深广、雄浑的文化基调，是北京最为珍贵的瑰宝，这座古老城市有着丰富多样的文化，不同的文化形态深藏在整座城市的一砖一瓦、一草一木之中，不仅有史籍里的历史陈述，也有各种民间风俗。关于北京城在时代进程中的生存哲学、文化模式、价值观念和审美理想，都被侯磊融于笔下，阐释着文学与文化之间的承载关系。

现代作家关于北京及北京文化的书写始终没有间断过。在文学的分野中，有"京派文学"和"京味文学"，二者是一对既有联系又有区别的概念。这个概念兴起于20世纪30年代，"京味文学"代表是老舍，大抵产生于老北京人的聪明才智和努力创造，具有丰厚的历史文化底蕴；"京派文学"代表是周作人、何其芳、朱自清、吴伯箫、萧乾等人，他们的审美追求不限于地域性的色彩和味道，更注重人与整个社会、与大自然的整体关系。后来"新京味"小说的代表作家王朔，在《无知者无畏》中总结了他这一代人和老北京的割裂："我不认为我和老舍那时代的北京人有什么渊源关系，那种带有满族色彩的古都习俗、文化传统到我这儿齐根儿斩了。"

学者黄乔生说，侯磊的作品是老舍、邓友梅等文学大家京味文学的延伸，但他的作品更像是京派文学。这句话我深以为然。出于对老北京文化即将消失的忧虑，侯磊的《北京烟树》与变化迅速的北京有意保持了距离，他企图在文学的重塑中保留下他所经历的老北京的文化记忆，在"京派"与"京味"之间，同时驾驭两副笔墨。

《北京烟树》未出版前，大部分篇章我已读过，在这些弥漫着胡同烟火气的文字里，我读到了一个曾陪伴我长大，却又不经意间变化了的北京城。我当时写了首"五律"，兹录于下：

> 烟树满京华，谈玄忆旧家。
> 气酣思故色，细语问新芽。
> 弹剑空吟雪，繁音染落霞。
> 痴人侯公子，吹袂向海涯。

从历史的衍变来看，城市总是伴随着时间的流变而世

275

俗化，《北京烟树》饱含着侯磊对新时代如何塑造新北京文化的苦苦思考和探索。未来，我相信以侯磊为代表的新时代"京味文学"，将会以不断更新的特色，持久地呼应着北京这座城市蓬勃跃动的文化脉搏。

《阮途记》的侠之楚歌

一

　　阅读舒飞廉《阮途记》的时候，恰好邱华栋先生赠我一册他的文学评论集《小说家说小说家》，大抵因我也写小说，扉页上邱先生遂写了句"小说家创造世界"。这句我很喜欢。一个写小说的人，若他的文字可构筑一个独有的世界，其笔下人物可在现实和虚构中任意往还，那么这本书也就成了。

　　《阮途记》重构"武林"，九篇小说出入其间，光怪陆离，拼出舒氏之武林版图。合卷之后，大善。

　　小说怎样写，没有固定标准，技巧是手段，内容是传承，丹田真气是作者的思索。武侠小说怎么写，自然也没有标准，作者有权利去讲述他胸中的"侠客梦"。在舒飞廉的笔下，"武侠"跌宕自如，融通中西，远不止封底所言"承接平江不肖生、王度庐、还珠楼主、古龙、王小波以来的武侠传统"。舒飞廉在寻觅一种新的观照武侠的方式：如果剥离掉人们心目中被传统赋予的武侠世界信息，可溯到武侠小说发展的源头——笔记、传奇、民间叙事，上人物

277

内心和生态自然构成叙述主体，那么会呈现出一个怎样的武侠世界呢？

舒飞廉作为曾经"大陆新武侠掌门人"，当年以"木剑客"之名行走江湖，熟谙各派武侠小说；作为华中师范大学的老师，又是从事文学写作的研究者；作为作家，小说举轻若重，散文语意隽永，声色并举，于田园遣兴中摇曳生姿，自成腔调。

三者撞击，《阮途记》构筑了一方独特的武侠世界，这个世界亦古亦今，或中或西，有少年遏制不住的玄想，也有昔日读书时"求不得"的渴望，文中可以喋喋不休去讲述欲望，也可以曲折描摹江湖儿女的情态。我一二分恍惚，模糊了小说和散文的界限。中国传统文本只有两种文体，韵文体和散文体，诗词曲赋，有韵脚者，韵文体也，余者皆可称散文体。散文和小说本没有界限，写得多了也就有了界限。

舒飞廉有言："尝试跨越雅俗文学与纯文学创造一种具有独特风格的新文本，通过文字来编织一个具有庞大体系的文学世界。"《阮途记》九篇，跨越文体，是他"野心"的实验，重构江湖，是他华丽的冒险。

二

纵览武侠小说的发展历史，如何构建一个独特的"武林"，一直是一代又一代武侠作家追求的梦想。这个虚构的世界，有着与现实相关的道德准则，也有独立的"法外世界"，人物活动的空间，与现实的世界，既有千丝万缕的联系，又有浪漫传奇的想象。

张大春认为，武侠小说到了平江不肖生手里，才开始形成一个侠的系谱。因为在平江不肖生看来："首先要重仁义，其次是笔舌两兼，第三是勇武向前。"后来，大部分武侠小说作家对侠客形象的塑造都遵循着这个定义。

在武侠小说后续的发展中，还珠楼主的《蜀山剑侠传》取材神怪，却试图将其系列小说整体构建为一个"三教合一"的中国传统文化宏大构架；王度庐将武侠和言情融合，以江湖儿女的落拓不羁与至情至性为底色，写尽了世俗礼法与江湖道义的错位；白羽则借鉴社会小说，以人情冷暖、钩心斗角的社会现实为光束，照进冰冷无情的江湖风波。其后港台新派武侠和大陆新武侠，都延续了旧派的"武侠世界"设定。间中有金庸小说"侠之大者，为国为民"的宏大叙事，也有古龙抛弃人物成长轨迹，直接介入武林事件，更有黄易以历史人物和科幻元素融入"武侠"，扩张武侠世界的舞台，创造别样的美学体验。

这些自然是成功的。大陆新武侠代表性作家李亮，谈到大陆新武侠十年的发展，曾经说过："于是所有人都在创新，不停地创新，但走过十年，再次回首才发现，所有的创新不过是小修小补，所有的努力好像就是孙悟空在如来佛的掌心里翻跟头。前辈的经典对我们的影响是深入骨髓的。很多人自嘲说，我们写来写去，写的全是金庸、古龙的同人小说。我们还是用他们的江湖设定来做一些变体。但这样的变体，永远是不能令人耳目一新。"

若创新不够，回溯和融合，似乎是一条途径。

舒飞廉是湖北人，《阮途记》以洞庭湖为舞台，有君山岛，有桃花源，也有云梦泽，他以文字欢快地唱着一曲家乡的"楚歌"。明人吴敬盛说："江汉若带，衡荆作镇，洞庭云梦为池。"大气磅礴写活了楚风。地域文化的因素，会长久地影响历代文学的素质和气质，中国文学一上路，便和地理环境有着千丝万缕的联系，《楚辞》即是"书楚语，作楚声，纪楚地，名楚物"。据此，舒飞廉其实在复活其家乡的原生态文化景观。

楚地有天然神秘文化的因子，是该地区独特的自然环境、人文环境长期孕育的结果。舒飞廉对于家乡的风物自然谙熟于心，他曾经在《飞廉的村庄》《风土记》系列散文中，有过细致的描绘，其用笔准确，竟然增减不得。迨至小说，舒飞廉拓展了关于故乡的想象，转而成为传奇化的写作。

既云传奇，从语意上理解即是指对奇闻逸事的记录与叙述，而就中国文学的叙事传统来看，其要旨之一则是以生动的情节来讲述动人的故事。传奇最关键的在一"奇"字。

舒飞廉笔下的赵文韶（《续齐谐记》）、芸娘（《浮生六记》）、袁安（《后汉书·袁安传》）其来有自，甚至舒飞廉自己的名字，以及"木剑客"也出入其间，化用了若干中国传统笔记小说的元素，却突破时间与空间的限制，想象瑰丽，别作传奇。

三

陈平原在观察晚清以来中国现代小说的发生与发展与西方现代小说的关系时认为：虽然人们已经有了一个全新的参照系，无论是"用西方小说眼光反观传统"，还是"用传统（诗文小说）笔法来解读西方小说"，实际上，它们之间是"互为因果"或"循环往复"，并没有在现实层面打破早就根深蒂固的传奇理念和叙事传统。在中国整个现代文学的阅读过程中，中国读者传统的审美趣味和阅读习惯，还是"善于鉴赏情节，而不是心理描写或氛围渲染"。五四新文化运动之后，中国读者读小说注重故事性的习惯依然没有改变，人们阅读的唯一标准还是"传奇化的情节，写实的细节"。

在发扬传统小说"传奇"这一特质之后，舒飞廉执拗地将写作重点落在书写人在世俗的困境上。为此，我捏了一把汗。但也让他这一系列小说，除了能见诸《九州幻想》《飞·奇幻世界》《今古传奇·奇幻版》，更能亮相于《山花》《小说界》《西湖》这样的刊物中。

唐人在"有意作小说"时，已经具有生活化、言情化，甚至世俗化的意蕴，及至明清戏曲传奇，乃至再后来的《金瓶梅》《水浒传》《西游记》《三国演义》"四大奇书"等，都是在"世情"上与传奇相通。是以，传奇并非不能采用"实录"笔法。而"实录"之"实"，非仅在生活环境，更在人性。鲁迅也言："盖叙述皆存本真，闻见悉所亲历，正因写实，转成新鲜。"

"世情"与"传奇"相逢，《阮途记》丢开了世俗恩怨、江湖仇杀、快意恩仇、为国为民，取而代之的是对生命的本质以及存在意义的追求和探索。

《阮途记》当然来自《晋书·阮籍传》："时率意独驾，不由径路，车迹所穷，辄恸哭而反。"王勃也在《滕王阁序》中说："阮籍猖狂，岂效穷途之哭。"武侠小说六幕已垂，似乎已至穷途，可发一哭，而舒飞廉却在此时，盘膝独坐洞庭湖畔，弹剑而歌，奉献出了一本绵延十载的小说

281

集，重构"武侠世界"，别开生面，烛照前路。

　　阅读时，骤然发现"翠柳街"，不禁莞尔。2019 年，我去《长江文艺》编辑部做客，才发现湖北文联、作协、长江文艺、中国楹联报，包括"今古传奇"大楼，都在翠柳街一号。舒飞廉当年正是在这里开始了《阮途记》系列江湖奇谈的构思和写作。不知今日的舒飞廉，拿到《阮途记》样书时，是否会想起那栋大楼和那块翠柳街一号的牌子。一笑。

当我在谈论《聊斋》时，我会谈论什么？

一

这个题目取得讨巧，原句子结构是雷蒙德·卡佛，但我想说的是《聊斋》。蒲松龄和卡佛，他俩都是小说家，写的都是短篇小说，二人都在现实中碰个头破血流，都喜欢写小人物，喜欢写市井，喜欢写短句子，喜欢写时代里的"新小说"。

张菁主编的《青年文学》有个《雅座》栏目，出场者皆为"跨界"人物，要分享"自己印象最深刻、对自己影响最大的一部文学作品"。跨界之标签，源自我说书人的身份，只是我评书说得并不见佳，未免愧对说书这个行当。至于要选一部文学作品，也煞费思量。自幼及长，读书、写书、编书、说书、藏书……过眼书籍多般，若只分享一部，思忖良久，竟然是《聊斋志异》。

我曾在不同场合谈及中国古典小说，自陈痴迷于古人的笔记小说，多次谈到《聊斋》，以至于有朋友在和我聊完之后，立刻去买了一套《聊斋志异》。在曹雪芹和蒲松龄之间，我推崇的是蒲松龄的文字。我的观点在毕飞宇谈《促织》的一篇文中得到过印证，如同文中所言："只盯着大处，你的小说将失去生动，失去深入，失去最能体现小说魅力的那些部分，只盯着小，我们又会失去小说的涵盖，小说的格局，小说的辐射，最主要的是，小说的功能。"

《聊斋志异》的篇幅自然是短小的，但是，在短小的篇幅中，蒲松龄的笔力是伟大的，简洁的文字中，具有了史诗的品格，如同孪生的宿命，终究要还于历史上一幕幕精彩的画卷。多少年来，这亦成为我文学思索中隐约泯灭的意念，存在与不存在，虚构或者纪实的选择，似乎犹豫，又断然地反复挣扎，就在历史和文学之间相互撕扯、纠葛，有时竟然如同梦魇，逐渐回绕，成为心事。

有人直言，"小说有时比历史还要真实"。三十年前，京北长城外的山村，我伏首在一盏孤灯下，听我的祖母讲述一个又一个光怪陆离的故事。在这些故事当中，有情有义，有丑有美，有浪子回头，也有执迷不悟，有真诚，亦有虚伪。喋喋的絮语之中自有温柔。从祖母萧萧白发和堆叠的皱纹里，我恍然领悟出另一个世界，这个世界和我存身的世界息息相关，却也有所区别，这抑或是我对"文学"这个概念想象的开端。农家生活，精神世界多是贫瘠，稍识字句后，我从邻家借得一本《聊斋志异》残卷，纸张黄脆，竖排繁体，连蒙带猜之下，我开始进入到这个魔幻的文字世界。

三十年后，午夜梦回，偶会闪过当日在山村，拿着字典翻阅《聊斋》的情景，一生至此，依然不曾有过当年如此读书的经历，仿佛在生命中炸亮了一束光，闪亮得令我几乎泫然泪下的纯净，这种感觉，很少在我的文字中详细书写过，仿佛神奇般地惴栗。

二

《聊斋志异》的字句，短促、简洁而具有力量，宛如暗夜杀手，猝不及防，骤然出刀，刹那间生死立判。

一次在云蒙山，登山途中，聊起《聊斋·聂小倩》一篇，同行者尚有京西作家凸凹。我说，世人皆知蒲松龄笔下的聂小倩漂亮，几成女鬼的代表，但是在蒲留仙笔下，却没有细写过聂小倩如何漂亮，出场之时，仅用四字，竟然境界全出。凸凹追问："哪四字?"我回："仿佛艳绝。"凸凹拍腿："看人家写的!""艳"字形容女子，大是俗气，但是续一"绝"，化腐朽为神奇，更兼冠以"仿佛"。若有若无之间，并非作者自述，而是读者的角度。

《聊斋志异》皆为短制，最长亦不过数千字，文字错落间，却层次分明地讲述了数百个离奇曲折的故事，无论志人、状物、写情都曲尽其妙，这固然与蒲松龄一双慧眼，善观本质分不开，但其驾驭文字的能力亦让人叹为观止。蒲氏在遣词造句上千锤百炼，惜墨如金，《画壁》一篇仅八百余字，出场人物甚众，但音容笑貌，如在面前。《聂小倩》中，宁采臣拒绝与小倩夜奔时说："卿防物议，我畏人言，略一失足，廉耻道丧。"十六字即写出了宁采臣的廉隅自重。

清人冯镇峦曾赞《聊斋》"刻画尽致，无妙不臻"，赞颂的即是蒲松龄笔下的非凡功力。《侠女》篇中写侠女诛狐："女眉竖颊红，默不一语，急翻上衣，露一革囊，应手而出，而尺许晶莹匕首也。少年见之，骇而却走。追出户外，四顾渺然。女以匕首望空抛掷，戛然有声，灿若长虹，俄一物堕地作响。生急烛之，则一白狐身首异处矣。"

侠女羞怒之情，果决之态，敏捷之技，次第写来，画面感极强，侠女的神采，跃然于纸上。

《崔猛》中，写崔猛闻知李申被恶少某甲所欺，气涌如山，但碍于母命，不敢仗义出手，"至夜，和衣卧榻上，辗转达旦。次夜复然，忽启户出，辄又还卧。如此三四，妻不敢诘，惟慑息以听之。既而迟久乃反，掩扉熟寝矣"。

崔猛辗转反侧的心理和动作，以及手刃恶人之后的轻松，几十字写得细致入微，这样的语言密度，让我读之再三，不忍释卷。

有趣的是，这些文字颇具节奏感，有很强的音效。讲求声情之美，不仅是诗词，也是中国文章的传统。小说，自然是散体语言，蒲松龄精于诗词，在散体语言中掺用偶句，竟也节奏匀整，平仄调协。席方平答冥王："大冤未伸，寸心不死，若言不讼，是欺王也。必讼！"

前四个二音步句，铿铿锵锵，沉着坚定。最后"必讼"二字戛然收束，斩钉截铁，坚毅果决。闻其声可知其人，言辞之中即能感受其奔涌之血气。

中国文章以声调传情，唐宋古文大家尽管反对务采色、夸声音，但对于文质相容、声调和谐仍是重视的。韩欧之文气势磅礴，"刚""柔"之美，皆离不开节奏的妙用。《聊斋》中很多句子，读后竟然能诵，在小说写作中竟能至此，大令我佩服。

文言小说如此，现代小说何尝不可以借用这种经验？现代作家里，老舍就很有这种本事，读《骆驼祥子》中烈日暴雨一节，可感其声情之美。卡佛的小说，庶几近之，其语言简洁干净准确，是小说里的诗，诗中的绝句。

我后来写文章，亦常用短句，近乎偏执地重视吾言节奏，其渊薮正是袭自《聊斋》。

<h2 style="text-align:center">三</h2>

从《聊斋》小说跨越至评书，同样的故事，读之美妙，作为评书表演而言，许多篇目开笔好，中间佳，唯有最后的"底"容易泄劲，不适合改编，是以评书《聊斋》来源于原著而又有别于原著，兼且又非情节热闹的长篇大书，说者不多。

资料所载，最初改编演出《聊斋》者，乃清末旗籍子弟德月川，曾在后门大街试演，善于以满文、满语结构各种包袱，引人发笑。后有单长德承其业，以解释原文见长，且对原作中的罅漏与舛错能予指正。民初，有曹卓如、世殿成、董云坡、张致兰擅说《聊斋》。董云坡通晓文理，说表文雅幽默；张致兰精通古文，以能批解字义著名。20世纪30年代，张致兰弟子陈士和陆续改编演出《胭脂》《崂山道士》《王者》《梦狼》《续黄粱》《崔猛》等五一段左右的《聊斋》书目。陈士和后于天津开宗立派，称"陈氏聊斋"，传弟子有张健声、刘健英等。刘健英之子刘立福继承"陈氏聊斋"艺术，深受天津书座儿欢迎。北京一脉，除曹卓如，后有赵英颇、齐信英、佟信魁等演说《聊斋》。齐信英1927年生人，又名齐祥英，评书师承陈荣启，是我的师伯。齐师伯1994年身归道山，余生也晚，仅见过他《辛十四娘》的文本。

文学的《聊斋》语言精致绵密，评书的《聊斋》则要铺排细致，描绘入神，模拟逼真。说评书，首要过口齿关，北京话为基准，口中字眼要清楚，声音要能打远。次要有评书口，要求语重声沉，而非声音嘶哑。《聊斋》说世情，说人物，虽风吹雨喧，门户启阖，小儿女音容情态，甚至一颦一笑、一呷一饮，皆有形有声，使听者如临其境，如见其人，方至境界。

学评书没有"坐科"，更没有一套完整系统的教学理论。旧日评书学艺，是跟师父"听活"，亦称"跟活"，听完后能记住多少，凭个人能力，若等师父下次说这段时再听，不定何时呢。故事听熟，自己找地方"溜"。每个人的听法不一，理解不一，再结合个人之所长，一遍遍打磨，即成"趟活"。是以老话讲"懂多大人情，说多大的书"，确是至理。纵使师出同门，演说风格皆不一致。评书之难，在于凭自己领悟。

《聊斋志异》近五百篇，人物众多，有的名姓字号俱全，有的有姓无名，有的无名无姓，这其中暗喻蒲氏之褒贬，赞颂肯定者，有名有姓，有批评之意者，有姓无名或有名无姓，至于以"某甲""某乙"呼之，在蒲留仙心中，其已非人也，不配有名姓之称。

凡此种种，原文自未标出，需由说书人来"评"。"评书"是简称，正式叫"说评书"。"说书"的范畴广，大鼓书、竹板书等都称之为"说书"，唯独说评书没有其他伴奏乐器和道具。有人误解，不唱光说的就是说评书，这并不确切，说评书必须有"评"，评论是其关键。评什么呢？评道理，评人情，评是非，这件事究竟谁对谁不对？此人为何要如此说话？在此事当中，此人又是如何想的？有了这些社会和人情知识，书座儿才喜欢听。这也是评书《聊斋》的珍贵之处。

评书重视书道儿。书道儿，就是把书拆开，怎么来怎么去，整理出内在的逻辑性，有起伏，有悬念，能扣人，再抛出包袱来，才能吸引观众。若说书人之书还不如原文有味道，观众为何听你呢？

《聊斋》因蒲松龄用笔简洁，往往一带而过，在评书中就要结合情节进行增添评讲。

四

我说《聊斋》，因无法亲炙前辈，只能根据资料自行揣摩。说《辛十四娘》时，冯生路过古刹，见到红衣少女辛十四娘，写下诗句："千金觅玉杵，殷勤手自将。云英如有意，亲为捣玄霜。"这四句讲的是唐人传奇裴航蓝桥遇仙的故事。蓝桥，诗词常用典故，但今人多已不解，是以我用了一个小时，从电影《蓝桥遗梦》开始，说了一回书，把蓝桥这个地方的前世今生和文化含义讲说明白。

《王者》一篇，原文不过千余字，但评书可以说四五个小时，我向陈士和先生的书道儿偷师，增加了官兵抓官马运银，巡抚扣押州佐家属，巡抚向下属官吏勒索钱财，用以补还饷银等情节，深化故事主题。再比如《梦狼》一则，增添了白甲借狗打架，罗织罪名捕人入狱，改婚书助流氓霸占人妻，造假契与恶棍侵吞房产等情节，强化白日为官之恶。特别是将文中"甫离境，即遇寇"的"寇"，改作白甲冤案之民，既符合评书"无巧不成书"的特点，前后照应，同时也对贪官污吏进行嘲弄。此外，白老汉梦游见外甥时，增加外甥审案的情节，批讲"蝉冠豸绣"，使好官和坏官产生对比。

当年赵英颇先生说《聊斋》时，正是20世纪40年代，日伪占据北京时期，他说《席方平》一篇，形容阴曹地府："到城隍公署门口这么一看，嚯，这座衙门好威风，高大的门楼，两扇漆黑的大门，高台阶，四外高大的院墙，墙上拉着电网。大门左右一边一个石头狮子，狮子后面趴着两只吐着红舌头的大狼狗，一边一个站岗的，全副武装，手里端着三八大盖，上着锃光瓦亮的刺刀……席方平被赶出城隍公署，仰天长叹：'唉！难道说我们老百姓真是有苦无处诉，有冤无处申？这个吃人的世道啊！'"此语一出，在听众中引起强烈的共鸣，大获听众嘉许。

说《聊斋》，向前辈学习，我以为，不仅是对情节的梳理改造以及批讲，更要学会与现实生活相结合，使之产生"共情"。只有对社会人情体贴入微，才能刻画各种人物的行径、心理，让人咀嚼不止。

《崔猛》一篇，说到崔猛是孝廉之后，却自幼不喜读书，喜爱拳脚，我结合当前学校的素质教育，从孔子讲到民国，谈到古今教育一理，要多给学生发展的空间，现场掌声热烈。鼓掌的是平日听书散漫的孩子们。

今日说书，是下面观众用百度搜索的时代，光靠故事不能征服观众，尽管说书人并非教育家，说出的话要让观众信服，关键在于能讲出道理。

文字《聊斋》简洁也好，评书《聊斋》铺排也罢，诚如旧诗所言："美人如玉剑如虹，平等相看理亦同。纸上眉痕刀上血，用来不错是英雄。"动静之间，文武之道，无分高下，用之不错，方为英雄。

多说一段。"美人如玉剑如虹"一句，流传颇广，百度搜索，多半会指向清朝著名诗人龚自珍，因其出现在龚氏

《夜坐其二》中。其诗为："沉沉心事北南东，一晚人材海内空。壮岁始参周史席，鬃年惜堕晋贤风。功高拜将成仙外，才尽回肠荡气中。万一禅关砉然破，美人如玉剑如虹。"

然而，龚氏并非此诗的始作俑者。清人袁枚写有《随园诗话》，其中一条，言说袁枚去友处做客，得见一幅《美人舞剑图》，画上题诗，即为我前文所引诗句。

此诗境界与龚诗迥然不同，然语意隽秀，阅后难忘。考龚氏《夜坐》一诗作于1821年，袁枚《随园诗话》正式成书于三十年前，即1790年。彼时龚自珍尚未出生，而书中所谈尽为袁枚昔日旧事，则该句诗产生时间理应更早。

列位看官，此一段，即为评书之书外书。写文章略掺评书笔法，诸君勿罪可也！

图书在版编目(CIP)数据

纸上相逢,每天变好一点点 / 林遥著. -- 北京：
中国文史出版社,2023.3
ISBN 978-7-5205-3644-8

Ⅰ.①纸… Ⅱ.①林… Ⅲ.①随笔-作品集-中国-
当代 Ⅳ.①I267.1

中国版本图书馆 CIP 数据核字(2022)第 158056 号

责任编辑：卢祥秋
封面题字：林　遥
篇扉题字：史长江

出版发行：**中国文史出版社**
社　　址：北京市海淀区西八里庄路 69 号院　　邮编：100142
电　　话：010-81136606　81136602　81136603（发行部）
传　　真：010-81136655
印　　装：廊坊市海涛印刷有限公司
经　　销：全国新华书店
开　　本：880×1230　1/32
印　　张：9.75　　　　字数：219 千字
版　　次：2023 年 3 月第 1 版
印　　次：2023 年 3 月第 1 次印刷
定　　价：66.00 元